KATHARINA EIGNER

Diva del Garda

KATHARINA EIGNER

Diva del Garda

GARDASEE-KRIMI

GMEINER

Immer informiert

Spannung pur – mit unserem Newsletter informieren wir Sie
regelmäßig über Wissenswertes aus unserer Bücherwelt.

Gefällt mir!

Facebook: @Gmeiner.Verlag
Instagram: @gmeinerverlag
Twitter: @GmeinerVerlag

Besuchen Sie uns im Internet:
www.gmeiner-verlag.de

© 2023 – Gmeiner-Verlag GmbH
Im Ehnried 5, 88605 Meßkirch
Telefon 07575 / 2095 - 0
info@gmeiner-verlag.de
Alle Rechte vorbehalten
3. Auflage 2023

Lektorat: Claudia Senghaas, Kirchardt
Herstellung: Mirjam Hecht
Umschlaggestaltung: U.O.R.G. Lutz Eberle, Stuttgart
unter Verwendung eines Fotos von: © aleksa__ch / shutterstock.com
und Janvier / stock.adobe.com
Druck: GGP Media GmbH, Pößneck
Printed in Germany
ISBN 978-3-8392-0348-4

Zum Andenken an meine patente Patentante Rosina.

1. KAPITEL

Erzählt von Diebstahl, barocken Meistern, Crostini und dem richtigen Zeitpunkt. Rosina glänzt in der Theorie, versagt in der Praxis und fährt ihr Herz an die Wand. Ich werde am freundschaftlichen Abstellgleis geparkt, habe Vorahnungen und eine Informantin. Es geht um Zwiebeln, Basilikum und Lavendelblüten. Meine beste Freundin mixt Alkoholisches, sieht der Wahrheit ins Gesicht und passt sich den Gegebenheiten an.

Susanna und die Ältesten verschwanden zum denkbar schlechtesten Zeitpunkt. Es war der 15. August, Ferragosto in Italien. Der Tag, an dem die Temperaturen hoch und die Straßen voll sind. Wo sich italienische Familien auf Picknickdecken und Urlauber in Freizeitparks quetschen, Hotelbetten überteuert und Strände überfüllt sind. Kindergeschrei, Kirchenglocken und Familienessen, Animateure, Karaoke-Musik und Feuerwerke schmelzen zu einem Dezibelkonglomerat jenseits der Erträglichkeit.

Ferragosto ist der wichtigste und demnach auch lauteste Feiertag in Italien. Am 15. August zählen nur Ferien, die Familie und gemeinsame Nahrungsaufnahme. Niemanden kümmert es, was hinter einer hohen Zypressenhecke geschieht. Der ideale Zeitpunkt also, um ein Kunstwerk unauffällig den Besitzer wechseln zu lassen.

Diebstahl an sich ist ein altes Gewerbe und weiter nicht schwierig, wenn man die Sichtweise auf Mein und Dein lockert und sich nicht erwischen lässt. Wie in allen Disziplinen gilt auch hier: Erst mal gehen lernen, bevor man losläuft. Übung macht den Meister. Ein Panino beim Lieferanteneingang des Supermarktes zu stibitzen ist wesentlich einfacher, als eine Skulptur aus den Uffizien verschwinden zu lassen. Die beiden anderen Erfolgskomponenten sind Vorbereitung und Timing.

Susanna und die Ältesten, das Meisterwerk der barocken Malerin Artemisia Gentileschi, hing jedenfalls zur Mittagsstunde an Ferragosto nicht mehr an seinem Platz. Signor Martinelli, Eigentümer einer luxuriösen Villa in Riva am Gardasee und stolzer Besitzer dieses herausragenden Gemäldes, bemerkte den Diebstahl um 14 Uhr, kurz vor der Trauung seiner Nichte Paola in Bologna. Festgäste und Familie hatten sich unter dem Arkadengang von San Luca versammelt, mittlerweile war die Hochzeitsgesellschaft vollzählig. Der Sektempfang war zu Ende, und das Brautpaar fieberte der Trauung in der Wallfahrtskirche Chiesa San Luca entgegen.

Die Aufzeichnungen der Überwachungskameras wurden per App auf Signor Martinellis Smartphone übertragen, und er nutzte die spontane, aber langweilige Rede eines Hochzeitsgastes für einen virtuellen Kontrollgang durch seine Villa.

Gerade als eine Kellnerin ihm das Tablett mit den letzten Crostini misti di Polenta unter die Nase hielt, erstarrte Signor Martinelli und wurde bleich. Nicht wegen der Crostini, denen die Mittagshitze stark zugesetzt hatte. Sondern weil die Kamera in Martinellis Villa eine leere Wohnzimmerwand zeigte. Ein verwaister Nagel unterbrach das grelle Weiß der Mauer. Erst nach Sekunden begriff Martinelli, was er sah. Umso heftiger reagierte sein Körper auf das Bild: trockener Hals, rasender Puls und eine beklemmende Enge im Brustkorb. Jemand war ins Haus eingedrungen, hatte die Alarmsicherung deaktiviert und geholt, was zu holen war: das Gemälde.

Lorenzo Martinelli spürte einen stechenden Schmerz in der Brust, geriet ins Wanken und klammerte sich an den Arm der Kellnerin. Die wiederum verlor die Balance, die winzigen Crostini rutschten vom Tablett und platschten ins Sektglas einer älteren Dame. Vom Aufschrei der Kellnerin alarmiert, drängten sich die übrigen Hochzeitsgäste um Signor Martinelli, der bereits am Boden lag und nach Luft rang, denn der Verlust von »Susanna« hatte ihn härter getroffen als ein Blitzschlag. Sein ganzer Stolz, sein liebstes Schmuckstück, sein wertvollster Schatz war verschwunden. Aber schlimmer als der Diebstahl war, dass Lorenzo Martinelli die Polizei nicht alarmieren konnte. Denn offiziell existierte *Susanna und die Ältesten* nicht.

Ohne Übertreibung war dies der spektakulärste Kunstraub seit Langem, zumindest in Oberitalien. In Rom waren wenige Monate zuvor ebenfalls Gentileschi-Bilder aus privaten Sammlungen gestohlen worden.

Spektakulär war der Raub der *Susanna* allein deshalb, weil Lorenzo Martinelli kein einschlägig bekannter Kunstsammler war. Keiner der Sorte, die einem Gemälde um die halbe Welt hinterherjagen, um es bei einer Auktion zu ergattern.

Genau genommen hatte Lorenzo Martinelli mit Kunst gar nichts am Hut; auf den Kommoden und Regalen seiner Villa prangten nur mäßig interessante Mitbringsel von Geschäftsreisen sowie ein paar Schalen aus Murano-Glas. 90 Prozent undefinierbare Nippes, zehn Prozent ideenloser Mix aus den Souvenirläden dieser Welt. Das Highlight war ein meterhoher schwarzer Buddha-Kopf, illegal aus Thailand importiert.

Martinellis Religion war nicht die Kunst, sondern die Selbstdarstellung. Fotos von A-, B- und C-Promis, allesamt Lorenzos Firmenkunden, pflasterten die Wände seiner Villa. Vom US-Präsidenten bis zum ausrangierten Skirennläufer, von der Haubenköchin bis zum Busenwunder: Alle posierten mit mehr oder minder geschmackvollen Sehhilfen auf dem Nasenrücken und dem grinsenden Martinelli an der Seite. Die Firma Martinelli mit Sitz in Verona, vom umtriebigen Lorenzo gegründet, gehörte zu Italiens größten Optikern.

Gentileschis atemberaubendes Gemälde war in diesem Haufen abstruser Dekorationen schlicht fehl am Platz. Oder, wenn man so will, das einzig Stilvolle, das Martinelli besaß.

Über Herkunft und Vorbesitzer des Meisterwerks hatte Lorenzo Martinelli bis dato geschwiegen. Ebenso, wie viel er dafür bezahlt hatte und wem.

Nur er selbst wusste über die häufig wechselnden Besitzverhältnisse Bescheid, und da er nicht belegen konnte, das Gemälde legal erworben zu haben, hatte er keine Versicherung dafür abgeschlossen. Der Schaden war also nicht gedeckt, Hilfe von offizieller Seite nicht zu erwarten. Streng genommen durfte Martinelli nicht einmal über den Diebstahl reden, ohne sich selbst verdächtig zu machen, denn Gentileschis Bilder wurden zu hohen Summen am Kunstmarkt gehandelt. Ein Bild zweifelhafter Herkunft ohne Expertise konnte also, im schlechtesten Fall, den Besitzer in Schwierigkeiten bringen.

Unter normalen Umständen wäre *Susanna und die Ältesten* hochversichert und die Alarmanlage mit der nächsten Polizeidienststelle gekoppelt. In Martinellis Fall: negativ. Die Chance, den Dieben ohne polizeiliche Hilfe auf die Schliche zu kommen, war verschwindend gering. Lorenzo Martinelli brauchte also jemanden, der sich mit Malerei auskannte und in der Kunstszene sattelfest war. Bestens vernetzt und gleichzeitig integer. So wie meine beste Freundin Rosina.

Rosina Gamper. Kaum eine Frau kommt den Männern beruflich näher als sie, Urologinnen ausgenommen. Stramme Männlichkeit ist ihr Geschäft, gemeißelte Brustmuskeln, trainierte Waden und kantige Gesichtszüge sind ihr täglich Brot. Alter und gesellschaftlicher Stand sind dabei bedeutungslos. Ob knackig, kurz vor dem Verfall, Ziegenhirt oder Heiliger: Rosina macht sich über alle her. Mit sanften Fingern und viel Erfahrung spürt sie ihre empfindlichsten Stellen auf und schenkt ihren Schützlingen die Zeit, die sie brauchen. Rosina bringt Männerkörper zum Strahlen, denn sie ist Malerin und Restauratorin. Natürlich finden sich auch unschuldige Madonnen, sinnliche Damen und kugelrunde Putten in ihrer Patientenkartei, aber meistens schanzt ihr das Universum renovierungsbedürftige Kerle zu.

Abseits von Pinseln und Farbe greift Rosina allerdings zielsicher daneben, seit sie 17 ist. Ihr Liebesleben ist Chaosforschung.

Mitte August war es wieder einmal so weit: Rosinas Herz war frisch gebrochen, zum gefühlt 100. Mal. Zersprungen in zigtausend Scherben wie eine Tischplatte aus Sicherheitsglas. Unzählige Teilchen, die beim Crash in die entlegensten Winkel ihrer Seele gesplittert waren und nun mühevoll hervorgeholt und entsorgt werden mussten. Griechische Tragödien sind ein Freudenfest dagegen. Im Wiederaufbau von Rosinas zerstörtem Seelenheil hatte ich Übung. Die Mischung aus divenhafter Schönheit, hoffnungsloser Romantik und naiver Gutmütigkeit machte sie zur leichten Beute selbstverliebter Gockel. Seit ich sie kenne, also seit unserer Schulzeit, hängt Rosina in der Endlosschleife ihrer Wünsche fest: ein rauchiges ›Schau-mir-in-die-Augen-Kleines‹, ein Verlobungsring von Cartier oder Champagnerzweisamkeit am Strand. Ihr heldenhafter Ritter sollte sich ausschließlich per Pferd beziehungsweise Cabrio fortbewegen, die Klaviatur der Komplimente beherrschen und darüber hinaus ein leidenschaftlicher Tänzer sein. Kleinigkeiten wie akkurater Haarschnitt, ein üppiges Bankkonto und hingebungsvolle Liebe verstehen sich von selbst. Rosina ist ein Kind der späten 60er und mit ihren Wünschen im Märchenbuch stecken geblieben.

Handwerklich dagegen ist sie unschlagbar. Als Tochter eines Südtiroler Schnitzers und einer Salzburger Schneiderin ist Rosina Gamper mit Schönheitssinn, künstlerischem Geschick und Geduld ausgestattet. Nach ihrem Studium der Kunstgeschichte und Malerei perfektionierte sie ihr Handwerk in Rom, Siena, Salzburg und Wien. Sie ist eine Meisterin ihres Fachs. Rosinas Auftragsbuch ist stets prall gefüllt, zu ihren Kunden zählen Schlossherren ebenso wie Sammler und die Kirche.

Vor gut zehn Jahren, nach ihrer vierten Scheidung, machte sie Schluss mit dem Salzburger Schnürlregen und zog an den Gardasee. »Wenn schon unglücklich, dann wenigstens in der Sonne!«, hatte sie mir damals erklärt. Ihr Erspartes tauschte sie gegen ein Häuschen in Canale di Tenno, einem kleinen Ort circa 600 Meter oberhalb des Sees, wenige Kilometer von Riva entfernt. Wildromantisch, mit mittelalterlichen Bogengängen, engen Gässchen und kleinen Innenhöfen. Hier schlagen Künstlerherzen höher, Rosina war unter Gleichgesinnten. In der *Casa degli Artisti* gehen Künstler aus ganz Europa ein und aus. Im Herzen des Dorfes finden Ausstellungen und Empfänge, Kurse und Symposien statt. Und praktisch veranlagt, wie Rosina ist, hat sie sich beruflich ein zweites Standbein geschaffen und das dortige Kursprogramm erweitert: Aktzeichnen nach Art der barocken Meister. Die Plätze sind heiß begehrt und Monate vorher ausgebucht.

Ich selbst bewohne in Riva ein Apartment, in dem auch meine Werkstatt für Lederverarbeitung und ein Verkaufsraum untergebracht sind. Touristen und Einheimische, die auf der Suche nach edel verarbeitetem Leder abseits des Wegwerf-Mainstreams sind, werden bei mir in der Via del Marocco fündig.

Letzten Sommer bot ich ebenfalls Kurse an: Ich wollte das Produkt Tasche erlebbar machen. Die Wertschätzung der Kunden steigern, indem ich mit ihnen Gerbereien besuchte, Modelle entwarf und Einblick in meine Werkstatt gewährte. Allerdings fehlte mir dazu die nötige Portion Wurschtigkeit. Nach einer Woche war ich dermaßen genervt von unerfüllbaren Sonderwünschen und verstreuten Jausenpaketen in meiner Werkstatt, dass ich das Projekt auf Eis legte.

»Wie hältst du das nur wochenlang aus?«, jammerte

ich, als Rosina und ich bei einem Gläschen Rosé zusammensaßen.

»Du kannst aus einem Touristen keinen Michelangelo machen«, erklärte sie mir, »aber Workshops sind eine Art Beschäftigungstherapie. Entschleunigung. Genau das suchen ja viele im Urlaub. Und im Idealfall entdecken sie ihren Sinn für Kunst.«

Bildungsauftrag also, in ihrem Fall mit einem Dutzend gut gebauter Aktmodelle, die Rosina natürlich selbst aussuchte. Sprich: handverlesen.

Leider verhält sich Rosinas theoretisches Wissen über Männer proportional zum praktischen Scheitern an denselben. Sie leidet unter dem selbst auferlegten Druck, Mister Perfect finden und ihm auf Anhieb gefallen zu müssen. Rosina hat – zumindest ist das meine Theorie – Angst, übrig zu bleiben. Torschlusspanik. Unbegründet, aber so ist es eben. Daher ist sie unerbittlich mit sich selbst und verliebt sich nach kurzem Schmutzabbeuteln und Wundenlecken aufs Neue, immer das Ziel im Visier: den Mann fürs Leben.

Ihr vernarbtes Herz glich Mitte Juli dem Rücken eines Gegeißelten zwei Tage nach der Bußübung. Die Wunden waren erst frisch verkrustet, als sich bereits die nächste Katastrophe in Gestalt von Valentino Gambacorta anbahnte. *Dottore* Valentino Gambacorta.

Ohne meiner Freundin den Spaß an der Liebe vergällen zu wollen, spielte ich die Anstandsdame. Ich redete auf sie ein. Angelte auf ihrer Fahrt ins nächste Unglück nach der Notbremse. Denn das eigentliche Problem, das war mir im Lauf der Jahre klar geworden, waren nicht die Männer; es war Rosina selbst. Blauäugig drückte sie jedem halbwegs brauchbaren Exemplar den Stempel »lebenslänglich tauglich« auf, ohne vorher gründliche Nachforschungen anzustellen. Sie gab sich und dem Jeweiligen keine Zeit, einander kennenzulernen. Viel zu früh ließ sie textile Hüllen fallen, entblätterte ihre Seele und gab alles von sich preis, ohne ihr Gegenüber zu untersuchen. Von kritischer Betrachtung einmal ganz abgesehen. Ich suchte also einen Weg, Rosina vor sich selbst zu schützen, denn die Liebe war ihre Droge: War sie erst einmal drauf, gab es kein Zurück mehr.

Ich riet ihr, es langsam angehen zu lassen mit Valentino. Ihn auf Herz und Nieren abzuklopfen. Zu prüfen, ob er auch wirklich zu ihr passte. Aber schon Kassandra in der griechischen Mythologie war erfolglos: Sie hat das Unheil kommen sehen, zur Vorsicht gemahnt und dennoch nichts erreicht. Rosina schimpfte mich eine Spaßbremse und ließ sich von Amors Pfeil treffen: eins zu null für ihre Hormone.

Und so kam, was kommen musste: Meine beste Freundin verliebte sich Hals über Kopf. Genau genommen konnte sie gar nicht anders, denn gemessen an ihrem Beuteschema war Valentino der Traummann schlechthin: Ende 40, sportlich, braun gebrannt (vom Segeln, laut eigenen Angaben), Cabrio-Fahrer. Polos mit aufgestelltem Kragen, pastellig in Mint oder Rosa (mit Krokodil!), begnadeter Salsa-Tänzer und Whisky-Experte. Blütenweiße Sneakers, perfekt manikürte Finger, Kenner sämtlicher In-Lokale und: Golfspieler. Rosina war hin und weg, ich war skeptisch. Das Gesamtpaket Valentino war too much für meinen Geschmack. Zu viel Dolce Vita. Ein dermaßen luxuriöses Leben war nur Mitgliedern des

Geld- und Hochadels vergönnt. Vermutete ich. So sehr ich Rosina eine wirklich gute Partie gegönnt hätte: Dieser Valentino war kein Spross edlen Geblüts. Irgendetwas an ihm passte nicht zur Welt, aus der er vorgab zu sein. Nur wusste ich noch nicht, was es war.

Misstrauisch fragte ich Rosina also nach dem Brotberuf ihrer neuen Flamme, denn Valentino war zu jeder Tages- und Nachtzeit anwesend. Geregelter Arbeitsalltag: Fehlanzeige!

»Er ist Herzchirurg!« *Dottore* Valentino Gambacorta also. Nicht nur gut verdienender Akademiker, sondern Leiter einer Privatklinik in Malcesine. Behauptete Rosina. Das Sahnehäubchen auf ihrer Traumtorte, Jackpot, 100 Punkte, Ziel erreicht. Klar, dass sie sich das nicht so einfach nehmen lassen würde.

Zugegeben, ich war beeindruckt, trotzdem ... irgendetwas stimmte nicht. »Hat er am Gardasee derzeit keine Patienten?« Es war, wie gesagt, Hochsaison. Sämtliche Betten von Riva bis Salò, von Malcesine bis Desenzano waren belegt mit Touristen aus aller Herren Länder. Alle Alters- und Gewichtsklassen waren vertreten. Und meines Wissens waren Herz-Kreislauf-Erkrankungen die neue Geißel der Menschheit, Pandemien ausgenommen. Folglich sollte Dottore Gambacorta eher in Arbeit ersticken, als Rosina seinen Knackpo zu präsentieren.

»Urlaub«, lautete Rosinas knapper Kommentar. Valentino habe extra seinen ganzen Jahresurlaub zusammengespart, um möglichst viel Zeit mit ihr zu verbringen. In meinem Inneren holten die Alarmglocken zum Schwung aus und machten sich startklar zum Lärmen, denn Rosina steckte schon tiefer im gordischen Knoten der Romantik, als ich befürchtet hatte. Sie war ihrer neuen Flamme mit Haut und Haar verfallen. Die Katastrophe hatte ihre Sieben-Meilen-Stiefel angelegt und näherte sich unaufhaltsam.

Zügig graste ich also das Internet nach dem schönen Dottore Gambacorta ab. Weniger aus persönlicher Neugier; braun gebrannte Sunnyboys tangierten mich nur peripher. Es war eher ein routinemäßiger Freundschaftsdienst, den ich Rosina erwies. Denn zu einem gewissen Teil fühlte ich mich für sie verantwortlich. Meine beste Freundin ungebremst ins Verderben rasen zu lassen, wäre grob fahrlässig. Ich suchte also und fand ... nichts!

Zuallererst checkte ich die Homepage der Privatklinik, die Valentino angeblich leitete. Ein Dottore Gambacorta war weder auf der Startseite noch in der Menüleiste »Personal« zu finden. Also rief ich Rosina an.

»Die Homepage wird gerade neu gestaltet«, lautete ihre Erklärung. Das Schmatzen im Hintergrund war unüberhörbar. Widerlich. Ich vermutete, es war Valentino, wie er hinter der telefonierenden Rosina stand und ihren Nacken küsste. Weil er keine Sekunde ohne mich sein kann, dachte sie wahrscheinlich. Weil hier etwas faul ist und er nichts von unserem Telefonat verpassen will, stimmte wohl eher. Aber das sagte ich ihr natürlich nicht.

»Okay, aber selbst wenn ... müsste er dann nicht wenigstens im Telefonbuch stehen?« Mein letzter Versuch. Und hier endete Rosinas Geduld. Sie ging in Angriffsstellung über.

»Weißt du was«, fauchte sie, »du tust mir leid! Hab' Vertrauen in deine Mitmenschen und geh nicht immer vom Schlimmsten aus!« Ihre mittelschwere Gereiztheit war wie flirrende Luft vor einem Sommergewitter, der bevorstehende Wolkenbruch zum Greifen nah. Sie hasste mein Misstrauen gegenüber ihren Affären, das wusste ich. Rosina war verliebt, in Valentino und die Liebe, und sie nahm Kurs auf das bittere Ende. Ich verehre Rosina für ihre Malkunst, sie ist ein herzensguter Mensch und gibt ihr letztes Hemd, wenn es drauf ankommt. Aber sie ist nicht kritikfähig. Und deshalb war klar, was passieren würde: Rosina würde mir aus dem Weg gehen, keine Anrufe annehmen, meine Nachrichten ungelesen löschen und die Tür nicht öffnen, wenn ich klingelte. Rosina Gamper war nicht die Frau, die sich den Spaß an der Liebe nehmen ließ. Von niemandem. Folglich mied sie mich – Überraschung! – ab jenem Telefonat konsequent. Funkstille. Solo Valentino.

Es war die Ruhe vor dem Sturm. Auf das Schlimmste vorbereitet, trat ich den Rückzug an und konzentrierte mich auf meine Arbeit. Fuhr zu kleinen Gerbereien, kaufte butterweiches Leder und entwarf neue Modelle. Arbeitete Aufträge ab und versuchte, nicht an Rosina zu denken.

Was genau in Rosinas Haus von Mitte Juli bis Ferragosto passierte, entzieht sich meiner Kenntnis. Ein paar Informationsfetzen verdanke ich meiner Putzfee Gianna, die bei Rosinas Nachbarin einmal die Woche sauber macht, bevor sie mitsamt Putzkübel und latest news bei mir aufschlägt. Gianna zufolge zog Valentino bereits Ende Juli bei Rosina ein. Früher, als ich dachte. Ab diesem Punkt machte ich mir ernsthaft Sorgen, denn was ich in der Zwischenzeit über ihren Lover herausgefunden hatte, war grauenhaft. Nur so viel: worst case!

Ich verließ meine reptilienhafte Starre, versuchte zigmal, Rosina zu erreichen, fuhr bis vor ihr Haus und warf Kieselsteine ans Fenster. Ich stopfte Zettel mit Warnungen in ihren Briefkasten, schickte SMS und schrieb seitenlange Mails. Mit dem Ergebnis, dass sie wortlos die Fensterläden zuknallte und mich in der Gasse stehen ließ. Es war hoffnungslos.

Valentino machte derweilen sich und Rosina bei den Nachbarn in Canale unbeliebt: Disco-Beats bis weit nach Mitternacht, kettenrauchende Partygäste im Garten und quer in den Gässchen parkende Autos sorgten zuerst für Irritation. Derlei war man von Signora Gamper nicht gewohnt. Man schätzte L'Austriaca als angenehme Nachbarin und professionelle Künstlerin. Ein paar Tage lang sah man also großzügig über Zigarettenstummel und heulende Motoren von Valentinos Bekannten hinweg, biss die Zähne zusammen und grüßte weiterhin freundlich. Künstler sind Freigeister, klar, aber auch die verständnisvollsten Nachbarn brauchen ab und zu eine Mütze Schlaf ohne wummernde Bässe. Nach und nach regte sich also der Unmut links und rechts von Rosinas Haus.

Was aber für meine beste Freundin kein langfristiges Problem darstellen sollte, denn bereits Mitte August war es nicht mehr *ihr* Haus. Am Abend des 14. August servierte Valentino sie ab, keine zwölf Stunden, nachdem sie ihm beim Notar ihre Liegenschaft in Canale überschrieben hatte.

»Du hast *was*?« Ich konnte nicht glauben, was ich da hörte.

Zehn Minuten zuvor, in den Abendstunden des Ferragosto, als das touristische Italien Feuerwerke in Millionenhöhe in die Atmosphäre pulverte, war sie mit einer Flasche *Ramazzotti Rosato* in meinen Garten gestolpert. Denn jedem Totalschaden ihres Herzens folgte ein gemeinsames Besäufnis, bevorzugt mit leicht prickelnden Weinen. Ein wohltuendes und heilsames Ritual, das über die Jahre einen fixen Platz eingenommen hatte. Wie bei einer Beerdigung wurde von einem lieben Menschen Abschied genommen, sein Verlust tränenreich bedauert und der Schmerz mit Alkohol weggespült, bis Rosina die Schwelle der Verzweiflung überschritten hatte und sich bereit für Neues fühlte. Auf diese uralte Kulturform der gemeinsamen Frustbewältigung ist einfach Verlass: Bei fast allen Begräbnissen verabschieden sich die zuvor Trauernden lachend und gelöst voneinander. Das Leben geht weiter, mit oder ohne Alkohol.

Wie viele solche Abschiede wir bisher weggespült haben, weiß ich nicht. Fest steht jedenfalls, dass Rosinas Herz sich von allen Widrigkeiten der Liebe nicht abhalten lässt. Es ist wie mit den Siedlungen am Fuß des Vesuvs: Spätestens seit Pompeji ist bekannt, dass Vulkangase tödlich sind. Die Lava ist schnell und Davonlaufen sinnlos. Trotzdem sind die Hänge des Vesuvs wieder dicht besiedelt. 600.000 Menschen leben in der Gefahrenzone. Die nächste Katastrophe ist vorprogrammiert, die Menschheit unbelehrbar. Wie Rosina.

Mit vom Mascara verschmierten Wangen beichtete sie mir das peinliche Ende der Ära Valentino.

»Es hat sich so schön angefühlt, weißt du!«, schniefte sie und entkorkte die Flasche. »Er hat versprochen, für mich da zu sein. Mir alle finanziellen Belastungen abzunehmen.«

Natürlich hätte ich an dieser Stelle dem Ich-hab-es-dir-gleich-gesagt-Reflex nachgeben können. Hätte mich in endlosen Vorwürfen verlieren und mein gekränktes Ego hervorkramen können. Schließlich hatte sie mich wochenlang am Abstellgleis geparkt, meine Anrufe weg-gedrückt und mir die Fensterläden vor der Nase zuge-knallt. Nicht nett. Alles nur, um ihr Herz an diesen braun gebrannten Filou zu verschleudern. Und nebenbei auch ihr Haus, wie ich mittlerweile wusste. Ein italienisches Sprichwort sagt: Hai voluto la bicicletta, adesso pedala! Du wolltest das Fahrrad, also tritt! Aber jetzt war der fal-sche Zeitpunkt für Klugschiss, also beherrschte ich mich.

Wortlos stellte ich zwei langstielige Weingläser auf den Holztisch im Garten und überlegte, ob ich die Bombe gleich platzen lassen oder Rosina noch eine kleine Schon-frist gönnen sollte.

»Er wollte mit mir in seine Villa nach Garda ziehen.« Sie zog einen Schmollmund und klang wie ein trotzi-ges Kind, das den versprochenen Lolli nicht bekommt. Rosina füllte die Gläser zur Hälfte mit *Ramazzotti Rosato* und wischte die Tränen energisch weg. Dass Valentinos Interesse nicht ihrem Herzen, sondern ihrem Haus gegol-ten haben könnte, schien sie konsequent auszublenden. Verdrängung? Schutzreaktion? Wahrscheinlich beides.

»Mein Haus in Canale wäre der ideale Zweitwohnsitz, hat er gemeint.«

»So, hat er das.« Ich schüttelte den Kopf und lehnte mich zurück, während Rosina die Gläser mit Eiswür-feln und Prosecco auffüllte. Ich musterte meine beste Freundin. Schon wieder – oder noch immer – war sie mir ein Rätsel. Das Schicksal hatte sie erneut volle Breitseite getroffen. Hatte ihr den Boden unter den Füßen wegge-zogen, emotional und materiell. Trotzdem sah sie aus wie die Schaumgeborene. Rosina duftete nach Rosen und trug eine olivfarbene Bluse zur weißen Jeans, die Ärmel lässig aufgekrempelt. Dazu Goldschmuck, eine Sonnenbrille im offenen Haar und beige Keilsandaletten. Ihre gebräunte Haut hatte einen warmen Goldton, der wunderbar mit ihren grünen Augen harmonierte.

Wäre mir nur die Hälfte von dem passiert, was Rosina in den letzten 24 Stunden mitgemacht hatte, ich wäre ein Schatten meiner selbst: rot geweinte Augen, pralle Tränensäcke, fahle Haut und schlechter Atem. Ein Potpourri der Scheußlichkeiten. Aber nicht Rosina. Ihr war es gegeben, schön zu leiden. Sie war der Frühling in Person. Edel wie die Bilder der barocken Meister, die ihr anvertraut wurden. Wie es in ihrem Inneren aussah, konnte ich mir denken. Außenstehende hätten jedenfalls bei ihrem Anblick höchstens an exzessives Zwiebelschneiden gedacht: Ein paar Tränen – fertig.

Warum also, in Gottes Namen, war es dieser wunderschönen Frau nicht vergönnt, ihr Glück zu finden? Wann würde Rosinas Lebenselixier, die Liebe, sie berauschen, anstatt sie immer wieder tröpfchenweise zu ködern und am ausgestreckten Arm verhungern zu lassen?

Schweren Herzens beschloss ich, ihr reinen Wein einzuschenken. Sie hatte ein Recht darauf zu erfahren, was ich schon vor Wochen über Valentino herausgefunden hatte.

»Die Adresse der Villa?«, fauchte ich und zückte mein Handy. Rosina starrte mich an; dermaßen heftige Reaktionen war sie von mir nicht gewohnt. »Du hast gesagt, er hätte eine Villa in Garda«, half ich nach. Rosina war immer noch in Schockstarre, was wiederum mein schlechtes Gewissen auf den Plan rief. Jetzt tat sie mir leid. Schließlich war sie zu mir gekommen, um ihr Herz auszuschütten.

»Warst du einmal dort? In seiner Villa, meine ich?«, fragte ich, etwas entschärfter.

Sie schüttelte beschämt den Kopf. »Nein, wir hatten keine Gelegenheit dazu. Die Villa wird gerade umgebaut.« So wie die Homepage der Privatklinik, dachte ich grimmig, schwieg aber.

Rosina zog die Sonnenbrille aus ihren Haaren und setzte sie auf. »Aber ich weiß, wo sie ist. Via Cirillo in Garda. Nummer zehn, glaube ich.« Sie kippte ihren *Ramazzotti Rosato* auf ex hinunter und stellte das Glas auf dem Tischchen ab. Ein wenig zu energisch vielleicht, denn es knackste. Aber ich wusste: Sie war bereit für die Wahrheit. Gleich würde es hässlich werden. Hässlich, aber unumgänglich. Ich würde dem Trugbild, das Valentino ihr gezeichnet hatte, den gnädigen Schleier der Naivität entreißen. Liebe macht blind, und weil man Trugbilder am besten mit Bildern entkräftet, rief ich Google zu Hilfe. Ich griff zum Handy. Nicht, dass mir die richtigen Worte gefehlt hätten, um es selbst zu sagen, aber ein Bild aus dem Internet hatte mehr offiziellen Charakter. Ich tippte und wischte am Smartphone herum und hielt Rosina das Display vor die Nase. Ein roter Pfeil markierte als Suchergebnis die Via Cirillo Nummer zehn in Garda. Und was sich dort befand, war definitiv keine Villa. Sondern *Gardaqua*, eines der größten Schwimmbäder am Gardasee. Schlechtwetterprogramm für Tausende Touristen. Ein Foto aus der Vogelperspektive zeigte Innen- und Außenbecken mit Wasserrutschen sowie den Wellnessbereich. Auf einem anderen Bild waren die großzügigen Liegewiesen zu sehen, Olivenbäume und ... *Valentino!*

»Warum trägt er denn seine Arztkleidung, wenn er ins Schwimmbad geht?« Rosina zog die Augenbrauen zusammen, schüttelte ungläubig den Kopf und nippte am nächsten *Ramazzotti Rosato*.

»Hallo?« Ich wackelte mit dem Display vor ihrem Gesicht herum. Offenbar hatte sie immer noch nicht begriffen. »Er ist ein Bagnino! Ein Bademeister! Das *Gardacqua* ist sein Arbeitsplatz!«

»Ich glaub' dir kein Wort!« Sie schüttelte den Kopf, lehnte sich zurück und kreuzte trotzig die Arme vor der Brust.

Ungeduldig tippte ich auf die Homepage des *Gardacqua* und las ihr vor: »Es erwarten Sie Schwimmkurse, Yoga und Aquafitness. Unser Team wird regelmäßig geschult und gibt alles, um Ihren Aufenthalt in *Gardacqua* unvergesslich zu machen. Teamleiter Valentino Bartolotti …«

»Siehst du, das ist ein ganz anderer Val…«

»Herrschaftszeiten noch einmal!« Ich schlug mit der flachen Hand auf den Tisch und stand auf. Das Smartphone ließ ich liegen, drehte Rosina den Rücken zu und tigerte wie ferngesteuert zwischen zwei alten Lavendelbüschen, meinen Lieblingen im Garten, hin und her. Lavendel sind wahre Alleskönner: Stimmungsaufheller, Duftexplosion, Farbwunder, Bienenparadies. Allein die Farbe senkt meine Pulsfrequenz. Was dem Raucher die Zigarette, ist mir die Lavendelblüte. Ich sog den Duft der zerriebenen Blüte ein und fühlte mich sofort besser.

Aus dem Augenwinkel sah ich, wie Rosina zum Handy griff und ungläubig darauf starrte. Anscheinend übernahm jetzt die Logik das Ruder und schubste die Romantik endgültig über Bord. Angesichts der farbenfrohen Fotos war jeder weitere Selbstbetrug sinnlos. Valentino war ein gut trainierter, braun gebrannter Bagnino mit blendend weißen Zähnen und charmantem Lächeln. Ein optischer Leckerbissen. Zu seinen Aufgabengebieten zählten, laut Homepage, Auswahl und Ausbildung der übrigen Bagnini (quasi leitende Position) sowie die Betreuung des Saunabereichs. Als Rosina das Foto sah, auf dem Valentino einer jungen, spärlich bekleideten Dame grinsend in den Bademantel half, hatte sie genug. Ihr Bild von Romantik und Monogamie zerschellte wie eine barocke Skulptur auf Terrakottaboden.

Sekundenlang hörte ich nur das Summen der Bienen. Ich kehrte zum Tisch zurück und nippte an meinem *Ramazzotti Rosato*. Der Geschmack war noch nicht vollkommen.

Über Rosinas Wangen rannen Tränensturzbäche. Zweifellos war dies das Schlimmste, was ihr bisher passiert war: Sie hatte ihr Haus an einen Hochstapler verschleudert. Entwürdigend.

»Kannst in meinem Gästezimmer schlafen, wenn du willst!«, murmelte ich versöhnlich, zupfte aus einem der vielen Kräutertöpfchen Basilikumblätter ab und streute sie in die Flüssigkeit. Das Triumphgefühl, einen Hochstapler enttarnt zu haben, verzog sich und machte dem schlechten Gewissen Platz. Schließlich hatte ich Rosina gerade die Wahrheit mit der Keule um die Ohren gehauen.

Aber – und das muss man ihr lassen – sie ist eine Meisterin der Verdrängung und des Themenwechsels.

»Cin-cin!« Sie prostete mir tapfer zu. Nach ein paar Schlucken deutete sie mit dem Kinn zur alten Steinmauer, die meinen Garten begrenzte. »Danke, nicht nötig. Hab' schon was.« Ich schnellte vom Stuhl hoch und lief zur kniehohen Begrenzung. Ein übler Verdacht kroch in mir hoch: ein Trostpflaster in Form eines weiteren, gut gebauten Kerls, der im Cabrio mit offenem Verdeck bereits auf Rosina wartete, um sie nach allen Regeln der Kunst von ihrem Weltschmerz zu befreien. In *seinem* Zuhause, wohlgemerkt, denn sie hatte ja keines mehr. Mit Adleraugen suchte ich also das alte Gässchen, durch das sich tagsüber Touristenströme schieben, nach potenziellen Herzensbrechern ab und sah ... nichts.

Ein altes Fahrrad lehnte am Haus gegenüber, eine Katze balancierte elegant über das Fensterbrett von Signora Baldini nebenan, und ein Liebespaar schlenderte Hand in Hand übers Kopfsteinpflaster. Nichts Untypisches für diesen Flecken Paradies. Idylle pur.

»Weißt du, ich habe ja schon immer von Freiheit geträumt«, sagte Rosina hinter mir. »Zu sehr an einem Ort verwurzelt zu sein, ist schlecht für die Seele. Man wird träge.«

Mit dem üblen Verdacht, dass das Valentino-Drama mehr Schäden hinterlassen hatte als befürchtet, beugte ich mich über die Mauer und suchte nach einem Schlafsack, einer Isomatte, meinetwegen auch einem zusammengefalteten Zelt. Rosinas Existenz war bedroht, und sie versuchte gerade, sich den Verlust ihres Hauses schönzureden, klare Sache. Ich nahm mir fest vor, mich in nächster Zeit mehr um sie zu kümmern.

»Letzten Winter habe ich meinen Bruder in Österreich besucht«, fuhr sie fort. »Christkindlmarkt, verschneite Wälder, Schlittenfahren. Ich vermisse das, kennst mich ja. Am Glühweinstand bin ich mit einem Wohnmobil-Händler ins Gespräch gekommen.« Sie setzte sich auf die Mauer, ließ die Beine baumeln und grinste. »Und da hab' ich einen Entschluss gefasst.«

»Der da wäre?« Ich war ehrlich gespannt, aber Rosina ließ sich Zeit. Sie schaute in den Abendhimmel.

»Für meine Arbeit brauche ich gar keine fixe Bleibe. Ich bin doch sowieso heute hier, morgen dort. Je nach Auftragslage. Einmal Verona, einmal Siena, dann wieder Limone. Wo halt gerade ein Gemälde restauriert werden soll.«

»Ist mir bekannt«, murmelte ich säuerlich.

»Pinsel und Farben brauchen nicht viel Platz, und das bisserl Zeug, das ich besitze ... dafür braucht's kein eigenes Haus.« Von ihrem prall gefüllten Umkleidezimmer mal abgesehen. Rosina besaß mehr Kleidungsstücke als Königin Elisabeth, aber das war ein anderes Thema. Sie leerte ihr Glas, zog einen schwarzen Autoschlüssel aus der Hosentasche und drückte darauf. Am Ende des Gässchens blinkten zwei Lichter auf. Rosina strahlte mich an, stellte ihr Glas auf der Mauer ab und sprang auf das Kopfsteinpflaster unter ihr.

»Komm!« Und schon hopste sie vergnügt in Richtung der beiden Lichter. Alles Trübsal war weggeblasen. Ich folgte ihr, leicht misstrauisch. Diesmal lief die Frustbewältigung anders ab als sonst.

Mittlerweile war es fast dunkel, ich erkannte nur mehr Umrisse und stolperte ihr zaghaft hinterher. An einer Hausecke blieb Rosina stehen und winkte mir. Hinter ihr erkannte ich schemenhafte Umrisse. Ein großes Fahrzeug, ähnlich einem Bus oder Lkw. Ich konnte mir keinen Reim darauf machen – schließlich besaß Rosina nur eine knallrote Vespa. Für größere Aufträge, wenn sie Gemälde oder Skulpturen transportieren musste, lieh sie sich Lieferwagen aus. Wieder ein Aufblinken, dann hydraulische Zischlaute. Das schwarze Ungetüm spuckte ein Treppchen aus. Rosina stieg zwei Stufen hoch und verschwand im Inneren.

Beim Näherkommen erkannte ich einen VW-Bus, ähnlich einem Bulli, nur wesentlich größer. Es roch nach frischem Lack und neuen Reifen.

»Komm rein!«, hörte ich Rosinas Stimme gedämpft.

Das schwarze Ungetüm übertraf meine schlimmsten Befürchtungen. »Du wohnst in einem Campingbus?« So weit war es also mit ihr gekommen. Ich war, gelinde gesagt, schockiert. Camping und alles, was damit zu tun hat, ist ja nicht so mein Ding. Unwillkürlich musste ich an orangefarbene Vorzelte aus den 70ern denken, mit beigefarbener Fransenborte und unappetitlichen Stockflecken. An Klopapierrollen mit gehäkelten Hauben, die Indikatoren für rege Darmtätigkeit. An Plastikteller mit Pril-Blumen, enge Stockbetten und wackelige Klappsessel. An braune Vorhänge aus Niki-Samt. Also betrat ich Rosinas Anschaffung mit einer kleinen Portion Widerwillen. Aber das hier …

»Dio mio«, flüsterte ich ergriffen und kam aus dem Staunen nicht mehr heraus.

2. KAPITEL

Erzählt von Raumwundern, Glamour und Micro-Housing. Rosina handelt weise und überrascht mich damit. Ein eitler Gockel kriegt, was er verdient, und Rosina bleibt wieder nicht allein. Ich trete ins Fettnäpfchen und habe ein Déjà-vu. Des Rätsels Lösung ist unglaublich, aber wahr. Für Ciro gibt es kein Morgen, dafür eine Basislektion Kunst für mich.

»Benvenuto nella mia casa!«, trällerte Rosina und machte eine einladende Handbewegung. Auf der obersten Stufe blieb ich stehen und starrte fassungslos ins Wageninnere. Der Koloss mit getönten Scheiben war ein Wohnmobil der Superlative! Camingbus war gestern, das hier war Glamping auf höchstem Niveau.

»Atmen nicht vergessen!« Rosina hängte mir eine Hibiskusblütengirlande um und führte mich ins Innere.

Ich war ehrlich beeindruckt: Das Wohnmobil war ein Beweis für Rosinas stilsicheren Griff zu Farben und Formen. Ihr lag das Einrichten offenbar im Blut. Bereits ihr Häuschen in Canale, das jetzt Valentino sein Eigen nannte, hatte sie quasi aus dem Handgelenk in eine gemütliche Symbiose aus Fundstücken und moderner Kunst verwandelt. Mein Zuhause war ein ideenloser Mix aus IKEA und Erbstücken, krampfig arrangiert und schmucklos. Sie überlegte nie, ob Dinge harmonierten, sie *wusste* es einfach. Und hier, auf kaum 40 Quadratmetern, war ihr das Unmögliche gelungen: Gemütlichkeit, Chic und Funktionalität auf ein Minimum an Platz einzudampfen.

Rosina präsentierte ihre neue Residenz wie dereinst Caesar seine eroberten Provinzen. Vermute ich.

»Das hier ist die Kommandozentrale!« Damit war der Bordcomputer im vordersten Teil des Wohnmobils gemeint. Liebevoll strich sie mit der Hand über den bequemsten Fahrersessel – was sage ich: Thron! –, den ich je gesehen hatte. Butterweiches Leder, Massagefunktion, ausklappbares Fußteil und Armstützen. Dahinter, an der linken Seitenwand des Vehikels, die Küche. Klein und funktionell: Gasherd, Backrohr, Dunstabzug, Keramikspüle und amerikanischer Kühlschrank mit Edelstahlfront. Eine knallrote *Kitchenaid*-Küchenmaschine signalisierte: Hier wird frisch gekocht. Es roch nach Cantuccini und Kaffee. In einem Weinregal lagerten edle Tropfen. An der Wand gegenüber: der Lounge-Bereich mit Sofa, Barhocker und überdimensionalem Flatscreen-TV.

Daneben, in schwarzen Lettern, einer ihrer Lieblingssprüche:

Casa mia, casa mia,
benché piccola tu sia,
tu mi sembri una badia.

Was ungefähr so viel heißt wie:
Häuschen mein, Häuschen mein,
Und seist du noch so klein,
Bist wie eine Bucht, bilde ich mir ein.

Ihre Vorliebe für Lebensweisheiten kannte ich ja schon. Der Boden des Wohnmobils war mit Kelims fast komplett bedeckt, und in der Ecke stand ein dänischer Ofen. »Für die Wintermonate«, erklärte Rosina.

Sie meinte es also ernst mit dem Umzug. »Und das Schlafzimmer?«

Neugierig begab ich mich in den hinteren Teil des Wohnmobils. Eine Koje mit großzügigem Hochbett, in der Decke eingelassenen LED-Schienen und einem farbenfrohen Quilt am Kopfteil des Bettes. Im Stauraum darunter waren Rosinas Arbeitsmaterialien untergebracht: unzählige Behälter mit Pinseln, Lösungsmitteln, Farbtuben und Spachteln. Feinsäuberlich beschriftet und aneinandergereiht. In einer Nische lehnten blanke Leinwände und eine zusammengeklappte Staffelei.

Zugegeben: Die Einrichtung war perfekt. Maßgetischlert, vermutete ich. Lackierung in elegantem Ecru, Fischgrät-Parkett und dezente Plissees an den Fenstern.

»Micro-Housing at its best!«, erklärte sie stolz. Dem war nichts hinzuzufügen. Jeder Zentimeter Platz war weltmeisterlich ausgenutzt. Vom Feinsten!

»Gratuliere! Wahnsinn! Seit wann …« Mir fehlten die Worte angesichts so viel Eleganz auf so wenig Raum.

»Ach«, Rosina winkte ab, »bestellt habe ich ihn schon im Jänner. Sonderanfertigungen brauchen immer etwas länger als Wohnmobile von der Stange.« Sie strich liebevoll über die Küchenarbeitsplatte. »Aber die sieben Monate Wartezeit haben sich gelohnt. Als letzte Woche der Anruf kam, dass er fertig zum Abholen ist, hat Valentino gerade den Notartermin fixiert.« Sie zwinkerte mir zu und hielt mir die Keramikschale mit den Cantuccini hin.

Ich schüttelte den Kopf. »Äh … heißt das …?«

Rosina nahm sich selbst ein Stück Mandelgebäck, musterte mich gespannt und begann zu knabbern.

»Moment mal: Du hast gewusst, was dieser Schönling vorhat?«

»Sicher«, gluckste sie vergnügt. »Er war fesch und eine Granate im Bett, aber halt leider ein Charakterschwein.« Sie lehnte sich an die Arbeitsplatte der Küche und trommelte mit den Nägeln darauf herum. »Immobilien von alleinstehenden Frauen waren offenbar seine Spezialität.« Sie zog sich einen Barhocker heran und setzte sich mit einer Pobacke darauf. »Zumindest, wenn ich die Nachrichten richtig gedeutet habe, die ihm seine Verflossenen geschickt haben.«

»Du hast sein Handy durchforstet?«

Rosina hob leicht die Schultern. »Ja. Irgendwann schlägt das Karma zurück und teilt rechte Haken aus. Wie sagen die Australier: What goes around, comes around.«

Sie hatte es also die ganze Zeit über gewusst! Zugegeben, jetzt war ich mittelschwer beleidigt. »Ich hab' mir deinetwegen Sorgen gemacht!«

»Ich weiß. Danke.« Sie legte die rechte Hand auf die Brust und deutete eine Verbeugung an. »Dass er ein Bagnino ist, habe ich wirklich nicht gewusst, aber es rundet die Sache perfekt ab, oder?«

Jetzt zuckte ich mit den Schultern. Mir fiel nichts mehr ein zu der Sache.

»Jedenfalls war das Timing perfekt. Mein Haus in Canale war ein Klotz am Bein, seien wir mal ehrlich! Sobald klar war, dass ich Zug um Zug in mein neues Zuhause einziehen kann«, sie drehte sich auf dem Barhocker im Kreis und atmete erleichtert auf, »war ich diesem Idioten nur mehr dankbar. Er hat mir einen riesen Gefallen getan, verstehst du? Das Haus war ein Sanierungsfall, Totalschaden! Den nächsten Winter hätte es nicht mehr ausgehalten. Dach kaputt, Leitungen verrostet, Heizung im Arsch. Feuchter Keller, undichte Fenster und windschiefe Wände. Miserable Parkplatzsituation obendrein! Nie im Leben hätte ich einen Käufer dafür gefunden, und eine Renovierung hätte mein Budget gesprengt. Aber so …«Sie kicherte und ließ sich auf das Sofa plumpsen. »Er dachte, das wäre der Deal seines Lebens.«

»Und ich bin halb umgekommen vor Sorge!« Ich war sauer.

»Bist mir böse?«

»Nein«, log ich gedehnt und verdrehte die Augen. Dann wechselte ich das Thema.

»Also, ich gratuliere zum neuen Hauptwohnsitz!« Ich sah mich um. »Aber nie und nimmer hat dein ganzer Krimskrams hier Platz!«

In jedem ihrer bisherigen Wohnsitze hatte Rosina ein eigenes Ankleidezimmer besessen. Prall gefüllt mit Kleidung und Accessoires, sortiert nach Jahreszeit, Anlass und Farbe.

Von den unzähligen Schuhpaaren mag ich gar nicht anfangen. Sie deutete auf den schmalen Schrank neben der Schlafkoje und grinste. »So viel Ballast habe ich schon lange nicht mehr abgeworfen! Weniger ist mehr, da ist schon was Wahres dran! Unendlich befreiend, kann ich nur sagen. Außerdem ist *Micro-Housing* sowieso der neue Trend.« Nicht einmal mit viel Fantasie konnte ich mir vorstellen, dass Rosina ihre Garderobe freiwillig reduziert hatte.

Ich ließ mich neben ihr nieder und bewunderte die Lichterkette über der Bar. Im hinteren Teil des Wohnmobils ging eine Tür auf.

»Zeit, ins Bett zu gehen, Rosina! Morgen haben wir viel vor.«

Eine Männerstimme, eindeutig.

Rosina ignorierte meinen erstaunten Blick. Sie war die Ruhe selbst, erhob sich von der Couch, ging zur Küchenzeile und setzte Teewasser auf.

»Ich mache uns noch einen Gute-Nacht-Tee.« Sie nahm Teebeutel und Tassen aus einem der Küchenkästchen. Zwei, nicht drei, wie mir auffiel. Dann drängte sie mich aus dem Wohnmobil.

»Was soll das jetzt wieder?«, zischte ich. An diesem Abend hatte sie mir genug Überraschungen präsentiert. Schließlich war mein Verständnis für Rosinas Männergeschichten nicht unerschöpflich.

»Das ist Mario«, flüsterte Rosina.

»Mario? Nie gehört!« Ich versuchte, einen Blick an Rosina vorbei zu erhaschen. »Seit wann kennst du ihn?«

Sie verstellte mir die Sicht. »Noch nicht besonders lange.«

Ich setzte meinen strengen Blick auf. »Was heißt das genau?« War dieser Mario etwa ein Trostpflaster für Valentino? Dann hätte Rosina in Sachen Amore ordentlich an Tempo zugelegt.

»Seit heute Nachmittag!«

Für Sekunden drehte sich Rosinas Geheimnis in meine Richtung. Was ich sah, sprengte alles bisher Dagewesene: ein gestählter Körper mit Muskeln, die jeden Ärmel auf die Zerreißprobe stellten. Dazu stechend blaue Augen. Jener Blick in die Weite, nach dem Traumschiff-Kapitäne ausgewählt werden. Dieser Blick kam mir bekannt vor. Nur woher?

»Du hast dein Beuteschema erweitert.« Bisher hatte sie sich auf Männer Mitte 30 konzentriert. Mario schätzte ich auf Anfang 50. Ich stieg die zwei Treppen wieder hinab und zwinkerte Rosina zu.

Aber da hatte ich sie auf dem falschen Fuß erwischt.

»Erstens«, fauchte sie, »ist es nicht das, was du denkst!«

»Ach nein?« Ganz was Neues.

Rosina stemmte die Hände in die Hüften »Nein! Ich kann durchaus mit einem Mann zusammen sein, ohne über ihn herzufallen!« Drinnen zischte der Teekessel am Herd. Rosina huschte hinein und goss Wasser in die Tassen. Dann kam sie wieder zu mir; ihr bohrender Blick hätte für den Bau des Ärmelkanaltunnels gereicht.

»Nur, damit du es weißt: Ich habe ihn aufgenommen. Pure Nächstenliebe, okay? Mario ist in einer Notsituation.«

»Und zwar?« Ich war ehrlich gespannt.

»Er hat sich aus seinem Haus ausgesperrt, und den Ersatzschlüssel hat sein Neffe.«

»Aha, und wo wohnt der? Am Nordpol?«

»Nein, in Bayern«, sagte Rosina säuerlich.

»Soll er halt den Schlüsseldienst rufen!«, rief ich genervt. Irgendwie war das hier schon wieder nicht koscher, das spürte ich genau.

»Wir haben Ferragosto, cara! Noch dazu ist heute Freitag, was bedeutet, dass die normalen Schlüsseldienste erst in drei Tagen wieder öffnen. Weißt du, was man für einen Notdienst während der Feiertage bezahlt?«

Seit wann interessierte sich Rosina für die Finanzen älterer Herren? Ich verstand die Welt nicht mehr.

»Und überhaupt«, flüsterte sie und schubste mich vom Wohnmobil weg, »ist das alles ein bisschen komplizierter, als du dir vorstellen kannst. Ich melde mich morgen früh bei dir, okay?«

»Okay, okay …« Ich hob in Clint-Eastwood-Manier die Hände und machte einen Schritt rückwärts. »Schlüsseldienst hin oder her, ich werde deinem Glück schon nicht im Wege stehen.« Zugegeben, ich war ein bisschen beleidigt. Selbst wenn es Rosina neuerdings auf eine gereifte Männlichkeit abgesehen hatte, mir konnte sie es doch sagen. Die lächerliche Schlüsselgeschichte nahm ich ihr jedenfalls nicht ab.

»Ist der Tee schon fertig?«, brummte Mario aus dem Wohnmobil. Und bei allem, was mir heilig war: Ich kannte diese Stimme. Nur woher?

»Ja, ich komme gleich!« Ich hörte genau hin: Rosinas Stimmlage war fürsorglich. Bei einer neuen Flamme hätte sie anders geklungen. Verführerisch. Verrucht. Reine Erfahrungswerte, schließlich kannte ich sie mehr als drei Jahrzehnte. Außerdem hätte sie dann Wein kredenzt, Cocktail oder Prosecco. Keinen Kräutertee. Vielleicht hatte ich mich doch getäuscht?

»Hör mal«, fing ich an, und in diesem Moment beugte sich Mario aus dem Wohnmobil.

»Sie gehen schon?«, fragte er mich. Diese stechend blauen Augen. In einem anderen Zusammenhang hatte ich diesen Mann schon einmal gesehen. Oder öfter? Und wo? Im Fernsehen? Anders gekleidet jedenfalls. Die Zahnrädchen in meinem Kopf ratterten leise vor sich hin. In meiner diffusen Erinnerung trug er rot. Jetzt trug Mario hellblaue Boxershorts und ein knallgelbes T-Shirt, unter dem sich Brustmuskeln abzeichneten. Um die Schultern hatte er einen dunkelblauen Pulli geschlungen. Trotzdem strahlte er eine gewisse Eleganz aus.

»Ja, ich muss … äh …« Ich kam mir blöd vor und irgendwie winzig. Dieser Mario hatte das gewisse Etwas. Er wirkte erhaben, aber nicht arrogant.

»Na dann, vielleicht sehen wir uns morgen?« Einen Moment lang starrten wir uns gegenseitig an; war das Rattern in meinen Gehirnwindungen etwa hörbar? Jedenfalls lächelte er verlegen und trollte sich wieder ins Innere.

»Wie, hast du gesagt, heißt dieser Mario mit Nachnamen?«, flüsterte ich Rosina zu.

»Ich hab' gar nichts gesagt, und ich werd's auch nicht tun. Er will nicht, dass es irgendjemand weiß.« Sie musterte mich prüfend.

»Komm schon!«

Sie seufzte und gab sich einen Ruck. »Na gut. Er heißt Mario.«

»Mario, und wie noch?«

Rosina seufzte. »Ich geb' dir einen Tipp.« Kurze Denkpause und dann: »Il Tatuato.«

Dann schwang sie sich in ihr neues Zuhause. Hinter ihr schloss sich zischend die Tür.

Der Gardasee gehört zu den schönsten Flecken der Erde.

Der Legende nach verließ einst ein Wassergott namens Benacus die Meere, um das Festland zu erkunden. Sein Weg führte ihn in die Alpen, wo er – in einem kleinen Bergsee auf dem Monte Baldo – die Nymphe Engardina sah. Sie war überirdisch schön. Benacus war hin und weg und verliebte sich in sie. Er bat Engardina, ihn zu begleiten, aber sie gab ihm einen Korb. Sie wollte nicht weg von ihrem kleinen See. Benacus' Einfallsreichtum war gefragt: Er versprach seiner Angebeteten ein Geschenk, wenn sie mit ihm käme. Einen See, viel größer und schöner als den ihren. Mit seinem Dreizack schlug er in den Felsen, woraufhin von den Bergen das Wasser herabströmte und einen See füllte.

Ich schlief schlecht in dieser Nacht. In meinen Träumen schweifte ich als Wassernymphe um den Gardasee, tanzte, versteckte mich in Grotten und pflanzte Bäume. Was Nymphen eben so tun. Auf dem Kopf balancierte ich einen Wasserkrug. Das Gewicht brach mir beinahe das Genick. Bei jedem Versuch, den Krug abzustellen, ertönte eine tiefe Stimme aus dem Off. Ich müsse eine Aufgabe bewältigen, ein Rätsel lösen. Erst dann dürfe ich das Gefäß abstellen. Ich flehte Rosina um Hilfe an, das Gesicht schmerzverzerrt, den Mund weit geöffnet. Aber sie konnte das Rätsel nicht lösen. Und so brach ich unter der Last zusammen.

Schweißgebadet wachte ich auf. Irgendwo knallte noch eine verirrte Rakete durch die Nacht, die Luft im Zimmer war stickig, und ich hatte Durst. Ich ging in die Küche, setzte mich mit einem Glas Wasser an den Tisch und dachte nach.

Mehr zufällig als absichtlich begann ich, auf einem herumliegenden Einkaufszettel zu kritzeln.

IL TATUATO

Der Tätowierte? Seit wann interessierte sich Rosina für tätowierte Muskelberge? Ich schrieb zusätzlich noch

MARIO

auf und starrte auf die Buchstaben.

Meine grauen Zellen versagten den Dienst. Klarer Fall von Schlafdefizit. Nach zwei Espressi und einem trockenen Cornetto vom Vortag fühlte ich mich besser. Es war kurz nach fünf, nebenan rumorte Signora Baldini bereits im Badezimmer, und irgendwo knatterte eine Vespa über das Kopfsteinpflaster. An Schlaf war also nicht mehr zu denken. Außerdem war mein Ehrgeiz geweckt.

Ich erstellte eine Liste mit allem, was mir zu Mario einfiel: stechend blaue Augen, Muskeln, ein tätowierter Unterarm. Tiefe Stimme und rotes Gewand. Das alles kam mir bekannt vor. Beinahe vertraut. Ich schrieb schneller, mein Puls erhöhte sich, als die Puzzleteile ein Bild ergaben. Es war logisch und unvorstellbar zugleich! Vor meinem geistigen Auge tauchte der Petersdom auf. Und Mario. Seltsamerweise sah ich ihn abwechselnd in rotem Gewand und mit Lederjacke.

Ich wählte Rosinas Nummer. »Bist du schon wach?«, flüsterte ich sinnloserweise ins Handy.

»Würde ich sonst mit dir telefonieren?« Rosina klang putzmunter und gut gelaunt.

»Ist er …« Ich wusste nicht, wie ich ihn nennen sollte.

»Du meinst Mario?«

»Ja. Ist er auch schon wach?«

»Mario ist ein Frühaufsteher.« Im Hintergrund zischte etwas. Entweder die Kaffeemaschine oder die Hydrauliktür des Wohnmobils.

»Warte, ich komme zu dir rüber«, murmelte sie. Ich hatte vergessen, dass sie die Nacht nicht in Canale, sondern keine 100 Meter von mir entfernt verbracht hatte.

Zwei Minuten später saß sie bei mir in der Küche. Sie trug ein marineblaues Hemdblusenkleid mit weitem Rock, rosa Rauleder-Ballerinas mit dunkelblauer Schleife, einen zartrosa Haarreifen und Ohrringe mit kleinen Kreuzen aus Rosenquarz. Wie aus dem Ei gepellt, dabei war es noch nicht einmal 5.30 Uhr. Ratternd setzte sich meine *Primadonna*-Kaffeemaschine in Gang. Mit zwei Tassen Espresso setzte ich mich an den Tisch. Die ersten Schlucke tranken wir wortlos.

»Il Tatuato heißt der Tätowierte«, sagte ich schließlich. Rosina lächelte geheimnisvoll und schwieg. Ich wertete das als Zustimmung. »Und Mario ist ein Mann der Kirche«, fuhr ich fort. Immer noch Schweigen. Also war ich auf dem richtigen Weg.

Ich sah sie verschwörerisch an. »Ich habe einen Bericht über ihn gesehen. Er ist weit über die Grenzen von Rom bekannt. Weil er anders ist.«

Rosina nickte stumm.

»Weil er aus der Masse der Ordensträger heraussticht.« Sie nickte wieder, hob eine Augenbraue und nippte an ihrem Espresso.

»Dein neuer Mitbewohner ist ein Kardinal. Aber nicht irgendeiner. Es ist …«, ich holte tief Luft, »Mario Ivić.«

»Stimmt. Bis auf den Kardinal. Mario hat das Amt an den Nagel gehängt.«

»Also gut: Ex-Kardinal.« Ich blies die Luft langsam durch die Backen. »Das ist doch verrückt, oder?«

»Schon, ja.« Und dann erzählte sie mir von ihrer Begegnung mit Mario Ivić, besser bekannt als Il Tatuato. Der Tätowierte. Der Kardinal mit der Vorliebe für Hanteln und Tätowiernadeln. Gut ein Dutzend biblische Geschichten zierten seine Haut. Für die Ärmel seiner Roben brauchten die vatikanischen Schneider doppelt so viel Stoff wie sonst. Ebendieser Mann Gottes war Rosinas neuer Mitbewohner, und sie erzählte mir, warum. Rosina war auf der Jungfernfahrt mit ihrem neuen Wohnmobil unterwegs von Canale nach Limone gewesen.

»Eigentlich wollte ich ja den Gardasee komplett umrunden, weißt du. Einfach ein paar Stunden mein neues Spielzeug kennenlernen, mal richtig Stoff geben und schauen, wie es sich so fährt. Und dann ist mir Mario vor den Kühler gelaufen.«

»Du hast ihn angefahren?«

»Fast.«

»Du meine Güte!«

»Was hätte ich machen sollen: Der Mann ist herumgerannt wie ein aufgescheuchtes Huhn! Der hat Glück gehabt, dass ich ganz langsam an der Promenade entlang gezuckelt bin.«

»Und dann?«

Rosina zuckte mit den Schultern. »Nichts, dann. Ich hab' im letzten Moment gebremst, bin ausgestiegen und hab' ihn so richtig zur Minna gemacht.«

Stellte ich mir gerade bildlich vor: Rosina, die sich aus ihrem schwarzen Vehikel schwingt und einen verwirrten Fußgänger unter dem Kühler hervorfischt.

»Aber warum war er so außer sich?«

»Wegen seines Schlüssels. Er wollte nur kurz die Zeitung holen, und hinter ihm ist die Tür ins Schloss gefallen.«

»Das ist doch ein Witz! So was passiert nur im Film.«

»Kein Witz«, entgegnete Rosina. »Mario wohnt erst seit ein paar Tagen in Riva. Sein Haus ist alarmgesichert, die Tür hat ein Sicherheitsschloss. Einbruch zwecklos.«

»Wie wär's mit Schlüsseldienst?«, schlug ich vor, aber Rosina tippte sich an die Stirn.

»An Ferragosto! In Italien!« Sie schüttelte den Kopf. »Träum weiter. Jetzt steht erst einmal das Wochenende vor der Tür, und am Montag sehen wir weiter.«

Sie trommelte mit den Fingern auf meine Tischplatte.

Ich dachte nach. »Du hast ein neues Wohnmobil – und er ein Haus.«

»In das er momentan nicht hineinkann.«

»Keinen Ersatzschlüssel?«

»Nein.«

»Also auch keinen Platz zum Schlafen.«

Rosina schüttelte den Kopf.

»Und als Akt der Barmherzigkeit hast du ihm angeboten, bei dir zu wohnen? Im Wohnmobil?« Fand ich mehr als skurril.

Rosina wand sich. »Ich habe ihn nicht gleich erkannt«, wich sie aus. »Er war quasi inkognito, ohne Soutane und Rosenkranz. Stattdessen Hawaiihemd und Sneakers.«

»Hawaiihemd? Echt?«

Textile Ausrutscher hatten Rosina noch nie beeindruckt. Nicht einmal von Geistlichen. »Warum denn nicht? Auch ein Mann der Kirche darf seinen eigenen Stil haben, oder etwa nicht?«

Stil. Ein Thema, zu dem ich lieber schwieg.

Sie nickte zufrieden. »Außerdem kommt's darauf gar nicht an. Was du bist oder früher einmal warst, ist in so einer Situation komplett wurscht, glaub mir!«

»Wieso warst?«

»Weil er kein Kardinal mehr ist, sagte ich doch schon. Hat den Job an den Nagel gehängt.« Sie winkte ab. »Im Vatikan geht's um Ehrgeiz und Ellbogentechnik. Mit Nächstenliebe hat das nichts mehr zu tun.«

»Stichwort Nächstenliebe: Wo schläft der gute Mann?«

»Fürs Erste in meinem Wurfzelt.« Rosina lächelte. »Hab' ich immer dabei.« Mein skeptischer Blick entging ihr natürlich nicht. Ein Muskelberg, der sich in ein Minizelt faltet, während Rosina vor seiner Nase im riesigen Wohnmobil residiert. Das hatte eine Prise Dekadenz.

»Glaubst du echt, ich lasse einen Wildfremden gleich bei mir schlafen, nur weil er mir irgendeine Schlüsselgeschichte auftischt?« Sie verschränkte die Arme vor der Brust. »Nicht einmal einen Ex-Kardinal!«

»Hm«, sagte ich nach einer Weile, »und dann?«

»… hat er mir von seinem verlegten Schlüssel erzählt.«

Schlüssel. Nüchtern betrachtet nur ein Werkzeug, um Schlösser zu öffnen oder zu verschließen. Ein Stück Metall zum Zweck der Zutrittskontrolle.

Aber Schlüssel sind viel mehr: Ihnen wohnt ein Zauber inne. Sie verleihen Macht, öffnen Tore und erlauben Zutritt. Sie sperren aus, was vor der Tür bleiben soll, und lassen ein, was willkommen ist. Schlüssel sind das Attribut des Apostels Petrus und Wappenbild des Vatikans. Quasi ein Vertrauensbeweis Christi gegenüber seinen Jüngern: Nur Auserwählten überreicht man bedenkenlos den Schlüssel zum Allerheiligsten, also dem eigenen Wohnraum.

Zwei Schlüssel zieren das päpstliche Wappen und die Flaggen der Vatikanstadt. Auch Wappen von Bistümern, Abteien und Städten. Schräg gekreuzt, aufwärts gerichtet und mit abgewendeten Bärten. Das gut erkennbare Kreuz in den Schlüsselbärten ist natürlich kein Zufall. Aber nicht nur grafisch, auch symbolisch sind Schlüssel ein wahres Feuerwerk an Möglichkeiten.

Sie können für Sündenvergebung stehen, für den Zutritt ins Himmelreich, aber auch für Exkommunikation, also den Ausschluss aus der Glaubensgemeinschaft. Einem Schlüsselbesitzer stehen alle Möglichkeiten offen.

Oder eben nicht, wenn man sich ausgesperrt hatte wie Il Tatuato.

An diesem Punkt von Rosinas Erzählung spürte ich so etwas wie einen inneren Warnruf; einen Gongschlag, dessen Schallwellen durch den ganzen Körper strömen und lange nachhallen.

Ich ahnte, dass dies der Beginn einer ernst zu nehmenden Sache war. Dass Il Tatuato eine gewisse Faszination auf meine beste Freundin ausübte, mit seiner Aura aus gemeißelter Männlichkeit und Vatikanpomp. Denn Rosina, das hatte ich mehrmals erlebt, glaubte an die Magie von Symbolen. Sie war fest davon überzeugt, dass Dinge, Geschehnisse und Worte zur richtigen Zeit in unser aller Leben auftauchen und Botschaften vermitteln. Ob göttliche Warnung, Wegweiser oder Rettungsanker: Worum es sich dabei handelt, muss jeder selbst herausfinden. Das Leben ist eine Aneinanderreihung von Rätseln, und Rosina ist, wenn man so will, im lebenslangen Prüfungsmodus.

3. KAPITEL

Erzählt von der ewigen Stadt, von Schlüsseln, Barock, Pinseln und Farbe. Von Siedlern und Herrschern, von Autorität, Krümeln und Atemnot im falschen Moment. Ich bin rhetorisch auf der falschen Spur, bemerke es aber zu spät. Es geht um Sinnfragen, Umzugskartons und offene Fenster. Eine Ehe wird im Keim erstickt, Matteo macht die Biege, und Lorenzo vergießt Freudentränen.

Marios Schlüssel war also Grund für die denkwürdige Begegnung mit meiner Freundin Rosina. An Symbolik kaum zu überbieten. Il Tatuato, seines Zeichens Ex-Kardinal der römisch-katholischen Kirche und bis vor Kurzem wohnhaft im Vatikan, hatte einen Wohnsitz am Gardasee erworben. Ein sandfarbenes Landhaus, einstöckig, mit blassgrünen Fensterläden. Der kleine Garten war pflegeleicht: ein dürrer Olivenbaum und zahlreiche Oleanderbüsche in Kübeln. Noch während der Besichtigung mit dem Makler hatte Mario seine Kaufentscheidung gefällt. Denn Rom, seit Langem sein Zuhause und klerikaler Nabel der Welt, konnte mit Rivas Charme und der magischen Schönheit des Gardasees nicht mithalten. Bei allem Pomp, den akkurat gepflegten Gärten und Plätzen vermisste Mario vor allem eines im Vatikan: Wasser. Wasser war Marios liebstes Element und – bis auf künstlich angelegte Brunnen und Weihwasserbecken – Mangelware an seinem Arbeitsplatz. Seit er denken konnte, fühlte sich Mario magnetisch zu Seen und Gewässern hingezogen. Kein Wunder, dass er sich in das Grundstück am Seeufer auf Anhieb verliebte. Nur 50 Meter von der Haustür plätscherten leise die Wellen von Italiens größtem See ans Ufer.

»Wer in den Vatikan will, muss ein jahrelanges, strenges Auswahlsystem durchlaufen. Dort kommst du nur als Kardinal, Angestellter oder Diplomat hin, sagte Rosina, als sie in meiner Küche saß und ein Stück Cornetto kaute.

»Oder als Schweizer Gardist«, fügte ich hinzu.

»Ja, gut. Trotzdem: Mario sagt, er kennt das Gebiet mittlerweile wie seine Westentasche. Alles hundertfach gesehen und abgegrast. Petersdom, Petersplatz, Apostolischer Palast, Sixtinische Kapelle. Und die Vatikanischen Museen. Dann ist Schluss. Mehr gibt's dort nicht.«

»Die Vatikanischen Gärten?«, ergänzte ich.

Rosina nickte ungeduldig. »Meinetwegen. Jedenfalls, sagt er, ist die Luft raus. Er braucht Abwechslung. Neue Gesichter, neue Eindrücke. Einen Tapetenwechsel eben.«

»18 Millionen Besucher pro Jahr: Wären da nicht genug neue Gesichter dabei?«

»Wenn er auf Fremdenführer umsattelt?« Rosina grinste.

»Il Tatuato als Tourist-Guide? Das sprengte dann doch meine Vorstellungskraft.

»Natürlich nicht!« Sie schüttelte verächtlich den Kopf. »Tapetenwechsel im Sinne von Ortswechsel, meine ich. Weg von Rom mit seinem Straßenstaub und dem Gehupe. Wieder klare Luft in den Lungen haben, ins Grüne schauen und Ruhe genießen. Und deshalb hat er ein altes Häuschen in Riva erstanden. Voriges Jahr. Seit Kurzem sind die Renovierungsarbeiten abgeschlossen, und letzte Woche ist er von Rom hierher übersiedelt.«

Stellte ich mir bildhaft vor: der Muskelmann in einem Umzugs-Lkw, flankiert von zwei Möbelpackern. Mit einer Topfpflanze auf dem Schoß. Ich räusperte mich.

»Er war gerade dabei, seine Kisten auszupacken. Ankommen. Heimisch werden. Verstehst du?«

Ich nickte. Heimat und Wurzeln bedeuteten mir viel. Im Gegensatz zu Rosina vermied ich häufige Ortswechsel; Flexibilität war nicht meine Stärke. Der Umzug von Österreich an den Gardasee war ein großer Schritt für mich gewesen. Kein Spontanentschluss. Aber wie flexibel konnte ein Ex-Kardinal sein? Und vor allem: wie alltagstauglich? So profane Dinge wie Aufräumen hatte er vermutlich schon vor Jahren von seiner Agenda gestrichen.

»Sein Leben lang haben andere für ihn aufgeräumt. Ich glaube, er freut sich richtig auf Hausarbeit.« Rosina zuckte mit den Schultern.

Ich versuchte, mir Il Tatuato zwischen Umzugskartons, Staubsauger und aufgerollten Teppichen vorzustellen. Wie er überlegte, ob die Salatschüssel besser im Küchenschrank oder in der Vitrine aufgehoben war. Es gelang mir nicht.

Eine Weile saßen wir schweigend am Tisch und pickten Cornetto-Brösel mit den Fingern auf.

»Klingt irgendwie komisch, die Schlüsselsache, das musst du zugeben.«

»Ja, hab' ich zuerst auch gedacht.« Rosina stand auf und stellte ihre Tasse unter die Kaffeemaschine. »Aber die Sache mit dem Diebstahl hat mich dann doch interessiert.« Zischend und fauchend spuckte die Maschine einen weiteren Espresso aus.

»Sein Schlüssel wurde gestohlen?«

Rosina schüttelte den Kopf. »Wo denkst du hin! Als ob ein gestohlener Schlüssel so dermaßen interessant wäre! Nicht einmal von einem Kardinal!«

»Ex-Kardinal!«, verbesserte ich sie.

»Ja ja, schon gut. Spar dir deinen Klugschiss, du kennst ihn ja noch nicht einmal.«

Ich wollte protestieren, aber Rosina winkte ab.

»Der Diebstahl jedenfalls betrifft nicht Mario selbst, sondern seinen Nachbarn.« Sie griff nach dem Papiersäckchen mit den trockenen Cornetti, zog noch eines heraus und biss ein großes Stück ab. »Sagt dir der Name Lorenzo Martinelli etwas?«

»Moment.« Ich hob die Hand, um etwas Zeit zum Nachdenken zu gewinnen.

Rosina spülte inzwischen den Bissen mit Espresso hinunter.

»Meinst du den Brillen-Martinelli?«, sagte ich nach einer Weile. An der aufdringlichen Werbung des selbst ernannten Brillenkaisers von Verona kam man nicht vorbei. Stars und Sternchen parkten Martinellis Nasenfahrräder in ihrem Gesicht und ließen sich – gegen ein fürstliches Entgelt – damit für Plakatwände fotografieren.

Rosina nickte. »Genau der. Lorenzo Martinelli weilt gerade in Bologna, weil seine Nichte heiratet.«

»Der Klassiker: Hausherr besucht Familienfeier, Einbrecher toben sich aus!« Die einfachste Erklärung für Diebstähle.

Rosina nickte. »So ähnlich. Ob es nur ein oder mehrere Einbrecher waren, ist noch ungewiss. Fest steht, dass

Martinelli den Diebstahl nur zufällig bemerkt hat, als er die Bilder der Überwachungskameras per App abgerufen hat.«

»Und was fehlt?«

»*Susanna und die Ältesten.*« Rosina mampfte, nickte bedeutungsvoll und setzte sich wieder.

»Eine Entführung?«, platzte ich heraus. Rosina blieb die Ruhe selbst und streckte die Beine unter dem Tisch aus.

»Nicht im eigentlichen Sinn. *Susanna und die Ältesten* ist der Titel eines Gemäldes.« Sie tunkte ihr Cornetto in den Espresso. »Barock. Wertvoll. Geschaffen von Artemisia Gentileschi.«

Eine Beichte an dieser Stelle: Ich war nicht immer an Kunst interessiert. Ehrlich gesagt, gingen mir Museumsbesuche und verstaubte Bilder sonst wo vorbei. Bis zu jenem grauen Nachmittag im vergangenen Februar.

Pünktlich zum Valentinstag hatte Ciro, ein Zahnarzt mit Top-Gun-Sonnenbrille, schwarzen Locken und römischem Akzent, Rosinas Herz gebrochen. Wieder einmal war sie über ihr Faible für Mediziner gestolpert. Wieder einmal hatte ich meine Zweifel gehabt und das Desaster vorausgesehen. Und am Abend des 14. Februar – Überraschung! – war es so weit.

Rosina hatte vom Zahnarzt ihrer Träume einen Strauß langstielige Baccara-Rosen bekommen. Im Gegenzug hatte sie alles dafür getan, ihn nicht vom Haken zu lassen. All in, sozusagen. Sie hatte ihn nach allen Regeln der Kunst eingekocht (Vitello tonnato, Tagliatelle al ragú und Meringhata mit Waldbeeren zum Dessert). Unter dem Kleid blitzten Dessous hervor, und die Playlist mit

Eros-Ramazzotti-Schnulzen war aktiviert. Im Grunde hatte sie ja, meiner Vermutung nach, genug von inhaltslosen Beziehungen, stand sich aber wieder selbst im Weg. Ihr ewiges Dilemma: Um endlich die Frau des Mannes ihrer Träume zu werden, warf sie Selbstwertgefühl und Hausverstand über Bord. Sie setzte alles auf eine Karte und trieb die Handlung ihrer Liebesgeschichte unbewusst voran. Nur leider stimmte die Richtung nicht. Auf dem Sofa warteten Ciro und die Kuscheldecke. Den Abwasch würde sie morgen erledigen. Aber es gab kein Morgen, zumindest nicht mit Ciro. Weil Rosina sich nämlich während des Werbeblocks vor dem Hauptabendfilm an seinen Boxershorts zu schaffen machte und ihn zur selben Zeit über den 65-Zoll-Bildschirm flimmern sah. Dass der geölte *dentista* in Wirklichkeit Werbung für Zahnpasta machte und den weißen Kittel nur vor der Kamera trug, war ein Schock, den man gerade noch als Recherchefehler verbuchen konnte. Rosina sah so gut wie nie fern, und wenn doch, übersprang sie Werbeblöcke und zappte sich zum nächsten Kanal. Wesentlich härter traf Rosina die Erkenntnis, wieder Opfer ihres eigenen Beuteschemas geworden zu sein. Jedenfalls war an diesem Abend, man kann es sich denken, die Realität spannender als der Hauptabendfilm.

Ich war ja nicht dabei, aber ich kann mir vorstellen, wie jener Valentinstag endete: vorzeitiges und tränenreiches Finale des Abends und der jungen Liebe, überstürztes Aus-dem-Fenster-Werfen von Ciros Habseligkeiten. Wie ich Rosina kenne, hat sie Ciro die langstieligen Rosen hinterhergeschmissen, wilde Flüche inklusive. Temperament hat sie ja. Aber italienische Liebesszenen sind wie Feuerwerke: Sie machen einen Abend zu etwas Besonderem und ziehen die Aufmerksamkeit aller Nachbarn auf sich. Großes Theater, maximale Lautstärke. Der Hauptabendfilm wird zur Nebensache. Allerdings: Feuerwerke und Liebesszenen, vor allem die dramatischen, verpuffen zu nebeligen Erinnerungen. Sie sind laut und kurz. Am nächsten Morgen liegen allenfalls noch Reste des überstürzten Verlassens auf der Straße. Die Flüche sind verraucht und die Nachbarn wieder weg, nur den Hauptakteuren klingeln noch die Ohren vom gegenseitigen Anbrüllen. Im Idealfall ein vorübergehender Zustand, aber Rosina plumpste aus der rosa Wolke, auf der sie wochenlang durch den siebten Himmel gesurft war. Im freien Fall, unvorbereitet und ungebremst, sauste sie mit überhöhter Geschwindigkeit in die Tiefe, direkt ins Tal der Tränen, klatschte unsanft am Boden der Realität auf, kullerte bergab und konnte im letzten Moment bremsen. Nur Millimeter trennten sie von den Tiefen der Gletscherspalte, wo Hoffnung im ewigen Eis gefriert und das Herz zum Eiswürfel mutiert. Ihr Selbsterhaltungstrieb, ursprünglich ein loderndes Lagerfeuer, hatte nach Jahren unglücklicher Verliebtheit nur mehr die Kraft eines Teelichts.

Ganze drei Tage lang pendelte Rosina zwischen Selbstzerfleischung, Trennungsschmerz und Kochexzessen. Ich musste abwechselnd als Seelenklo und Testesserin herhalten und nahm mir vor, am vierten Tag die Reißleine zu ziehen. Was aber nicht nötig war. Denn Rosina selbst zog sich genau dann aus dem Sumpf des Elends.

»Jedem Anfang wohnt ein Zauber inne«, zitierte sie Hermann Hesse und durchbrach die Liebeskummer-Dauerschleife mit einem neuen Projekt: Sie wollte mir die Welt der Kunst näherbringen. Denn, das kannte ich ja schon, nach desaströsen Liebesabenteuern hatte sie erhöhten Redebedarf. Nur leider war ich, was Kunst im Allgemeinen und Malerei im Besonderen betraf, unbrauchbar als Gesprächspartnerin. Ein unbeschriebenes Blatt. Um nicht zu sagen: ahnungslos.

»Du kannst Leonardo da Vinci nicht von Picasso unterscheiden!«, hatte sie mich getadelt.

»Stimmt gar nicht.« Ich rechtfertigte mich damit, dass ich auf meinem Paristrip vor Jahren der *Mona Lisa* immerhin schon zugezwinkert hatte (aus zehn Metern Entfernung und über die Köpfe von gefühlt 70 Japanern hinweg). Außerdem hatte ich Van-Gogh-Kühlschrankmagneten, und in meiner Werkstatt hing ein Poster von Andy Warhols ›Marilyn‹. Aber das ließ Rosina nicht gelten.

»Hör mir auf mit deinem Souvenir-Halbwissen! Ich bin Restauratorin. Und du, *cara mia*, hast keine Ahnung von Kunst! Schlimmer: Du interessierst dich nicht einmal dafür.« Das Funkeln in ihren Augen machte mir Angst: Unternehmungslust gepaart mit Zorn.

»Würde ich ja, ehrlich«, versuchte ich, mich herauszuwinden, »wenn nur die Museen nicht wären. Da bringen mich keine zehn Elefanten rein. Lieber sterbe ich als Kunstbanausin.«

Museen hatten auf mich dieselbe Anziehungskraft wie Nagelbretter: unbequem und nur mit enormer Konzentration auszuhalten. Mit dem weihevollen Tamtam, das um alte Bilder gemacht wurde, konnte ich nichts anfangen. Ich hasste die endlos langen Gänge ohne Sitzgelegenheiten, die sterbenslangweiligen Biografietafeln und die mürrischen Aufseher. Unmöglich, sich in der intellektuell geschwängerten Atmosphäre eines Museums wohlzufühlen, wenn man deplaziert war wie ein Alien. Mein letztes Ass im Ärmel waren die überteuerten Ticketpreise: Unwohl konnte ich mich auch billiger fühlen.

Durchaus plausible Gründe, warum ich Kunstsammlungen mied wie der Teufel das Weihwasser. Aber Rosina, berauscht vom Neubeginn und süchtig nach Erfolg, kam dadurch erst richtig in Fahrt. Je mehr ich mich gegen ihren Plan stemmte, desto mehr trat sie aufs Gas.

»Kunst gehört zum Leben wie die Luft zum Atmen. Was das betrifft, bist du ein Nackerbatzl!«

»Ich hab' halt andere Interessen.«

»Als da wären?« Rosina lehnte sich zurück und verschränkte die Arme. Ich nahm Anlauf zu einer Verteidigungsrede, aber sie war schneller.

»Du singst in keinem Chor, liest nicht und gehst nie ins Theater. Opern kennst du nur vom Hörensagen, Reisen sind dir zu teuer. Also was, bitte, sind deine Interessen?«

Kalt erwischt. Ich seufzte ergeben.

»Eben! Ab jetzt arbeiten wir an deiner Bildung.«

»Aber warum?«, rief ich verzweifelt.

»Madonna, warum, warum, warum!«, antwortete sie gereizt. »Weil es schon reicht, dass du seit fünf Jahren in Italien lebst und immer noch herumstotterst wie eine Schülerin nach der ersten Italienisch-Stunde. Du hockst tagein, tagaus in deiner Werkstatt und wartest auf Ideen. Aber – jetzt hör mir gut zu, dieser Ratschlag ist gratis! – Du wartest vergebens! Du musst raus in die Welt, dich umsehen und inspirieren lassen. Tieni gli occhi aperti. Halte die Augen offen! Dieses Land hat so viel zu bieten. Es ist die Wiege der abendländischen Kunst, das Mekka der Kulturadepten.«

»Kultur-was?«

Sie ließ die Schultern sinken und seufzte. »Eingeweihte! Leute, die sich mit Kultur auskennen. Dass du von all dem keine Ahnung hast, ist beschämend und ignorant. So ein Unwissen lass ich nicht durchgehen. Schlimm genug, dass du dich in deiner Werkstatt versteckst und Mauerblümchen spielst. Du musst raus in die Welt, die Fühler ausstrecken und Eindrücke sammeln.«

»Wie jetzt«, fragte ich verwirrt. Ich ahnte, dass mit den Eindrücken und dem Fühler ausstrecken nicht nur die Kunst gemeint war. Sie sah mich herausfordernd an. »Oder willst du überbleiben?«

Das war der Gipfel! Salz in meine Wunden.

»Also …«, versuchte ich einen letzten Protest, den Rosina gnadenlos wegwischte.

»Wir fahren morgen nach Florenz, basta!«

Ich hatte keine Chance.

Die Uffizien also. Wenigstens war Rosina so gnädig, mir das faszinierendste Museum der Welt häppchenweise näherzubringen.

Die ursprünglichen Amtsgebäude der Medici beherbergen nämlich mehr als 1.000 Werke; allein beim Gedanken an 50 Säle voll Malereien, Skulpturen und historischen Landkarten bekam ich panische Schweißausbrüche.

Einziger Vorteil für Kunstbanausinnen wie mich: Die Säle sind historisch gereiht. Man beginnt bei griechischen und römischen Skulpturen, hantelt sich über die Kunst zu religiösen Zwecken hin zur Malerei der Renaissance und landet schließlich in der Neuzeit. Malerei und Bildhauerei sind chronologisch geordnet. Trotzdem: eine Überdosis Kunstgeschichte, die Rosina mir verabreichen wollte, nur um von ihrem eigenen Schmerz abzulenken.

Aber sie hatte unsere Museumstour geschickt eingefädelt: Elegant umschiffte sie alle Hürden, die ich als Ausreden hätte verwenden können. Nach dem Mittagessen mit anschließendem Shoppingbummel durch Florenz war ich bester Laune. Wir betraten das Museum nicht zur Hauptbesuchszeit, sondern erst um 16 Uhr, was bedeutete: keine langen Warteschlangen, keine überfüllten Säle. Wir sparten uns sogar den saftigen Eintrittspreis: Victoria, assistente di museo und Rosinas Freundin aus Studienzeiten, schleuste uns durch einen Seiteneingang in die heiligen Hallen.

»Davon hast du aber nichts gesagt!«, flüsterte ich Rosina zu, als wir hinter Victoria ins Gebäude huschten.

»Wovon?«

»Dass wir das Museum um die Tickets prellen!«

»Jetzt mach dir nicht ins Hemd«, rügte mich Rosina kopfschüttelnd, »*du* jammerst schließlich immer, dass du knapp bei Kasse bist. Außerdem arbeite ich im Dienste der Kunst und zahle brav meine Steuern. Da wird wohl ein Gratis-Museumsbesuch für mich und meine beste Freundin drin sein.« Sie zwinkerte mir zu. In ihrer DNA war das typisch italienische Misstrauen gegen den Staat ebenso verankert wie die österreichische Gewissheit, auf ewig Sklavin der Steuern zu sein. Das Resultat war ihre eigene Definition von Fairness.

Seit Jahren bot Rosina, wenn ihre Leistung als Restauratorin angefragt wurde, einen viel zu niedrigen Stundensatz an, um Aufträge von der öffentlichen Hand an Land zu ziehen. Somit, fand sie, war der Beschiss an einem staatlich geführten Museum nur ein kleiner Vergeltungsschlag.

Ausgleichende Gerechtigkeit.

In Sachen Einbürgerung hatte ich also noch ein hartes Stück Arbeit vor mir.

Rosina hatte mir eine gekürzte Fassung der Uffizien versprochen. »Kein Gewaltmarsch durch alle Epochen, nur die Highlights!«

Ich war skeptisch und gespannt zugleich: Zurückhaltung war nicht gerade Rosinas Stärke. Speziell in Sachen Kunstgeschichte war sie verbal inkontinent. Ihr ehrgeiziges Ziel, mir Wissen einzutrichtern, nahm ich ihr nicht einmal mehr übel; aber unter fünf Minuten pro Bild würde ich nicht davonkommen. Davon war ich überzeugt.

Deshalb war ich ehrlich überrascht, als sie mit Lichtgeschwindigkeit durch Säle und Epochen rauschte, griechische wie römische Skulpturen nur kurz streifte und die Ikonen links liegen ließ. Erst bei der Renaissance verlangsamte sie ihr Tempo und bremste sich bei Botticelli ein. ›Die Geburt der Venus‹: weltbekannt und – man muss es so sagen – Opfer ihres eigenen Erfolges. Wer es millionenfach auf Teetassen, Notizbücher und Zierkissen schafft, ist zwar ein guter Umsatzbringer, verliert aber leicht an Reiz. Ganz zu schweigen von der Baumarkt-Venus aus wetterfestem Stein, die als Statement für guten Geschmack in tausenden Vorgärten zu finden ist: geradezu inflationär. Aber jetzt, vor dem fast fünf Quadratmeter großen Gemälde, dem Original, war ich verzaubert.

»Sie ist wunderschön!«, flüsterte ich, und Rosina nickte nachdenklich.

»Ja, das Bild ist pure Harmonie. So schön, dass man gar nicht bemerkt, wie unnatürlich lang der Hals der Venus ist.«

Ich sah genauer hin: tatsächlich. War mir bislang nie aufgefallen.

»Außerdem«, fuhr Rosina fort »hat sie extreme Hängeschultern. Aber wen kümmert das, wenn die Göttin der Liebe und der Schönheit auf einer Muschel an Land surft?« Wohl wahr. Und der Beweis, dass selbst bei Venus Schönheit nichts mit Perfektion zu tun hat.

Rosina blieb noch ein paar Sekunden vor dem Bild stehen, nickte mir zu und stapfte entschlossen weiter in Richtung Barock.

Kunst ist immer geheimnisvoll und ein bisschen verrückt. »Ein Bild ohne Geheimnisse ist uninteressant«, hatte mir Rosina verraten und führte mich zum Gemälde ›Judith und Holofernes‹. Und seit diesem Zeitpunkt wusste ich, warum Artemisia Gentileschis Bilder so besonders waren.

Jahrhunderte vor der Gleichberechtigung in Europa erkämpfte sich ein hochbegabtes Mädchen seinen Platz im Leben: Artemisia Gentileschi.

Sie kam am 8. Juli 1593 als ältestes von vier Kindern in Rom zur Welt. Ihre Mutter Prudenzia starb, als Artemisia zwölf Jahre alt war. Folglich waren Haushalt und die Versorgung der drei Brüder von nun an Artemisias Aufgabe. Das Leben hatte Artemisia nicht gerade mit Samthandschuhen angegriffen.

An Künstlerschicksalen haften Mythen wie starke Magnete. Zum einen, weil Teile ihrer Biografien in Vergessenheit geraten oder ihre Werke anderen Künstlern zugeschrieben werden. Zum anderen, weil wir Heldengeschichten lieben. Die römische und griechische Mythologie ist voll von Geschichten heroischer Menschen, grausamer Götter und den kompliziertesten Verwicklungen zwischen den beiden. Ohne Dramen von Ungerechtigkeit, Liebe, Tod, Hass und Gier geht's nicht. So gesehen war Artemisias Leben ein wilder Höllenritt.

Die Götter schenkten ihr Talent und platzierten gleichzeitig genügend Stolpersteine auf Artemisias Weg. Vom Schicksal mehrmals niedergestreckt, stand sie immer wieder auf, bot Gewalt und Ungerechtigkeit die Stirn und bahnte sich ihre eigene Schneise. Ihr Leben enthielt alle Zutaten, die eine packende Story braucht.

Würde sie im 21. Jahrhundert leben, wäre sie wahrscheinlich eine gefeierte Feministin. Eine toughe und kluge Frau, die sich mit ihrer herausragenden Malerei einen Platz in der ersten Künstlerriege erkämpft, allen Widrigkeiten trotzt und es als working mum zu etwas bringt.

Aber das Lebensmodell »Kinder und Karriere« stand im 17. Jahrhundert nicht auf dem Plan. Ebenso wenig Chancengleichheit oder Work-Life-Balance. Frauen waren froh, überhaupt die Geburt ihrer Kinder zu überleben. Ihr Aktionsradius war auf Haus und Herd beschränkt, Lesen und Schreiben den Adeligen vorbehalten. Ein Künstlerdasein galt für Frauen als unmöglich, unerreichbar, geradezu absurd.

Artemisia wuchs im Künstlerviertel von Rom auf, wo ihr Vater Orazio, selbst Maler, ein eigenes Atelier besaß.

Nach dem Tod seiner Frau Prudenzia war er Alleinverdiener, die Mutterrolle für ihre Brüder übernahm Artemisia. Die finanzielle Situation war angespannt, die Räumlichkeiten beengt. Orazios Atelier war Werkstätte und Wohnraum zugleich, und Artemisia wuchs zwischen Pinseln, Farben und Leinwänden auf. Ein Vorteil, denn so lernte sie das Handwerk der Malerei von der Pike auf. Fertigkeiten wie Pigmente reiben, Farben mischen und anrühren, Pinsel säubern, Holztafeln und Leinwände präparieren eignete sie sich im Vorbeigehen an. Auch das Binden von Pinseln mussten Maler beherrschen; eine Wissenschaft für sich.

Ein Glück, dass Artemisias Vater das Talent seiner Tochter nicht nur erkannte, sondern auch förderte.

In einer bottega, also einer Künstlerwerkstatt, wie Orazio sie führte, arbeiteten neben dem Meister und seiner Familie noch Gehilfen und Lehrlinge. Üblicherweise wurden nur Jungen zwischen sieben und 14 Jahren als Lehrling aufgenommen, eine Ausbildung dauerte bis zu zehn Jahren. Mädchen war es generell untersagt, in Werkstätten zu arbeiten. Höchstens – und auch dann nur inoffiziell – als Ehefrau oder Tochter des Künstlers.

Orazio war, gemessen an der damaligen Zeit, ein relativ fortschrittlicher Vater.

Bereits im Teenageralter schuf Artemisia *Susanna und die Ältesten* und legte damit eine gelungene Premiere hin.

Gentileschis Gemälde zeigt die biblische Erzählung von Susanna und den Ältesten. Biblische Motive waren en vogue zu dieser Zeit.

Die zwei Ältesten lauerten der schönen Susanna auf, als sie im Garten ihres Hauses ein Bad nahm. Sie bedrängten sie, und als Susanna sich ihrer Begierde widersetzte, beschuldigten die beiden Männer Susanna, mit einem jungen Mann Ehebruch begangen zu haben.

Sie verbreiteten das Gerücht der Untreue, Susanna

wurde verhaftet und zur Todesstrafe wegen Ehebruchs verurteilt. Pech für die junge Frau: Die Leute glaubten den Ältesten und forderten Susannas Tod.

Ein Mann namens Daniel hatte allerdings eine Eingebung: Er wollte Susanna retten und schlug vor, die beiden Ältesten einzeln nach ihrer Version der Ereignisse zu befragen. Und siehe da: Die Zeugenaussagen der beiden Männer widersprachen sich. Susanna wurde freigesprochen, und die zwei Ältesten, als Lügner enttarnt, wurden hingerichtet.

Gentileschi schuf das Gemälde im Jahre 1610, als sie 17! Jahre alt war.

Sie stellte die weiblichen Formen überaus realistisch dar. Über den weiblichen Körper wusste sie, aus der Perspektive einer Malerin, erstaunlich gut Bescheid. Wahrscheinlich deshalb, weil weibliche Aktmodelle im Atelier ihres Vaters ein und aus gingen.

Artemisias Stil ist dramatisch, sie malte die Susanna in einer aktiven Abwehrhaltung: die Arme gegen die Ältesten gestreckt und den Körper weggedreht.

Und eben dieses Bild sollte jetzt den Besitzer gewechselt haben?

»Das ist ein Jahrhundertdiebstahl! Ganz große Sache! Warum ruft Signor Martinelli nicht die Polizei?« Wäre das Vernünftigste. Und naheliegend.

»Kann er nicht.« Rosina blickte bedeutungsvoll und pickte die letzten Krümel ihres Cornettos auf. Eine trockene Angelegenheit, also spülte sie wieder Espresso hinterher.

»Warum kann er nicht?« Ich hing wie gebannt an ihren Lippen, aber Rosina ließ sich Zeit. Spannung und große

Auftritte waren ihr Ding. Genüsslich streckte sie den Rücken durch und atmete tief ein. Erst dann sprach sie weiter.

»Außer Mario hat Martinelli noch niemandem von dem Diebstahl erzählt. Bis jetzt weiß nur ich davon.«

Meine Kehle fühlte sich trocken an. »Und jetzt ich.« Rosina hatte mich zur Mitwisserin gemacht. Die Vorstufe zur Komplizin. Mir wurde flau bei dem Gedanken.

Rosina nickte unbeeindruckt. »Dir kann ich's ja sagen.«

»Weil ich dichthalte wie ein Aquarium?«, hakte ich, nicht ohne Stolz, nach. Schweigen war meine Spezialdisziplin.

»Nein, weil niemand dir glauben würde.« Sie lächelte mich mitleidig an. »Offiziell existiert das Bild nämlich nicht. Und niemand sucht etwas, das eigentlich gar nicht da ist.«

»Wie bitte?« Ich verstand nur Bahnhof. »Was soll das heißen, das Bild existiert nicht? Wie konnte es dann gestohlen werden?«

»Natürlich gibt es das Bild. Schließlich hat es jahrelang am selben Fleck an der Wand gehangen. Aber es ist eben nicht katalogisiert, verstehst du? Es wurde keine Expertise dazu erstellt und somit offiziell nicht Artemisia Gentileschi zugeordnet.« Sie stand auf und stellte die Espressotasse in die Spüle.

»Also ist es eine Fälschung?« Die einzig logische Alternative, zumindest für mich als Kunstbanause. Aber was wusste ich schon.

Rosina wiegte den Kopf hin und her. »Möglich. Das müsste man überprüfen. Könnte aber auch sein, dass es sich um eine andere Version des ersten Bildes handelt.«

»Hä … wie jetzt?« Mir schwirrte der Kopf: Meisterwerk, nicht katalogisiert, vielleicht gefälscht, andere Version? Rosina seufzte und verdrehte die Augen.

»Stell dir vor, du lebst im 17. Jahrhundert und bist wahnsinnig reich.«

Ich nickte brav, obwohl ich keine Ahnung hatte, worauf sie hinauswollte.

»Biblische Motive waren ein großes Thema in der Malerei. Immer schon. Aber speziell nach dem Konzil von Trient. Die katholische Kiche hatte ein echtes Problem. Eine Sinnkrise, könnte man sagen. Die Kirche hatte viele Anhänger verloren, die Kirchenväter wollten ihre Schäfchen zurückgewinnen.« Rosinas eigenes Verhältnis zur Kirche kochte seit mehr als drei Jahrzehnten auf Sparflamme. Sie lehnte sich an die Spüle und verschränkte die Arme. »Für die Kunst galten gewisse Regeln: Sie sollte die katholische Kirche verherrlichen und die Ehrfurcht der Leute fördern. Die Bibel wieder attraktiv machen. Das Bild der Susanna war ein sehr beliebtes Motiv zu dieser Zeit. Artemisia Gentileschi war nicht die Einzige, die Susannas Schicksal auf Leinwand festgehalten hat: Rubens, Tintoretto, Rembrandt ... wie gesagt: Das Susanna-Motiv war ein Verkaufsschlager.

Jedenfalls waren im 17. Jahrhundert die Auftraggeber von Gemälden reich. Ist ja heutzutage nicht anders. Das Bild eines berühmten Künstlers zu besitzen, war Prestigesache. Es zeugte von Geschmack und Geld.« Sie legte den Kopf schief und dachte nach. »Manchmal auch nur von Geld.«

»Und was heißt das jetzt konkret?« Ich hasste es, wenn sie mich dampfen ließ und Selbstgespräche führte.

Rosina seufzte und strich sich Brösel vom Kleid. »Konkret heißt das: Gentileschi war mit ihrer Version von

Susanna sehr erfolgreich. Erstens, weil sie bewiesen hat, dass auch eine Frau mit Pinsel und Farbe umgehen kann. Mindestens so gut wie ihre männlichen Kollegen. Und zweitens, weil sie die weiblichen Formen sehr realistisch dargestellt hat. Hautfalten, die eingequetschte Brust unter ihrem Arm, der dramatische Gesichtsausdruck ... Gentileschi hat den weiblichen Körper naturgetreu gemalt, nicht idealisiert.« Sie sah mich abwartend an wie eine Lehrerin, die hofft, dass die Schüler etwas mit ihrer Botschaft anfangen können.

»Artemisia zog von Rom nach Florenz, wo sie sogar Aufträge von den Medici und dem Großherzog der Toskana bekam. Und sie war die erste Frau überhaupt, die in Florenz an der renommierten Accademia delle Arti del Disegno' aufgenommen wurde!«

»Quasi eine Pionierin auf ihrem Gebiet.«

»Absolut«, nickte Rosina. »Zu ihren Lebzeiten wurde sie als große Malerin anerkannt. Aber damit war nach ihrem Tod Schluss. Man strich sie beinahe völlig aus der Kunstgeschichte. Vielleicht, weil ihr Stil dem ihres Vaters ähnlich war. Viele ihrer Gemälde hat man einfach ihm zugeschrieben.«

»Frechheit!« Ich war empört.

Rosina nickte nachdenklich. »Trotzdem: Es war ganz normal, dass Auftraggeber ein beliebtes Motiv bei einem Maler bestellt haben. Auch wenn es davon schon mehrere Varianten gab. Die neue Version wurde einfach leicht abgewandelt. Entweder auf Wunsch des Kunden oder weil sich der Maler oder die Malerin stilistisch weiterentwickelt hatte.«

»Und je erfolgreicher ein Künstler, umso mehr Variationen hat er von seinen besten Bildern angefertigt?«

»Exakt.« Rosina spitzte die Lippen und senkte die Stimme. »Signor Martinelli braucht also keine Polizei im Haus, sondern jemanden mit guten Kontakten. Jemanden, den man nicht sofort mit einem gestohlenen Bild in Verbindung bringt.«

»… wie Mario«, sagte ich. Rosina nickte.

»Aber selbst für jemanden wie ihn ist die Aufklärung eines Kunstraubs eine harte Nuss. Außerdem hat er gerade seinen Job an den Nagel gehängt und ist neu hier. Er braucht also jemanden, der ihm hilft.«

»Und zwar?« Ich war ehrlich gespannt.

»Jemanden, der sich mit Kunst auskennt. Von Berufs wegen.«

»Klar, verstehe.« Tat ich nicht. Rosinas Blick sprach Bände.

»Mario braucht jemanden wie mich, verstehst du?«

Selbstvertrauen pur. »Nicht dein Ernst, oder?«

»Doch«, rief Rosina. »Dass Mario und ich uns gestern begegnet sind, war kein Zufall! Es war ein Wink des Himmels! Eine glückliche Fügung, Karma, Schicksal. Nenn es, wie du willst, aber so eine Chance kann ich mir nicht entgehen lassen.«

»Welche Chance denn bitte?«

»Na, ein verschwundenes Gemälde finden! Den Diebstahl aufklären, den Täter überführen, was denn sonst?«

»Aber … wieso?«

»Weil es das einzig Richtige ist! Die logische Konsequenz der Ereignisse.« Ihre Stimmlage erinnerte an eine Volksschullehrerin mit Engelsgeduld. »Mario kann nicht in sein Haus zurück und braucht eine Bleibe, zumindest für die kommenden Tage. Ich habe ein Wohnmobil. Mario braucht fachkundige Hilfe …«, sie zeigte auf sich selbst, »voilà, da bin ich!«

Jetzt endlich fiel bei mir der Groschen. »Du willst mit einem Kardinal in deinem Campingbus herumfahren, um einen Kunstraub aufzuklären?« Ich konnte es nicht fassen.

»Ex-Kardinal!«, belehrte sie mich und stand auf.

Riva del Garda ist ein gelungener Mix aus Felswänden, See und Palmen.

Der Lago di Bènaco, wie der Gardasee auch genannt wird, hat viele Gesichter und eine bewegte Geschichte. Kelten, Rätier und Veneter hatten an seinen Ufern gesiedelt, die Römer ihm den Namen *Benacus* gegeben. Kaiser und Könige der Karolinger, die Scaliger und die Venezianer waren hier, Napoleon und die Österreicher. Alle hatten Besitzansprüche, alle hinterließen Spuren. Die Landschaft zog jeden von ihnen in seinen Bann, wen wundert's. Goethe, Nietzsche und Kafka urlaubten hier schon gern, und auch heute ist das Leben am See praktisch vom Tourismus bestimmt.

Seit dem Ersten Weltkrieg ist der Gardasee rein italienisch und drei Regionen unterstellt. Trentino im Norden, die Lombardei im Westen und Venetien im Osten teilen sich den 370 Quadratkilometer großen See aus der Eiszeit.

Der Erfolgskurs dieser gelungenen Mischung begann in der Jungsteinzeit. Später ließen sich die Ligurier, Veneter, Etrusker und Gallier am Gardasee nieder, machten aber um 200 vor Christus den Römern Platz. Nicht ganz freiwillig, vermutlich. Die Römer, die den See *Lacus Benacus* nannten, schätzten Rivas verkehrsgünstige Lage auf der Route Rom – Trient; Riva wurde eine Art Zwischenstation. Dann gaben sich die Goten, Langobarden und Franken die Klinke in die Hand, gefolgt von den Scaligern, die zahlreiche Burgen entlang der Gardaseeküste hinterließen.

Als Riva ein strategisch wichtiger Handelsknotenpunkt war, traten Mailand und Venedig sogar in einer spektakulären Seeschlacht gegeneinander an; Venedig siegte. Wirtschaftlich kam der Gardasee um circa 1400 groß raus. Das Nordufer dämmerte zwar noch im Dornröschenschlaf vor sich hin, aber das Gerangel um Italiens größten See ging weiter.

Napoleon Bonaparte erkämpfte sich den Gardasee im Italienfeldzug gegen Österreich, 20 Jahre später rissen sich die Habsburger die Nordspitze des Sees wieder unter den Nagel. Riva, damals Reiff am Gartsee, verblieb gute 100 Jahre bei Österreich-Ungarn. Erst nach dem Ersten Weltkrieg endete das Ping-Pong-Spiel: Riva fiel endgültig an Italien.

Die ständig wechselnden Herrscher hatten dem Ort ihre architektonischen Stempel aufgedrückt, allen voran die Venezianer und Habsburger. Anfang des 20. Jahrhunderts war Riva ein Fremdenverkehrs- und Kurort. Gekrönte Häupter, reiche Amerikaner, adelige Russen, Philosophen wie Nietzsche, Kafka und andere Geistesgrößen gaben sich die Klinke in die Hand.

»Ich muss los!« Rosina rückte den Gürtel ihres marineblauen Hemdblusenkleids zurecht und fischte einen Schlüssel aus der Rocktasche. »Mario wartet schon!« Sie küsste mich links und rechts auf die Wange und wollte an mir vorbei aus der Küche huschen, aber ich verstellte ihr den Weg. Bevor sie und ihr neuer Mitbewohner auf große Fahrt gingen, musste ich noch ein ernstes Wörtchen mit ihr reden. Ich holte tief Luft.

»Mooo-ment!« Es hätte der autoritäre Auftakt zu einer großen Rede werden sollen. Ein freundschaftlicher Mix aus gut gemeinten Ratschlägen, vorsichtigen Ermahnungen und feministischen Denkanstößen. Ein Care-Paket voller Empathie und good vibes, ein großer Moment, den ich Rosina mit auf den Weg geben wollte. Den sie nie vergessen und ewig in dankbarer Erinnerung behalten sollte.

Aber, und dagegen ist man machtlos, manchmal soll es einfach nicht sein. Der Teufel steckt im Detail, konkret im allerletzten Krümel des allerletzten Cornetto-Bissens.

Ich holte, wie gesagt, tief Luft, und der Krümel sauste aus meiner Mundhöhle den Rachen hinab Richtung Bronchien. Wo er nicht hingehörte. Mein Körper wehrte sich reflexartig mit Räuspern und Husten. Ich beugte mich nach vorne, klopfte mir auf die Brust – nichts half. Der Krümel hatte nicht vor, meine Luftröhre zu verlassen. Er rutschte bei jedem Atemzug tiefer. Ich verfiel in Panik, atmete schnell und flach und war dem Erstickungstod nahe. Meine Augen tränten, und ich keuchte. Ein wuchtiger Schlag traf mich hart im Rücken; Rosina klopfte mir beherzt zwischen die Schulterblätter und erlöste mich vom Krümel.

Erst nach einer gefühlten Ewigkeit konnte ich schmerzfrei atmen. Rosina reichte mir ein Glas Wasser. Mit einem Taschentuch tupfte sie meine Wangen ab.

»Deine Wimperntusche ist verschmiert.«

Ich nickte dankbar und trank ein paar Schlucke.

»Ist dir bewusst, worauf du dich da einlässt?«, schniefte

ich, als ich wieder bei Stimme war. Zur Erklärung: Nicht, dass ich meiner besten Freundin keine Abenteuerfahrt mit einem durchtrainierten Mittfünfziger gegönnt hätte. Ein bisschen Abwechslung von den vielen Filous und Fehlgriffen tat ihr sicher gut. Aber ich machte mir Sorgen. Schließlich lagen Welten zwischen Mario und Rosina, und damit meinte ich nicht den Altersunterschied. Rosina ist, da gibt es nichts zu beschönigen, eine Femme fatale. Eine Diva. Immer schon. Sie hat Charme, Intellekt und ist bildschön. Keine Frau, an der man einfach so vorbeigeht. Zwischen Rosina und den Männern knisterte es regelmäßig. Und genau da lag das Problem.

»Nimm's mir nicht übel, Rosina, aber ...« Mein Gesamtkunstwerk, die meisterlich ausbalancierte Rede mit allen Pros und Kontras war dahin wie der Cornetto-Krümel. Ich rang nach Worten, stammelte wirres Zeug. Sie zog die rechte Augenbraue hoch.

»Mario und du, ihr seid grundverschieden.«

»Wirklich?« Rosina verschränkte die Arme vor der Brust, legte den Kopf schief und starrte mich abwartend an. Ich drehte das leere Papiersäckchen der Bäckerei unsicher zwischen den Fingern zu einem Strang. Vielleicht Einbildung, aber in diesem Moment hatte ich das Gefühl, dass sie meine Nervosität genoss. Ich sammelte mich, fest entschlossen, meine Moralpredigt loszuwerden.

»Also, äh ...«

»Spuck's aus, cara!«

Ich gab mir einen Ruck. »Mag sein, dass ich jetzt nicht die richtigen Worte finde, aber ich hab' einfach kein gutes Gefühl bei der Sache. Also, dass du und Mario gemeinsam auf engstem Raum unterwegs sein werdet, um einen Diebstahl aufzuklären. Wie zwei alte Haudegen, die zusammen die Welt retten. Ihr kennt euch doch gar nicht!« Sie sagte nichts, also fuhr ich fort. »Vielleicht bist du dir deiner Wirkung auf Männer nicht bewusst, Rosina, aber …«, ich schluckte, »ich hab' schon zu viel mit dir erlebt, um tatenlos zuzuschauen. Nenn mich vielleicht spießig, aber die Mischung ist hochexplosiv. Er hat sich in jungen Jahren zum Zölibat bekannt, und du …«

»Ich?« Sie reckte das Kinn, die Lippen wurden schmal.

»… verdrehst Männern reihenweise den Kopf.« Ich war stolz auf meine Wortwahl: diplomatisch und trotzdem am Punkt. Ja, ich war rhetorisch wieder in der Spur, kam mit jedem Satz mehr in Fahrt. Und übersah leider den Punkt, an dem Rosinas Blick stechend wurde.

»Mario ist nicht deine Kragenweite, Rosina! Der Mann hat bis vor Kurzem im Vatikan residiert, auf mehreren 100 Quadratmetern! Und wie groß ist dein Campingbus? 20 Quadratmeter? 30? Ihr steigt euch doch gegenseitig auf die Zehen! Für diese Art von Wohngemeinschaft ist das Gefährt nicht gemacht. Und mal ehrlich, das war ja auch nicht Sinn der Sache, oder? Du wolltest frei sein, tun und lassen, was du willst. Und was machst du? Kettest dir einen Geistlichen ans Bein, der einen festen Tagesablauf gewohnt ist. Jeder von euch hat seine Eigenheiten, Ticks und Vorlieben. Du bist ein Morgenmuffel, er ein Frühaufsteher. Du bist emanzipiert, er ist Full Service gewohnt. Er wird täglich beten, wahrscheinlich mehrmals. Ich mag gar nicht daran denken, wie sehr dir das auf den Keks gehen wird. Il Tatuato meets Diva – ihr seid ein fahrendes Pulverfass!« Ich war laut geworden. Zu laut. Rosina sog scharf die Luft ein. Ihr Blick hätte einen Marmorblock schneiden können. Spätestens jetzt wäre Schweigen Gold gewesen, aber ich setzte noch eins drauf.

»Und warum bist du eigentlich so scharf drauf, ein Verbrechen aufzuklären? Bring erst einmal dein eigenes Leben in Ordnung!«

Sie pustete die Luft aus den Backen, stemmte sich vom Türrahmen ab und nickte. Einen Moment lang hoffte ich, sie hätte mich verstanden. Hatte sie nicht. Ihr Blick war wütend und traurig zugleich. »Fertig?«

Ich hatte es verkackt. »Es … es tut mir leid, Rosina. Versteh mich bitte nicht falsch, ich …« Mit einem Mal bereute ich jedes einzelne Wort. Statt sie zu beraten, hatte ich Rosina gekränkt. So blöd war ich mir schon lange nicht mehr vorgekommen. Ende des rhetorischen Hochgefühls. Pulverfass – was hatte ich mir nur dabei gedacht? Ratlos hob ich die Arme. »Ich will doch nur auf dich aufpassen, Rosina.«

»Du. Auf mich.« Sie nahm mir das Wasserglas aus der Hand und trank es leer. »Mach's gut, cara!«

Und dann war sie weg.

Wer auch immer die Schicksale der Menschen lenkt, Tempo und Stationen in unser aller Leben bestimmt – ohne Rätsel, Umwege und Sinnfragen geht es wohl nicht. Und dass es keine Zufälle gibt, ist – zumindest für mich – so sicher wie das Amen im Gebet.

Anders lässt sich nämlich nicht erklären, warum sich ein Kardinal aus seinem Haus aussperrt. Dass ein Jünger Petri, der obendrein die vatikanischen Schlüssel als Tattoo auf seinem Unterarm trägt, seinen eigenen Schlüssel verlegt.

Die Bäume im Garten waren zu klein, um Schatten zu spenden, der Sonnenschirm lagerte zwischen Umzugskartons in der verschlossenen Garage und die Fernbedienung für die Markise auf dem Wohnzimmertisch. Als beruflicher Optimist hatte Mario jedoch einen Satz verinnerlicht: Wenn Gott eine Tür verschließt, öffnet er irgendwo ein Fenster. Aber der Reihe nach.

Nachdem Lorenzo Martinelli, niedergestreckt durch den Schock, den das Verschwinden seines Gemäldes ausgelöst hatte, in der Praxis eines Kardiologen in Bologna wieder zu sich kam, sah er als Erstes Paola in ihrem Brautkleid. Seine Nichte hatte neben dem Krankenbett gewartet, bis das verabreichte Beruhigungsmittel Wirkung zeigte. Sofort plagte Martinelli das schlechte Gewissen. La famiglia hat schließlich oberste Priorität bei italienischen Männern, und der kinderlose Martinelli hatte seine Nichte Paola schon immer vergöttert. Dass er ihre Hochzeit gecrasht hatte, belastete sein Herz fast noch mehr als der Diebstahl, denn Paola war sein Ein und Alles. Nach dem Unfalltod ihrer Eltern hatte Zio Lorenzo die Vaterrolle bei Paola übernommen. Er hatte ihre Ausbildung und das erste Auto finanziert, war bei der Wohnungssuche behilflich gewesen und hatte seine Beziehungen spielen lassen, damit Paolas erstes Bewerbungsschreiben nach dem Studium ganz nach oben auf den Stapel wanderte. Mittlerweile arbeitete sie bei ihm in der Brillenherstellung. Für Paola war Lorenzo Martinelli Vaterersatz, Sponsor und Schutzpatron in Personalunion. Sie hatte eine gut bezahlte Stelle in seiner Firma inne. Paola zeichnete für sämtliche Werbeverträge verantwortlich; ihr Wort hatte Gewicht im Unternehmen. Und sie hatte sich schon in der ersten Arbeitswoche Hals über Kopf in ihren Kollegen Salvatore verliebt. Viel zu schnell für Martinellis Geschmack. »Er tut mir gut«, hatte Paola ihm treuherzig versichert. Sie fuhr zwar weiterhin alle zwei Wochen von Bologna nach Riva, um ihren Onkel in seiner Villa zu besuchen. Aber anstatt, wie früher, mit Zio Lorenzo zu segeln, verbrachte sie die Zeit jetzt mit ihrem Verlobten im extrabreiten Doppelbett des Gästezimmers, was der eifersüchtige Onkel kaum ertrug. Paolas überstürzte Heiratspläne mit dem Schnösel Salvatore hatte Lorenzo Martinelli zwar nie verstanden, aber zähneknirschend akzeptiert und sogar versprochen, sämtliche Kosten zu übernehmen. Seine Nichte sollte eine Traumhochzeit bekommen.

Martinelli war, wie gesagt, untröstlich, Paolas schönsten Tag des Lebens ruiniert zu haben, und bat sie um Verzeihung.

»Es tut mir leid, amore.« Er drückte ihre Hand.

Aber Paola schüttelte traurig den Kopf. Die letzten Stunden hatten gezeigt, dass nicht jeder Bräutigam dafür gemacht ist, im Schatten eines übermächtigen Onkels zu stehen. Manch einer erkennt erst kurz vor dem Altar, quasi auf der Zielgeraden, dass er falsch abgebogen ist, und ändert noch im letzten Moment die Route. Salvatore war abgehauen.

Ganz leise raschelte der weiße Tüll, als Paola Steckkamm und Schleier aus dem Haar zog. Ihr herzzerreißendes Schluchzen war umso lauter und trieb ihrem Onkel Tränen in die Augen. Er beweinte Paolas nicht zustande gekommene Ehe und, bei der Gelegenheit, seine gestohlene *Susanna*. Unter Martinellis Tränen der Trauer mischten sich ein paar Freudentränen, denn ab jetzt würden sie wieder zusammen segeln, Paola und er. Sein Bauchgefühl hatte ihn nicht im Stich gelassen: Die Sache mit Salvatore war zu überstürzt gewesen, um von Dauer zu sein. Er umarmte seine Nichte und murmelte ein altes

Sprichwort in ihre blonden Locken. »Presto e bene non vanno insieme.« Schnell und gut passen nicht zusammen. Beinahe zeitgleich suchte Mario nach dem Fenster, das sein Arbeitgeber für ihn offen gelassen hatte. Hoffentlich. Dreimal hatte er sein sandfarbenes Landhaus mit den blassgrünen Fensterläden bereits umrundet. Erfolglos, er selbst hatte noch am Morgen alle Fenster geschlossen und die Fensterläden zugeklappt, um die Hitze auszusperren. Mario fluchte, aber nur ganz leise. Im Grunde traf die alleinige Schuld für seine missliche Lage ihn selbst.

Er hatte lediglich die Zeitung aus dem Briefkasten holen wollen, als die schwere Haustür hinter ihm ins Schloss gefallen war. Der Schlüssel steckte innen.

Mit Blick auf den kargen Olivenbaum gönnte sich Mario einen Moment der Sehnsucht. Er vermisste die schattenspendenden Bäume in den vatikanischen Gärten. Aber nur kurz, dann meldete sich sein Optimismus zurück.

Dass Gottes Regeln und Gebote teils Auslegungssache sind, wusste niemand besser als er selbst. Wenn schon nicht beim eigenen Haus, vielleicht stand bei der Nachbarvilla ein Fenster offen? Er schob ein paar Oleanderzweige zur Seite und spähte auf Martinellis Grundstück; bei seinem Einzug vor 14 Tagen hatte er sich als Mario aus Rom vorgestellt. Seinen ehemaligen Beruf hatte er nicht erwähnt. Dafür war, fand er, noch reichlich Zeit. Offenbar lag er, was den Wunsch nach guter Nachbarschaft betraf, auf einer Wellenläge mit Martinelli, der ihn sofort auf seine Terrasse eingeladen und mit einem Glas Teroldego mit ihm angestoßen hatte. Erst in den Abendstunden hatten sie sich voneinander verabschiedet. Mario mit einer Flasche *Nosiola*, die Martinelli ihm geschenkt hatte. Und Martinelli mit dem diffusen Verdacht, seinen neuen Nachbarn aus dem Fernsehen zu kennen.

4. KAPITEL

Erzählt von Erbgut, Improvisationsgeist und alten Semmeln. Ich disqualifiziere mich selbst, werde ausgetauscht und stehe auf der Leitung. Es geht um Prinzipien, Wortkreationen, Lofts und Badewannen. Ich täusche Weinkenntnisse vor und reibe Parmesan.

Den Start von Rosinas und Marios Ermittlungsarbeit hatte ich verpasst, Stichwort Moralpredigt. Was ich hinterher erfuhr, war sicher die geschönte Version. Nur so viel: Es hatte Rosina einiges abverlangt. Außerdem steckte ihr die Müdigkeit in den Knochen. In den vergangenen zwei Nächten waren Hitze, die ungewohnt harten Matratzen im Wohnmobil und fiebrige Schlaflosigkeit ihre Begleiter gewesen. Rosina konnte so leicht nichts umhauen, sie war hart im Nehmen und schlug sich tapfer durchs Leben. Aber wenn ein Umzug, ein neuer Mitbewohner und ein Kunstraub zeitlich zusammentreffen, kann einem das schon mal schlaflose Nächte bescheren. Zumal Rosinas Gewohnheiten sich deutlich von Marios unterschieden: Rosina war ein Nachtfalter. Sie experimentierte mit Farben bis in die Morgenstunden, probierte neue Pinsel aus, las Fachlektüre und gönnte sich nebenbei den einen oder anderen Schlummertrunk. Mario hingegen ging nie nach 22 Uhr zu Bett, schlief wie ein Baby und war ein echter

Mattiniero. Ein Frühaufsteher, der die Vögel aufweckte und ans Zwitschern erinnerte. Der nach einer Tasse Ingwertee erst einmal 15 Kilometer lief und dann pflichtbewusst seine *Fünf Tibeter* machte. Zwei Welten also, die aufeinanderprallten. Das hatte ich ja befürchtet.

Rosinas Akku war jedenfalls leer. Aber sie hatte eine Geheimwaffe gegen Erschöpfung, schlechte Laune oder sonstige Querschläge des Lebens: gutes Essen. Nach Möglichkeit selbst zubereitet, im Idealfall in netter Gesellschaft. Kochen und gutes Essen waren, abgesehen von Männern und der Liebe, die Grundpfeiler Rosinas Wohlbefindens.

Guter Geschmack war in ihrem Erbgut verankert, und zwar von Vater- und Mutterseite gleichermaßen. Sie konnte aus wenigen Zutaten ein schmackhaftes Abendessen zaubern, spürte auf Märkten das frischeste Gemüse auf und scheute vor keinem Rezept zurück. An Rosina ist eine exzellente Köchin verloren gegangen. Behaupte ich, die über Spaghetti Aglio e Olio nie hinausgekommen ist. Man ahnt ja nicht, was beim Dosieren von Olivenöl und Knoblauch schiefgehen kann!

»Kochen ist wie malen, nur mit Lebensmitteln«, lautet einer von Rosinas Grundsätzen. »Und es gibt immer zwei Möglichkeiten: Du kannst mit einem bombastischen Menü aus teuren Zutaten und immensem Zeitaufwand alles bisher Dagewesene in den Schatten stellen. Oder du hast es drauf, einen Feinschmeckergaumen mit selbst gebackenem Brot, frischer Butter und saftigen Kräutern zu begeistern. Alles ist möglich, Hauptsache, du weißt, was du tust, und es schmeckt!« Und als Anspielung auf meine hoffnungslosen Kochversuche: »Appetitlich aussehen sollte es auch. Anche l'occhio vuole la sua parte! Das Auge isst mit.«

Die Götter der Kulinarik haben Rosina nicht umsonst ins Trentino gelotst: Für sie als Vollblutköchin und halbe Italienerin war dieses Fleckchen Erde sogar unausweichlich. Hier trifft kräftig-alpiner Geschmack auf mediterrane Aromen. Es gibt Speck und Carne Salada, Knödel und Polenta, Strudel und Tartufo, roten Vernatsch und weißen *Nosiola*.

Das Trentino ist ein faszinierendes Geschmacksuniversum, das einen, hat man erst von ihm gekostet, in seinen Bann zieht und nicht mehr loslässt. Nirgendwo sonst ist die Verbindung zwischen Italien und Mitteleuropa kulinarisch ausgeprägter.

Rosinas Einladung zum gemeinsamen Kochen war ihre Art, die Friedenspfeife zu rauchen. Die Überdosis Fürsorge hatte sie mir anscheinend verziehen, und für lange freundschaftliche Sendepausen hatte sie nichts übrig. Kochen und Essen war ihre charmante Art, Probleme aus dem Weg zu räumen. Nach dem Motto: Die besten Partys finden in der Küche statt. Aus psychologischer Sicht konnte man Rosina mangelnde Bereitschaft zur Konfliktbewältigung attestieren. Weniger analytisch betrachtet, ist Rosina der geselligste und gastfreundlichste Mensch, den ich kenne.

Nachdem sie und Mario die Beweissicherung in Martinellis Villa abgeschlossen hatten, rief sie mich an.

»Komm doch zum Abendessen!«

»Und wohin, wenn ich fragen darf?«

Kurze Pause am anderen Ende, dann, etwas unterkühlt: »In mein Wohnmobil natürlich!«

Hatte ich ganz vergessen. Rosina hatte ja ihre fixe Behausung dem Filou überlassen und war zur Camperin mutiert. Sie plauderte jedenfalls weiter, einen Tick versöhnlicher:

»Wir kochen gemeinsam und machen uns einen gemütlichen Abend.«

Wie sollte ein Abend gemütlich werden, wenn die Kirche quasi mit am Tisch saß? Womöglich endete der Abend mit einer handfesten Debatte über den Zölibat, Verhütung und Abtreibung. Ohne mich! Ich suchte nach einer Ausrede.

»Ich esse nicht nach 17 Uhr, weißt du doch.« Das klang plausibel. Jedenfalls höflicher als die Wahrheit.

»So wird das nie was mit deiner Einbürgerung in Italien!«, schimpfte Rosina. »Mit deiner Kohlenhydrate-Panik kommst du hier nicht weit.« Typisch Italienerin.

»Blödsinn!«, maulte ich zurück. »Ich hab' keine Panik, ich hab nur einfach keinen Hunger!«

»L'appetito vien mangiando!« Der Appetit kommt beim Essen: Ihre Stimme duldete keinen Widerspruch. »Außerdem ...«, hier legte sie eine kleine Kunstpause ein, »habe ich eine Überraschung für dich.«

Was mich noch skeptischer werden ließ. »Noch eine Überraschung? Du hast innerhalb der letzten Woche mehr umgekrempelt als andere Leute in ihrem ganzen Leben.«

»Was genau meinst du?«, fragte Rosina spitz.

Ich stöhnte. »Du hast ein Haus gegen ein Wohnmobil getauscht, einen Ex-Kardinal aufgenommen und willst einen Kunstraub aufklären. Was, bitte, soll mich jetzt noch überraschen?«

»Wart's ab. Du kommst doch, oder?«

»Ich ...« Mir fiel kein Gegenargument mehr ein.

»Also dann bis 19 Uhr! Und sei pünktlich!«

Ich sah dem Abend mit gemischten Gefühlen entgegen. Außerdem meldete sich mein altes Problem wieder: die

Wahl des richtigen Outfits. Früher stand ich oft stundenlang vor dem Kleiderschrank, zerrte Blusen, Rollis und
Röcke von Kleiderbügeln, hielt sie mir vor den Leib und
stopfte entnervt alles wieder zurück.

In Röcken fühle ich mich unsicher, für Kleider bin
ich zu wenig feminin, für Chinos habe ich zu kräftige
Oberschenkel. Ich habe ein Talent dafür, mich am Anlass
vorbei zu kleiden: weißer Hosenanzug auf Begräbnissen,
Minikleid bei der stabilen Seitenlage im Erste-Hilfe-Kurs,
weiter Rock bei starkem Winde im U-Bahn-Schacht. Jahrelang war ich chronisch over- oder underdressed, bis
ich mir selbst einen Gefallen tat. Ich traf eine Entscheidung und zog einen Schlussstrich unter dieses Problem.

Um kostbare Lebenszeit zu sparen, stieg ich vor Jahren auf ein simples Baukastensystem um: Jeans und Mot-
to-Shirts. Ich besitze gut 20 Jeans in derselben Passform,
alle blau. Sämtliche T-Shirts, gut 100 an der Zahl, sind
schwarz. Sie unterscheiden sich nur durch die aufge-
druckten Sprüche.

»Du teilst also der Welt per T-Shirt mit, wie es dir
geht? Ernsthaft?«

Klar, dass Rosina mit meinem Kleidungsstil nichts
anfangen konnte. Ihre Garderobe war farbenfroh wie
der Frühling. Und egal, was ich anzog: Neben ihr sah
ich immer aus wie ein Sack Kartoffeln.

Deshalb: Jeans und T-Shirt. Damit konnte ich eigentlich nichts falsch machen. Zumindest fast nichts.

Jedenfalls zog Rosina die linke Augenbraue hoch, als
ich pünktlich um 19 Uhr vor dem Wohnmobil stand.

»Jesus ist die Antwort?«, las sie von meinem schwarzen
T-Shirt und schüttelte den Kopf. »Komm trotzdem rein!«

»Das hab' ich auf einem katholischen Ferienlager

gewonnen, beim Sackhüpfen.« Ich sah an mir herab; für einen Abend mit dem Ex-Kardinal fand ich den Spruch mehr als passend.

Rosina trug ein korallenrotes Kleid im Sixties-Stil mit weit schwingendem Rock. Darüber eine blütenweiße Großmutterschürze mit gestärkten Spitzen am Einfass. Die breiten Bänder waren im Rücken zu einer adretten Masche gebunden.

Unsere kleine Unstimmigkeit von gestern, Stichwort Pulverfass, erwähnte sie mit keinem Wort.

»Du musst endlich hier ankommen, in Italien.« Rosina drückte mir ein Brotmesser in die Hand und teilte mich zum Schneiden von altbackenem Brot ein. Von Mario war weit und breit nichts zu sehen. War mir ganz recht, schließlich wollte ich mich nicht schon bei Küchenhilfsdiensten vor ihm blamieren.

Rosina hielt mir wieder eine ihrer Moralpredigten. »Wer hier leben will, muss dieses Land spüren und schmecken. Mit jedem Atemzug die Mediterranità spüren.«

»Was, bitte, ist Mediterranità?«, fragte ich, während ich die Arbeitsplatte mit Semmelstücken vollbröselte. Zu mehr als zu Handlangertätigkeiten würde ich es nie bringen, stellte ich bekümmert fest. Während Rosina das harte Weißbrot in gleich dicke Scheiben schnitt, rutschte ich ständig mit dem Messer ab. Das Resultat waren ungleich große Brocken, Tausende Brösel und ein Schnitt im Daumen. Reflexartig steckte ich den Finger in den Mund. Rosina seufzte, wischte sich die Brösel von den Fingern und verschwand im hinteren Teil des Wohnmobils. Ich hörte sie im Bad kramen; wahrscheinlich durchsuchte sie den Erste-Hilfe-Kasten.

»Mittel-meerig-keit!«, sagte sie, als sie zurückkehrte und ein Hansaplast über die Wunde klebte.

»Mittelmeer?« Ich schüttelte den Kopf. »Soweit ich weiß, liegt Riva am Gardasee und nicht am Mittelmeer.« Aber Rosina zuckte unbeeindruckt die Schultern.

»Weil du immer alles wörtlich nimmst. Hier geht es nicht um Geografie, sondern um ein Lebensgefühl!« Sie schloss die Augen und atmete tief ein.

»Mediterranità, das ist alles, was dir spontan einfällt, wenn du ans Mittelmeer denkst! Der Duft von frischem Rosmarin, Körbe mit reifen Zitronen, ein lauer Abend mit Freunden und einem guten Glas Wein.« Sie öffnete die Augen und lächelte. »Das Trentino hat alles: hohe Berge und Gletscher, Olivenbäume, Weinbau und das sanfte Klima am Gardasee.«

Ich betrachtete meinen Daumen; das Pflaster färbte sich schnell rot. Der Schnitt war tiefer als gedacht. Für heute hatte ich mich als Küchenhilfe aus dem Rennen genommen. War mir ganz recht.

»Du musst endlich hier ankommen, cara. Aber du darfst die Mediterranità nicht krampfhaft suchen! Sie ist eine Diva. Warte ab, lass dich von ihr überraschen! Du musst lernen, die kleinen Momente zu genießen, dann findet sie dich, selbst wenn du am Gardasee bist. Das Schöne hält sich nicht an Landkarten.«

»Aber der Gardasee ist nicht das Meer, selbst wenn es hier Zitronen gibt. Das ist doch nichts anderes, als sich die Dinge schönzureden«, konterte ich.

»Nein, das ist Lebensfreude. Aus allem das Beste machen; nehmen, was man hat: Das ist Improvisation.« Was den Unterschied zwischen uns auf den Punkt brachte.

Apropos Improvisation. Kaum, dass das Pflaster auf meiner Haut klebte, ging im hinteren Teil des Wohnmobils eine Tür auf und Mario erschien. Er duftete sinnlich-orientalisch. Joop Homme, vermutete ich. Charismatisch, intensiv. Ein Parfum wie ein Statement. Die gekreuzten vatikanischen Schlüssel, die auf seinen rechten Unterarm tätowiert waren, bildeten einen krassen Gegensatz zum bunten Hawaiihemd.

»Das ist meine beste Freundin«, stellte Rosina mich formlos vor.

Mario musterte mich freundlich. »Hat deine beste Freundin auch einen Namen?«

»Sogar einen wunderschönen Namen«, verriet Rosina und grinste. »Sie heißt …«

»Cara. Einfach Cara«, unterbrach ich sie hastig.

Mario hob verwundert die Augenbrauen. »Cara?«

Nach einem kurzen Blick auf meinen Finger übernahm er meinen Part als Küchenhilfe.

Ich kam mir ziemlich nutzlos vor und drehte mich mit dem Barhocker im Kreis. Bei jeder Umdrehung quietschte er leise. Der Moment hatte etwas Skurriles. Ein tätowierter Ex-Kardinal mit Hawaiihemd beim Brötchenschneiden. In einem Wohnmobil! Und obwohl ich mein linkes Ohrläppchen darauf verwettet hätte, dass er nur selten den Kochlöffel geschwungen hatte: Er stellte sich wesentlich besser an als ich.

Als alles fertig geschnitten war, weichte er auf Rosinas Geheiß die Brotstücke in Milch ein. In der Zwischenzeit blanchierte sie Blattspinat, ließ ihn zusammenfallen und drückte ihn aus.

Lässig nahm Mario eine Flasche Weißwein aus dem

Weinkühler, entkorkte sie und goss die goldgelbe Flüssigkeit in drei Gläser.

Eines reichte er Rosina, mit den beiden anderen kam er auf mich zu.

»Gewürztraminer aus Südtirol.« Er reichte mir ein Glas, prostete mir zu und ließ die Flüssigkeit leicht kreisen. Ich tat es ihm gleich, roch am Wein und nickte anerkennend. Hoffentlich hatte ihm Rosina nichts von meinen überschaubaren Weinkenntnissen erzählt. Ich bemühte mich, den Traminer sachte zu schwenken und schielte über den Rand meines Glases zu Marios stechend blauen Augen. Niemand, den ich kannte, hatte einen dermaßen durchdringenden Blick. Außer Terence Hill.

Unsere Blicke trafen sich und – zack! – schwappte mir der Wein ins Auge. Was Mario galant ignorierte. Er schnupperte konzentriert an seinem Wein; rechnete ich ihm hoch an.

»Ein guter Jahrgang! Intensiv, aromatisch und würzig. Perfekt zu Strangolapreti.« Er prostete mir noch einmal zu. Skeptisch hielt ich in der Bewegung inne. »Priesterwürger?« Mein Italienisch war kaum mehr als eingerostetes Halbwissen, aber die Bedeutung von Strangola musste mir niemand erklären. Instinktiv griff ich mir an den Hals und sah tadelnd zu Rosina, die mit bloßen Händen das eingeweichte Brot mit Eiern, Mehl und Blattspinat in einer Schüssel vermischte.

»Was denn?« Sie pustete sich eine Haarsträhne aus der Stirn und knetete weiter. Dass Rosina einen Sinn für schrägen Humor hatte, war nicht neu. Aber gerade für das erste, sagen wir, offizielle Abendessen mit Mario hätte ich ein anderes Gericht passender gefunden. Etwas Würdevolles. Etwas, das ihren Kochkünsten und Il Tatuatos sozialer Stellung Respekt zollte. Jedenfalls kein Arme-Leute-Gericht aus altbackenem Brot, das nach toten Geistlichen klingt.

Mario lächelte verschmitzt und nahm noch einen Schluck.

»Strangolapreti heißt frei übersetzt: Möge der Pfaffe daran ersticken! Angeblich war dieses Gericht vor 500 Jahren bei Fürsterzbischöfen und Priestern in Trient sehr beliebt.«

»Waren denn zu dieser Zeit so viele Geistliche in Trient?«, fragte ich ahnungslos.

»Schon, ja. Ganze 18 Jahre lang, um genau zu sein. Trient war praktisch überschwemmt von Geistlichen.« Er zwinkerte mir zu und sah mich abwartend an. Leider stand ich komplett auf der Leitung. Als ich die Antwort auf die unausgesprochene Frage schuldig blieb, fuhr er fort.

»Martin Luther hat die katholische Kirche stark kritisiert. Nicht unberechtigt, Stichwort Ablasshandel.«

»Das Freikaufen von Sünden?« Hatte ich mir aus dem Geschichtsunterricht gemerkt.

Mario nickte. »Um die Zeit im Fegefeuer möglichst kurz zu halten. Was ja komplette Themenverfehlung ist, denn Gottes Antwort auf unsere Sünden ist immer Liebe!«

»Aha.« Also doch theologische Diskussionen. Leicht verzweifelt starrte ich in mein Glas, was Mario nicht entging. Er räusperte sich.

»Ich mach's kurz: Wahrscheinlich hatten die Einwohner von Trient irgendwann genug von den Pfaffen. Also haben sie das Arme-Leute-Gericht, das den Geistlichen so schmeckte, nach ihrem geheimen Wunsch benannt: Möge der Pfaffe daran ersticken. Auch eine Art von Kommunikation.« Er sah auf mein T-Shirt und grinste.

»Genau.« Ich trank mein Glas in einem Zug leer und befahl mir, lockerer zu werden. Also wechselte ich das Thema.

»Was ist eigentlich mit der Überraschung?«

Ich erhielt keine Antwort. Rosina formte mit feuchten Händen Nocken aus der Spinatmasse, und Mario schenkte mir sofort nach und hob das Glas. Ob er meine Frage ignorierte oder sie einfach nicht gehört hatte, konnte ich nicht sagen. Jedenfalls stellte er sein Glas neben meinem an der Bar ab und machte sich wieder an die Arbeit. Er holte einen großen Topf aus einem der Schränke, füllte ihn mit Wasser und schaltete den Gasherd ein.

Seufzend und mit leichtem Dusel sank ich auf einen der Barhocker, ließ den goldgelben Wein in meinem Glas kreisen und starrte blöde in den verheißungsvollen Traubensaft. Vom Wein verstand ich zwar noch weniger als vom Kochen, aber der hier schmeckte mir. Ganz was Neues. Und in meinem aufsteigenden Schwips dachte ich über die Zusammenhänge zwischen Rosina und dem Trentino nach.

Mediterranità: Allein die Existenz dieses Wortes zeigt, wie einzigartig das Trentino ist.

Dieser Fleck auf der Landkarte ist übrigens der nördlichste Punkt der Welt, an dem Olivenöl produziert wird. Im *Valle dei laghi*, dem Tal der Seen, rund um die Städte Riva, Arco und Torbole entstehen außerdem *Nosiola*-Weißwein und Grappasorten.

Logisch also, dass Männergeschichten und Köstlichkeiten Rosinas Leben durchweben wie das Fett einen guten Speck: Liebe geht schließlich durch den Magen. Während Kochen für mich nichts anderes als lästige Pflichterfüllung ist, glaubt sie fest an die Kraft der Speisenzubereitung. Die Gläser mit gekauftem Sugo auf meinem Vorratsregal kosten sie nur ein Kopfschütteln.

»Ich versteh nicht, warum du so einen Schmarrn isst. Wie du ohne Kochen leben kannst!«

Sie muss es ja wissen. Rosina kocht Freestyle oder nach Rezept, bodenständige Hausmannskost oder mediterrane Gerichte. Sie findet Entspannung beim Herstellen von Pasta, trifft Lebensentscheidungen beim Gemüseschnipseln und lädt Frust ab beim Flambieren. Folglich legt sie Wert auf einwandfreie Zutaten, brauchbares Werkzeug und ein bisschen Platz.

Als gefragte Restauratorin hat sie die Metropolen dieser Welt bereist, Apartments gemietet und sich da und dort für ein paar Monate häuslich eingerichtet. Einziges Knock-out-Kriterium bei der Wohnungssuche war immer nur die Küche, nie Lage oder Verkehrsanbindung. Standen ihr Grundriss oder Geräte nicht zu Gesicht, war die restliche Wohnung uninteressant.

»Die Wohnung, damals am Central Park«, hatte sie mir einmal erzählt, »war ohne Kühlschrank! Wie soll man sich ein vernünftiges Abendessen kochen, wenn man keine frischen Lebensmittel lagern kann? Oder das Loft in Prag: eine freistehende Badewanne und ein echter Rembrandt, aber kein Backrohr.«

»Du hast gesagt, das Loft war am Hradschin, mit Blick über ganz Prag«, gab ich zu bedenken.

»War es auch.«

»Also …«, ich sah sie von der Seite an, »den Ausblick über Prag hätte ich mir nicht entgehen lassen. Noch dazu, wenn ich ihn in einer freistehenden Badewanne genießen kann.«

»Ein Ausblick allein macht aber nicht satt!«

Damit war für sie die Sache klar. Fand ich übertrieben kulinarikfixiert, aber gut. Rosina hatte eben ihre Prinzipien.

Kein Wunder also, dass die Küche in ihrem Wohnmobil maßgeschneidert war: klein, aber fein und mit allen technischen Raffinessen. Ich sah zu, wie Rosina die letzten Nocken aus der Spinat-Brötchenmasse stach und sie ins kochende Salzwasser gleiten ließ. Mario deckte einstweilen draußen den Tisch. Ein wenig unsicher – mittlerweile hatte mich der Wein voll erwischt – tapste ich zu Rosina. Sie fischte gerade mit einer Schaumkelle die fertig gegarten Strangolapreti aus dem kochenden Salzwasser und ließ sie über der Spüle abtropfen.

»Du kannst ihn doch nicht ernsthaft zur Küchenarbeit einteilen!« Mein Flüstern ging im Zischen der Butter unter, die Rosina gerade in einer Pfanne erhitzte.

»Erstens: Das hier ist ein Wohnmobil!«

»Ach, wirklich!« Ich hielt mich an der Arbeitsplatte fest und versuchte, nicht zu schwanken. Ich hatte zu viel von dem *Nosiola* getrunken.

Rosina ignorierte meinen Sarkasmus. »Leben auf engstem Raum, eben Campen. So etwas funktioniert nur, wenn die anfallenden Arbeiten unter den Bewohnern gerecht aufgeteilt werden.« Sie schwenkte die Nocken in brauner Butter und hielt mir die Parmesanreibe hin. Als ich aus dem Fenster lugte, sah ich Mario beim Aufdecken zu. Offenbar legte er Wert auf ansprechende Optik: Die

Servietten hatte er zu Schalen gefaltet und in jede eine Hibiskusblüte gesteckt.

»Und zweitens?«, nuschelte ich mit verhaltener Stimme, während ich ein Stück Parmigiano Reggiano über die Reibe gleiten ließ.

»Zweitens kann man nur jemanden einteilen, der selbst nicht weiß, was zu tun ist.« Sie hielt mir die Teller hin und deutete mir mit einem Kopfnicken, den geriebenen Käse darauf zu verteilen.

»Zum Beispiel dich!« Dann zwinkerte sie mir zu und trug die Teller nach draußen.

5. KAPITEL

Erzählt von Flipflops, Meeresbrisen und Zikaden. Es geht um Küsse und Zitronentarte, um Seesterne und Papierlaternen, um Neugier und Cäsaren. Meine guten Manieren sind stärker als der Fluchtreflex, und Rosinas Rechnung geht auf.

An jenem Abend saß ich also mit Rosina und Mario Ivić auf Klappstühlen vor dem Wohnmobil. Die Strangolapreti waren herrlich flaumig, die Luft war lau und die erste Flasche *Nosiola* bereits geleert. Ich schielte zu Rosina, die wieder als hingebungsvolle Gastgeberin glänzte: Sie holte das Salz, noch bevor ich danach fragen konnte, kippte den Sonnenschirm, als sie Mario blinzeln sah, und drehte das Radio lauter, als er mit der Fußspitze zu Bob Dylans »Oxford Town« wippte. Auftakt für einen gemütlichen Abend.

Rosina redete wie ein Wasserfall. Sie erzählte Anekdoten aus ihrem Alltag als Restauratorin und sinnierte über den Unterschied zwischen Parmigiano Reggiano und Trentino Grana. Auch optisch war sie ein Leckerbissen. Passend zum korallenroten Kleid, das ich noch nie zuvor an ihr gesehen hatte, war ein Band mit Hermès-Muster in ihr Haar geknüpft. Dazu weiße Ohrringe in Seesternform, Perlmutt-Armreifen und leicht schimmernde Lippen. Mit ihren blitzsauberen Zähnen und dem strahlenden Teint konnte man sie im Licht der Dämmerung auf Mitte 30 schätzen. Frisch wie eine Meeresbrise, die die lang ersehnte Abkühlung spendet, nachdem man sich stundenlang verzweifelt Luft zugefächelt hat.

Man konnte sich ihrem Zauber nicht entziehen. Dass sie sich bereits den 50ern näherte, sah ihr niemand an.

Rosina war die geborene Diva und alle, wirklich alle erlagen ihrem Charme. Ich schielte zu Mario und versuchte, aus seinem Gesicht zu lesen. Aber abgesehen davon, dass Mario ständig auf sein Smartphone starrte, geschah nichts Aufregendes.

Rosina plauderte eine Stunde lang zwanglos über Gott und die Welt, ohne Martinellis Villa oder den Diebstahl zu erwähnen. Auch Mario erwähnte den gemeinsamen Ermittlungsauftakt mit keinem Wort. Er aß zwei Portionen Strangolapreti, lobte Rosinas Kochkünste und wirkte äußerst zufrieden. Ich war ehrlich enttäuscht.

Wäre ich nicht dermaßen fixiert auf die *Susanna*-Sache gewesen, hätte es ein perfekter Abend werden können. Die Zikaden zirpten; untrüglicher Soundtrack des Südens. Der See glitzerte im Licht der untergehenden Sonne. Sanfte Wellen klatschten leise an die Molen. Alles in allem ein Abend im Hochglanzformat wie aus einem Tourismus-Werbespot über Riva. Und wir mittendrin. Mario öffnete die dritte Flasche *Nosiola*.

Später, als die Sonne untergegangen war, sammelte Rosina die Teller ein und stieg die Stufen zum Wohnmobil hoch, um den Abwasch zu machen. Ich hörte Wasser rauschen und Geschirr klappern.

Und damit – zack! – hatte sie mich in ein Konversations-
leck geschubst. Denn, wie mir erst jetzt auffiel, hatte ich
mich zwar am Small Talk beteiligt, den ganzen Abend aber
nie direkt das Wort an Mario gerichtet. Vielleicht zufällig.
Allerdings: Schon Freud sagte, dass es keine Zufälle gibt.
Nichts geschieht ohne Grund. Schließlich war ich nervös
wie ein Kandidat bei der Millionenshow; ich hatte panische Angst, etwas Falsches zu sagen, Mario eine peinliche Frage zu stellen oder mich mit meinem kargen Wissen
über die römisch-katholische Kirche lächerlich zu machen.

Es gab zwar keinen Grund, warum er mich hätte
bloßstellen sollen. Ein Frage-Antwort-Quiz war also
äußerst unwahrscheinlich. Aber eben nicht ausgeschlos-
sen. Schließlich hatte ich mit Informationen über ihren
ersten Ermittlungseinsatz gerechnet, als Rosina mich zum
Abendessen eingeladen hatte. Dass sie das Thema aus-
sparte, machte mich misstrauisch.

Mario hatte seine Serviette wieder aufgefaltet, bog und
wurschtelte das Papierquadrat zu einem undefinierbaren
Etwas und summte einen Oldie. Ich glaube, es war »Six-
ty-Four« von den Beatles. Die Sonnenbrille hatte er auf
die Stirn geschoben und wippte lässig mit den Flipflops
im Takt. Mario war meinem Blick gefolgt.

Mein Hals war trocken, und mir fiel absolut nichts
ein, was ich hätte sagen können. Bemüht lässig tat ich,
als wäre ich mit den Aromen des Weines beschäftigt. Ich
schwenkte das Glas, ließ die Flüssigkeit kreisen. Absolut
übertriebene Gesten für jemanden, dem regelmäßig Wein-
korken beim Öffnen im Flaschenhals stecken blieben.

Währenddessen kratzte ich hastig mein christliches
Basiswissen zusammen. Das Resultat war erbärmlich:
Ich war zwar getauft, hatte Erstkommunion, Beichte und

Firmung hinter mich gebracht und besuchte ab und an Gottesdienste. Aber zum letzten Mal gebeichtet hatte ich noch vor der Jahrtausendwende, ich konnte Pfingstsonntag und Fronleichnam nicht voneinander unterscheiden, und außerdem war mir schleierhaft, warum Mariä Empfängnis am 8. Dezember gefeiert wurde. Wenn sie erst Anfang Dezember empfangen hatte, also schwanger geworden war, dann hatte offensichtlich jemand mit dem Datum geschlampt. Wo sie doch keine drei Wochen später einen Sohn zur Welt brachte.

»Nervös?« Mario blickte von seiner Serviette auf und sah mir direkt in die Augen. Ich fühlte mich ertappt, kicherte nervös und ließ das Glas schneller kreisen. Wein schwappte über den Glasrand und platschte auf mein T-Shirt. »Ein bisschen.«

Mario sah mich neugierig an und deutete auf meine Handtasche, die über der Stuhllehne hing.

»Rosina hat mir erzählt, Sie haben beruflich mit Leder zu tun?«

Das Vatikan-Thema war offensichtlich erledigt.

Ich fühlte mich wie eine Schülerin, die nur durch Zufall einer Prüfung entgangen war. »Äh, ja. Ich habe eine kleine Taschenwerkstatt in der Via Marocco.«

Er nickte anerkennend. »Sie verkaufen Ihre eigenen Kreationen?« Sein Interesse war nicht geheuchelt, sondern ehrlich. Bildete ich mir zumindest ein.

»Das war ursprünglich der Plan, als ich die Werkstatt eröffnet habe, ja. Aber«, ich trommelte mit den Fingerspitzen auf die Tischplatte, »nur wenige Kunden interessieren sich für meine Kreationen. Leider. Die meisten kommen zu mir, um ihre billigen Taschen reparieren zu lassen.«

»Schade.« Mario zog überrascht die Augenbrauen hoch. Vielleicht, um mir zu schmeicheln. Oder weil er keine Ahnung von Massenware, minderwertigem Leder und Dumpingpreisen hatte, gegen die ich kämpfte.

»Darf ich?«

»Sicher.« Ich reichte ihm die Jagdtasche, die ich mir, passend zu meinen Lieblingsschuhen, aus feinstem Ziegenvelours gefertigt hatte. Senfgelb. Butterweich.

Er ließ den Magnetverschluss auf- und wieder zuschnappen, inspizierte die Nähte und strich mit der Quaste, die ich aus drei Gelbnuancen gefertigt hatte, über seinen Handrücken. »Ein wirklich schönes Stück. Edel verarbeitet.« Er reichte mir die Tasche zurück. »Sie sollten unbedingt an ihrem Plan festhalten, Cara.«

»Danke.« Ich hängte die Tasche wieder über die Stuhllehne und schwieg betreten. Meine beruflichen Misserfolge waren mir peinlich. Überstürzt und ohne Konzept, dafür umso entschlossener, hatte ich, zeitgleich mit Rosina, vor ein paar Jahren meine Zelte in Salzburg abgebrochen. Auf einer rosaroten Wolke war ich an den Gardasee geschwebt, hatte mich in eine Werkstatt eingemietet und einen Italienisch-Intensivkurs belegt.

Allerdings war Riva ein Touristenhotspot, keine Modemetropole. Hier wartete niemand auf eine österreichische Taschendesignerin. Also hielt ich mich mit Reparaturen über Wasser, nähte abgerissene Henkel an Billigtaschen aus China, fertigte kleine Taschen für Musikkapellen und Vereine und erneuerte abgerissene Zügel bei Pferdegeschirren, während meine Entwürfe in der Schublade vergammelten. All das würde ich Mario nicht auf die Nase binden, so viel stand fest.

In diesem Moment kam Rosina mit einem Anzünder aus dem Wohnmobil. Ohne mich anzusehen, fischte sie ein ausgebranntes Teelicht aus dem bunten Glas am Tisch, zündete ein neues an und platzierte es vorsichtig im Lämpchen. Erst jetzt bemerkte ich, dass das beleuchtete Glas Schatten auf den Tisch warf. Fische, Seesterne und Meeresungeheuer, die an Papierlaternen aus dem Kindergarten erinnerten. Zusammen mit Rosinas Schmuck, dem leisen Wellenplätschern und dem salzig-fischigen Geruch, der vom See herüberwehte, erzeugten die Figuren einen Hauch von Mediterranità.

»Hast du jetzt endlich deine Angst überwunden und mit Mario geredet?«

Mein Mund klappte auf und wieder zu. Warum ließ sie mich dermaßen auflaufen? Das Blut rauschte in meinen Ohren; bald würden sie knallrot leuchten. Mein altes Problem, das peinliche Situationen noch peinlicher machte.

»Es gibt Tarte zum Nachtisch«, verkündete Rosina übergangslos und fragte, ob wir Espresso dazu wünschten. Mario und ich nickten, Rosina verschwand wieder im Wohnmobil. Eine Zeit lang sagte niemand etwas. Ich war sauer auf Rosina und drauf und dran abzuhauen. Mit theatralischen Gesten, Sessel in die Wiese schmeißen und ein paar knackigen Flüchen. Abgang alla italiana. Sollte Rosina das verfluchte Bild doch alleine aufspüren und ihre Nachspeise selbst essen! Wenn sie mich nicht in die Diebstahlsache einweihen wollte – auch gut! Ich nahm mir fest vor, ihr beim nächsten Liebesschiffbruch nicht als Seelenklo zur Verfügung zu stehen; sie hatte ja jetzt jemand anderen. Gerade, als ich den Stuhl entschlossen nach hinten schob und aufstand, räusperte sich Mario.

»Rosina und Sie kennen sich schon lange, hat sie mir erzählt.«

»Seit unserer Schulzeit in Salzburg.«

»Und Sie sind nach Riva gekommen, weil ...« Ich schluckte. Jetzt musste ich also Farbe bekennen. Die Affäre mit dem großen Dunkelhaarigen aus dem Priesterseminar beichten. Das unausgesprochene Ende des Satzes hing in der Luft, und somit war Mario klar im Vorteil. Denn erstens gebot es mein Anstand, seine Frage nicht unbeantwortet zu lassen und einfach zu gehen. Zweitens balancierte Rosina soeben ein Tablett mit Tellern, einer Zitronentarte und einer Schale Mascarponecreme über die Stufen des Wohnmobils, und drittens ... Ich ließ mich ächzend in den Sessel zurückplumpsen und verfluchte mich selbst. Drittens war meine Neugier stärker als mein Groll auf Rosina. So einfach war das.

Und das wusste anscheinend auch Rosina, denn sie zwinkerte Mario zu und deutete mit dem Kinn in meine Richtung. »Hab ich's nicht gesagt? Sie ist neugierig und bleibt!«

»Du hast es drauf ankommen lassen?«, rief ich empört, aber Rosina schnitt in aller Seelenruhe drei Stücke von der Tarte ab und verteilte sie auf die Teller.

Jetzt erhob sich Mario und kletterte ins Wohnmobil.

Ich beugte mich vor und funkelte meine beste Freundin wütend an. »Du lädst mich zum Essen ein, schwafelst den ganzen Abend nichtssagendes Zeug und lässt mich stundenlang dunsten, nur um mich dann als Neugierdsnase vorzuführen?«, zischte ich leise und holte tief Luft, um ihr so richtig den Kopf zu waschen. Dummerweise kehrte in diesem Moment Mario mit drei Schnapsgläsern und einer Flasche Grappa zurück; offenbar ein Meister des Timings.

Er schenkte ein, stellte ein Glas neben jeden Dessert-teller und schraubte mit stoischer Gelassenheit die Fla-sche zu. Ich schnaubte geräuschvoll aus.

Rosina erhob ihr Glas. »Prost, Cara!«

Beleidigt drehte ich den Kopf weg und starrte mords-mäßig interessiert auf meine Fingernägel. Als hätte ich soeben, in absoluter Dunkelheit, einen Kratzer im Nagel-lack entdeckt.

»Ich wollte dich nicht vorführen«, sagte Rosina leise.

Sie starrte in ihr Glas, kippte den Inhalt auf ex hin-unter und schenkte sich erneut ein.

»Ich wollte dich fragen, ob du mit von der Partie bist.«

»Was?« Ich war perplex. Ein vorsichtiger Blick zu Mario, der mir aufmunternd zunickte. Rosina lächelte verlegen.

»Ich soll mit euch beiden in dieses Monstergerät zie-hen?« Misstrauisch deutete ich mit dem Kopf in Rich-tung Wohnmobil. »Eine mobile Ermittler-Wohngemein-schaft? Dein Ernst?«

Rosina schüttelte den Kopf und sah mich verschwö-rerisch an.

»Viel besser!«, senkte sie die Stimme, »du wirst Mis-sion Control!«

6. KAPITEL

Erzählt von Vernunft, Bauchgrummeln, God Shots und Kinderjausen. Es geht um Gitarristen und Bestsellerautoren, um die heilige Trinità der Kriminalistik und darum, dass ich darüber nichts weiß. Es geht um Hummeln, Nudelsiebe und Snobs. Von Mode habe ich keine Ahnung.

Rosinas Angebot war schwer einzuordnen.

Einerseits schmeichelhaft, dass sie mich ermittlungstechnisch an Bord geholt hatte. Wer wie ich im beruflichen Misserfolg dümpelt und ideenmäßig im Trüben fischt, klammert sich an jeden Strohhalm der Aufmerksamkeit. Die Vorstellung, Schaltzentrale eines waghalsigen Unterfangens zu sein, war quasi eine Punktlandung auf der winzigen Fläche, zu der mein Selbstbewusstsein geschrumpft war.

»Kommandozentrale, verstehst du?«, hatte sie mir zugeraunt, bevor ich mich auf den Heimweg gemacht hatte. »Bei dir laufen alle Fäden zusammen: Kommunikation, Recherche, Auswertung von Beweisstücken, Planung. Task Force *Artemisia*!«

Womit sich mich fast schon wieder überforderte. Bei Task Force, Mission Control und Kommandozentrale musste ich an Sean Connery denken, an Spionage, Terrorabwehr und die Bekämpfung von Massenvernichtungswaffen. Reichlich übertriebene Einsatzbereitschaft für ein gestohlenes Bild, fand ich. Aber das war eben typisch Rosina: ein Hechtsprung ins Ungewisse. Ihre Spezialität.

Außerdem bezweifelte ich, die bestmögliche Besetzung für dieses Aufgabengebiet zu sein, Stichwort Mission Control. Ich konnte noch nicht einmal meine Registrierkasse fehlerfrei bedienen. Aber ein ganz kleines bisschen stolz war ich doch, Teil des Teams zu sein.

Andererseits ermahnte mich meine Vernunft. Oder sie versuchte es zumindest. Leider ist meine Vernunft eher unvernünftig, wenn es um Botschaften und Signale geht. Anstatt mir ein konkretes Ja oder Nein, eine zündende Idee oder zumindest warnende Träume zu schicken, bekomme ich so undefinierbare Signale wie Magenkrämpfe oder Bauchgrummeln. Ich fühle mich unwohl, appetitlos und erschlagen, weiß aber nicht, warum. Mit etwas Glück sind Krämpfe beziehungsweise Grummeln nicht auf ein üppiges Mahl oder verdorbene Speisen zurückzuführen; dann werde ich hellhörig und gehe der Sache auf den Grund. Im Idealfall entschlüssele ich die codierte Botschaft meiner Vernunft und ziehe rechtzeitig die Notbremse. Im schlimmsten Fall deute ich das Bauchgrummeln als Rebellion des Verdauungstraktes und renne ohne Vorwarnung ins Verderben. So wie dieses Mal.

Rosina stand jedenfalls einen Tag nach dem Angebot, das ich nicht ablehnen konnte, vor meiner Tür. Zu ihrer indigoblauen Lieblingstunika trug sie weiße Jeans, eine Sonnenbrille im Jacky-O-Stil und blütenweiße Sneakers. In ihrem Haar steckte ein dezentes Headpiece aus weißen Kunstblüten. Der Rosenduft war unaufdringlich und frisch. Als ich die Tür öffnete, hob sie die Sonnenbrille, zwinkerte mir zu und tätschelte ihre übergroße Boho-Bag aus blauem Rindsnappa; eine Sonderanfertigung in ihrer Lieblingsfarbe, mit der ich sie voriges Jahr zum Geburtstag überrascht hatte.

Mein Bauch rumorte leise und zaghaft, was ich fälschlicherweise als Hunger deutete. Schließlich war ich schon seit 5.30 Uhr auf den Beinen, mit nichts als einem Cappuccino im Magen. Um der brütenden Augusthitze in meiner nichtklimatisierten Werkstatt zu entgehen, hatte ich Punkt 6 Uhr mit meiner Arbeit begonnen. Bis Mittag wollte ich fertig sein und mich dann an ein schattiges Plätzchen am See retten.

Rosina schwebte, zielstrebig und blumig duftend wie die Frühlingsgöttin Flora, an mir vorbei in die Werkstatt und stellte mit vielsagendem Blick ihre Tasche auf meinem Arbeitstisch ab. Energisch fegte sie gekritzelte Entwürfe, ein angefangenes Werkstück und zwei schwarze Taschenhenkel hinfort. Offenbar befand sie ihn für nicht aufgeräumt genug.

»He!« Mein zaghafter Protest tangierte sie null.

»Das wird unsere Home Base, okay?« Sie fing an auszupacken. Zügig, entschlossen und ohne mich eines Blickes zu würdigen. Ich stand wortlos daneben und überlegte, was mir mehr Sorgen bereitete: das Profi-Equipment, das sie Stück für Stück aus ihrer Tasche zauberte, oder die Überdosis an Energie, mit der sie in die Bresche sprang. So wie bei jedem neuen Lebensabschnitt und jeder neuen Liebe: Rosina war auf Neustart programmiert und vergaß alles um sich herum. Womöglich hatte ihr der Verlust des Häuschens in Canale doch stärker zugesetzt, als sie es sich eingestehen wollte. Dass sie sich mit neuen Projekten (nennen wir es der Schicklichkeit halber so) über unverdaute Brocken aus der Vergangenheit hinwegtröstete, kannte ich ja bereits.

Ich trollte mich wortlos in die gegenüberliegende Ecke der Werkstatt und schaltete meine *Primadonna* ein. Immer, wenn ich nicht weiterwusste, suchte ich Trost bei meiner Kaffeemaschine. Ebenso, wenn ich Beruhigung brauchte, antriebslos war oder mich belohnen wollte. Ohne Kaffee wäre mein Leben nicht vollkommen. Quasi nicht vorstellbar. Kaffee ist mein Mantra, meine spirituelle Kraft, meine magische Formel. Und ich rede hier nicht von Käffchen, Häferlkaffee oder gar malzigem Instant-Ersatz. Sondern von gepflegtem italienischem Espresso. Kaffee ist, neben Taschen, so ziemlich das Einzige, wovon ich etwas verstehe.

Basis dafür ist die gute Bohne. Bis zu 1.500 verschiedene Aromen entfalten sich beim Röstvorgang.

Zu dunkel sollte die Röstung allerdings nicht sein: je dunkler die Bohne, desto bitterer – und desto mehr übertünchen die Röstaromen eine minderwertige Bohnenqualität.

Im Idealfall dauert der Brühvorgang für eine Tasse Espresso weniger als 30 Sekunden. Ätherische Öle und Aromen lösen sich aus dem Kaffeemehl, heiße Flüssigkeit rinnt in die Tasse, gekrönt von einer samtigen Crema. Überhaupt, die Crema. Das karamellfarbige Schäumchen auf dem Espresso schließt die Aromen ein und löst sich erst auf, wenn der Kaffee abkühlt.

Mit zwei Espressi – wahren »God Shots«, also göttlich im Geschmack – kam ich zum Tisch zurück. Eine

Tasse stellte ich vor Rosina hin, was ihr komplett entging. Sie war viel zu sehr damit beschäftigt, das Equipment in einem Halbkreis auf dem Tisch auszubreiten. Danach begann sie, jedes einzelne Teil mit der Liste abzugleichen, die sie aus der Gesäßtasche ihrer Jeans gezogen hatte. Nach dreifachem Check und viermaligem Umsortieren aller Gegenstände hakte sie mit Bleistift alle Punkte auf der Liste ab und steckte sie wieder ein.

Die Hände in die Hüften gestemmt, blickte sie zufrieden auf den Tisch und bemerkte erstmals den Espresso. Mittlerweile war er kalt. Sie nippte daran, verzog das Gesicht und stellte die Tasse wieder ab. Dann begann sie ihre Ausführungen.

»Mobiler GPS-Peilsender samt Ladegerät, Feldstecher, Headset und Mikro ...«

»Grundausstattung für Kaufhaus- und Hobbydetektive?«

Sie ignorierte meinen Sarkasmus. »Ganz genau.«

Von einem meiner Regale holte sie eine Schachtel mit Reißzwecken und pinnte eine Karte des Gardasees an die Wand. »Wozu ist das jetzt?« Irritiert sah ich zu, wie sie mit rotem Edding den Ort Riva einkreiste.

»Damit du strategisch wichtige Punkte markieren kannst.« Sie strich die Karte glatt, trat einen Schritt zurück, schüttelte unzufrieden den Kopf und holte eine Rolle Klebeband von meinem Arbeitstisch. Ein paar Streifen, die sie mit den Zähnen abriss, fixierten die welligen Ränder an der Wand.

»Strategisch wichtige Punkte«, wiederholte ich ungläubig.

»Ja, richtig gehört! Ermitteln ist schließlich keine Kinderjause. Da braucht's einen Plan, abgesprochene Vorgangsweisen und Notizen. Sonst wird das nix.«

»Es ist nur ein Bild, Rosina!«

Die klassische Frage zu Beginn jeder Ermittlung, ganz gleich, ob Mord oder Diebstahl, lautet: Wer hat was warum getan?

Ganz nüchtern heruntergebrochen auf diese drei Ws lässt sich (fast) alles aufklären. Allerdings nur, wenn man über die nötige Grundausstattung der Kriminalistik verfügt: Adleraugen, Logik und Empathie. Die Heilige Dreifaltigkeit der Spürnasen, vereint in meiner Freundin Rosina.

Unmittelbar nach meiner verpatzten Moralpredigt starteten Rosina und Il Tatuato also ihre erste gemeinsame Aktion: den Reserveschlüssel unter der großen Buddhastatue hervorzuholen, Martinellis Villa aufzusperren und nach Spuren zu suchen.

»Moment«, unterbrach ich sie, als sie mir später davon erzählte. »Du hast gesagt, Mario wäre am Straßenrand gesessen.«

Rosina nickte. »Genau so war's auch!«

»Ja, aber … wenn er wusste, wo der Schlüssel zur Villa seines Nachbarn liegt, warum hat er nicht gleich selbst aufgesperrt? Warum hat er in der Hitze ausgeharrt? In Martinellis klimatisierter Villa hätte er bequemer sitzen können als auf der Gehsteigkante!«

Rosina schüttelte missbilligend den Kopf. »Siehst du, genau das ist dein Problem: Du denkst zu schnell! Preschst auf der Überholspur vor und bist im Geschwindigkeitsrausch. Aber wer zu schnell ist, kommt ins Trudeln.« Sie lächelte milde.

»Was soll das jetzt wieder heißen?« Ungeduldig trommelte ich mit Zeige-und Mittelfinger der linken Hand auf das kleine Mosaiktischchen. Rosina schlürfte betont langsam einen Limetten-Eiswürfel aus ihrem *Ramazzotti* und ließ ihn genüsslich im Mund zergehen.

»Das soll heißen«, sagte sie nach einer gefühlten Ewigkeit, »dass du von falschen Voraussetzungen ausgehst. Ich habe nie gesagt, dass Mario *nicht* in der Villa war.«

»Sag schon«, stöhnte ich genervt.

»Mario ist extrem pflichtbewusst. Ohne Pflichtbewusstsein bringt man es zu nix im Vatikan. Also einerseits Grundvoraussetzung für ein hohes Amt in der Kirche, andererseits Berufskrankheit. Die legt man nicht einfach so ab wie eine Soutane.« Sie sog die laue Abendluft ein und lehnte sich auf der Rattanliege zurück. »Dass er sein Versprechen nicht halten konnte, hat ihm ordentlich zugesetzt.«

Kurze Pause, prüfender Blick.

»Was sagt uns das?« Sie blickte erwartungsvoll und wedelte ungeduldig mit der rechten Hand. »Zu viel Tempo ist hinderlich beim Ermitteln!«

»Was weißt denn du vom Ermitteln«, maulte ich, aber Rosina ging nicht darauf ein.

»Das ist eben das Geheimnis: nicht zu schnell und nicht zu langsam! Lage scannen, Eindrücke erfassen und mit dem Geschehen verbinden. Aber keine voreiligen Schlüsse ziehen! Immer alle Wege offenlassen! Bist du zu schnell, übersiehst du etwas Wichtiges, bist du zu langsam, verlierst du eine Spur.«

Ich rollte genervt die Augen. »Alles nur kriminalistisches Halbwissen, nichts weiter.«

Rosina starrte mich an und sagte nichts. Und dann,

nach fast einer Minute: »Checkst du es wirklich nicht oder tust du nur so?«

»Was denn?« Ich wich ihrem stechenden Blick aus und schwenkte nervös die Eiswürfel im Glas. Sie starrte immer noch, das spürte ich genau. »Ich frage mich halt, wo du dir das angeeignet hättest«, murmelte ich und versuchte, ein Limettenstück mit dem Trinkhalm aufzuspießen. Es rutschte immer wieder runter. »Soweit ich weiß, hast du Kunstgeschichte studiert, nicht Psychologie.«

»Ha!« Rosina lehnte sich genüsslich zurück und fuhr sich mit beiden Händen durch die Haare. »Kriminalistisches Gespür hat man oder eben nicht. Denk an Chris Carter!«

»Sagt mir nichts.«

Jetzt rollte Rosina mit den Augen. »K.A.! Keine Ahnung!«

»Muss ich den kennen?« Mir fiel nur Jimmy Carter ein, ehemaliger Präsident der USA.

»Wenn du schon so oberschlau daherredest, von wegen kriminalistischem Halbwissen: ja!« Sie setzte ihre Sonnenbrille auf und schüttelte missbilligend den Kopf. »Und falls du dir gerade das Hirn zermarterst, wer Chris Carter ist: kein Präsident.« Als hätte sie meine Gedanken gelesen. »Ein Brasilianer mit italienischen Wurzeln. Lange schwarze Haare. Fescher Kerl!«

»Arzt?«, witzelte ich und grinste, bereute es aber sofort.

»Vorsicht, Glatteis!« Mit ihrer Stimme hätte sie einen Marmorblock schneiden können. Da hatte ich sie wohl auf dem falschen Fuß erwischt. Seine eigenen Fehler zu kennen, war das eine. Sie von jemandem aufs Brot geschmiert zu bekommen, etwas anderes.

»Chris Carter ist ein Bestsellerautor! Der schreibt Thriller, da gefriert dir das Blut in den Adern.« Sie schlürfte an einer geringelten Limettenschale herum. »Seine Eltern waren italienische Auswanderer. Er wurde zwar in Brasilien geboren, hat aber in den USA studiert.«

»Und zwar was?«

Rosina schnalzte mit der Zunge. »Forensische Psychologie.«

»Also doch!«, rief ich triumphierend.

»Ja und? Viel wichtiger ist doch, was er sonst noch so in seinem Leben gemacht hat, der fesche Signore Carter.«

»Also gut«, sagte ich versöhnlich, »ich höre.«

»Musiker war er. Ein begnadeter Gitarrist. War sogar mit Ricky Martin, Shania Twain und Tom Jones auf Tour. Kriminalpsychologe war er übrigens auch. Und jetzt lebt er in London und schreibt Thriller. Einen nach dem anderen haut der raus.«

»Rosina!« Immer schweifte sie ab, warum nahm sie nicht einfach die Direttissima? »Was willst du mir eigentlich sagen?«

Sie setzte sich auf und schob ihre Sonnenbrille nach oben auf die Stirn. »Adleraugen, Logik und Empathie«, sagte sie verschwörerisch und mit gesenkter Stimme. »Das ist die Heilige Dreifaltigkeit der Kriminalistik.« Sie ließ die Sonnenbrille wieder über die Augen gleiten. Mit einem Ruck hob sie die Armlehnen der Rattanliege und brachte sie in die Horizontale. So sehr sie auch beim Erzählen vom Weg abkam: Das mit den Kunstpausen beherrschte sie perfekt. Informationen gab sie nur häppchenweise preis, sodass die Neugier des Zuhörers nie ganz gestillt war.

»Adleraugen, Logik und Empathie«, wiederholte sie, wobei sie jede Silbe einzeln betonte. »Wenn du das im Blut hast, kannst du jeden Kriminalfall lösen, überall auf der Welt. Scheißegal, ob du Musiker, Restauratorin oder Kardinal bist.« Sie streckte ihr Gesicht der Sonne entgegen.

»Und was genau hast du mit einem Gitarristen, der Bücher schreibt und Forensik studiert hat, gemeinsam?«

»Denk einfach nach«, seufzte Rosina gelangweilt. Und dann, ohne mein Ideenfeuerwerk abzuwarten: »Scharfsinn! Die Fähigkeit, Schwingungen aufzunehmen und Zusammenhänge zu erkennen. Ob du auf der Bühne stehst und Tom Jones auf der Gitarre begleitest oder einen Rembrandt restaurierst: Da ist volle Konzentration gefragt. Und Fingerspitzengefühl!« Sie drehte den Kopf kurz in meine Richtung, sagte aber nichts mehr.

Ich fischte stumm Basilikumblätter aus meinem *Ramazzotti*, schnipste sie ins Gras und ließ ihre Worte ein paar Minuten auf mich wirken. Eine Hummel umkreiste uns, brummte knapp an meinem Ohr vorbei und nahm Kurs auf den Hibiskusstrauch. Schließlich hakte ich noch einmal nach.

»Also: Hat Mario Martinellis Villa aufgesperrt oder nicht?«

Rosina blieb regungslos liegen und sonnte sich. »Ja!«

»Er war also in der Villa?«

»Sagte ich doch gerade.« Ein Schmetterling tanzte um sie herum.

Ich starrte konzentriert auf den Hibiskusstrauch an meiner Gartenmauer. Die Hummel verschwand gerade in einer der prachtvollen weißen Blüten. Hummeln wirken ja immer ein bisschen plumper und schwerfälliger als Bienen. Manchmal hat man sogar den Eindruck, sie würden in einer Blüte stecken bleiben wie Winnie Pooh im Kaninchenbau. Wer auch immer in Martinellis Villa eingebrochen war, musste sich jedenfalls geschickter angestellt haben. Ein unbemerkter Einbruch, trotz Kamera und Überwachungs-App auf dem Smartphone. Ein wertvolles Gemälde, das scheinbar spurlos verschwindet. Das alles ergab für mich keinen Sinn.

»Vielleicht war das überhaupt kein normaler Einbruch – wird Martinelli erpresst?« Auf diesen Gedankenblitz war ich stolz.

»Nicht, dass ich wüsste.« In ihrer Stimme schwang ein Hauch Anerkennung mit. Diese Frage hatte sie mir nicht zugetraut. »Aber wir haben auch noch nicht alle Hinweise erfasst.«

»Warum ist Martinelli nicht sofort zu seiner Villa gefahren und hat sich selbst ein Bild gemacht?«, sinnierte ich weiter. Jetzt war ich so richtig im Flow.

Rosina seufzte, stemmte sich von der Liege hoch und angelte nach ihrem Glas. Sie trank einen Schluck, setzte das Glas aber sofort wieder ab. Mittlerweile war der *Ramazzotti* warm. Sie verzog das Gesicht.

»Schon vergessen? Herzinfarkt! Der Mann liegt immer noch auf der Intensivstation in Bologna, verkabelt und froh, dass er noch am Leben ist! Glaub mir, das Bild ist momentan Martinellis geringstes Problem.«

»Woher weißt du, wie es ihm geht?«

»Von Mario. Die beiden telefonieren mehrmals täglich.«

Ich fragte mich, wer von den beiden anhänglicher war: Mario, der um die Gesundheit seines Nachbarn besorgt war, oder Martinelli, der in Bologna festsaß und nichts zur Aufklärung des Diebstahls beitragen konnte. Genau genommen konnte er nicht einmal die Polizei zu Rate ziehen, denn wie gesagt: Offiziell existierte *Susanna* nicht.

»Falls es sich also um eine Erpressung handelt«, spann Rosina den Faden weiter, »ist Martinelli momentan für die Täter nicht erreichbar.«

»DIE Täter? Glaubst du, es sind mehrere?«

Rosina zuckte die Schultern. »Schon möglich.«

Irgendetwas passte nicht ins Bild, fand ich. Aber was wusste ich schon. »Weißt du, was ich komisch finde?«

»Nein, was?« Rosina sah mich gespannt an.

»Der Ex-Kardinal legt sich ins Zeug, um einen Diebstahl im Nachbarhaus aufzuklären.« Ich schüttelte den Kopf, aber Rosina starrte mich schweigend an.

»Er kennt Martinelli doch noch gar nicht so lange, oder?«

Rosina überlegte einen Moment und betrachtete ihre Fingernägel. Die Restauration des Rembrandt hatte Spuren hinterlassen. Vom stundenlangen Tragen der Handschuhe waren die Nägel brüchig geworden. »Mario sieht vielleicht aus wie eine harte Nuss, aber er hat einen weichen Kern.«

»Was macht dich so sicher?«

Sie zuckte die Schultern. »Die Muskeln und die Tattoos sind doch nur Äußerlichkeiten. Ein Klischee, vielleicht sogar absichtlich eingesetzt. Wer seine Karriere im Vatikan beendet, um wieder mehr Kontakt zu den Gläubigen zu haben, kann jedenfalls kein Unmensch sein.«

Rosina konnte man nicht so leicht hinters Licht führen. Sie war Meisterin im Enttarnen, sofern sie nicht verliebt war..

»Jedenfalls war er mit den Nerven am Ende. Warum sonst wäre er mir vors Wohnmobil gelaufen wie ein aufgescheuchtes Huhn? Er hat den Diebstahl bemerkt und wusste nicht, wie er Lorenzo die schlechte Nachricht überbringen sollte.«

»Aber Martinelli hatte den Diebstahl doch schon selbst auf der App bemerkt«, gab ich zu bedenken.

Rosina nickte ungeduldig. »Die beiden kannten einander zwar noch nicht lange, aber Mario wusste, dass das Gemälde Martinellis ganzer Stolz war. Und dass Martinelli an einer Herzschwäche leidet. Wahrscheinlich ...«, sie ließ ihren Zeigefinger am Glasrand entlang kreisen, »wahrscheinlich hat er sich sogar Vorwürfe gemacht; immerhin hat Martinelli ihn, bevor er nach Bologna gefahren ist, um einen Gefallen gebeten.«

Ich ahnte es. »Auf sein Haus aufzupassen?«

Rosina nickte, ohne von ihrem Glas aufzusehen. »Ja. Und wenn Mario etwas verspricht, dann hält er es. Man darf nicht vergessen«, sagte sie und nahm einen Schluck, »zum ersten Mal seit Jahrzehnten hat Mario einen stinknormalen Nachbarn. Jemanden mit Rasenmäher und Kugelgrill statt Rosenkranz und Bibel. So nah war er dem echten Leben schon lange nicht mehr, verstehst du? Eine stinknormale Straße mit streunenden Katzen und Zeitungsständern. Keine Touristenmassen, keine intellektuelle Obrigkeit, sondern normaler Tratsch unter Nachbarn. Gegenseitig die Blumen gießen, das eine oder andere Gläschen miteinander trinken. Martinelli ist sozusagen Marios Anknüpfungspunkt zur Realität in Riva. Mit dem will er es sich nicht verscherzen.« In gewisser Weise konnte ich Marios Sehnsucht nach Einfachheit und Spießertum sogar verstehen. Es ging weniger um die Person Lorenzo Martinelli selbst, sondern um das Ziel, das Il Tatuato anvisiert hatte: das einfache Leben. Ich bezweifelte, ob Martinelli mit seinem Hang zu Glanz und Glamour hierfür der Richtige war. Rosina kippte den lauwarmen *Ramazzotti* in einem Zug hinunter. »Seine Premiere als Haussitter hat er jedenfalls gründlich versemmelt.«

Ich hätte ja viel drum gegeben, beim ersten gemeinsamen Auftritt von Rosina und Il Tatuato dabei zu sein. Es interessierte mich einfach, wie meine praktisch veranlagte Freundin und der Gottesdiener ein fremdes Haus betraten und mit der Spurensuche begannen. Ich meine, die beiden sind wie Nord- und Südpol zueinander: Außer, dass sie Teile unserer Erde sind, haben die beiden nichts gemein.

Aber erstens hatten wir gerade kurze Sendepause – wir erinnern uns: Pulverfass – und zweitens, selbst wenn ich dabei gewesen wäre: Ich hätte vor lauter Aufregung das Wesentliche übersehen. In solchen Dingen bin ich viel zu verkrampft, im Gegensatz zu Rosina. Während ich mir den Kopf zermartere, wie man unauffällig am helllichten Tag eine fremde Villa betritt, die unmittelbar an der Seepromenade liegt, parkt sie ihr Wohnmobil quer in Martinellis Vorgarten, lässt Mario den Ersatzschlüssel unter dem Buddha-Gartenzwerg hervorholen und marschiert in die Villa. Souverän, als hätte sie nie etwas anderes gemacht.

»Buddha-Gartenzwerg?«, unterbrach ich sie.

Rosina nickte. »Als ob Gartenzwerge nicht schon scheußlich genug wären! Aber als Buddha mit dickem Kugelbauch: die pure Geschmacksverirrung!«

Die Haustür zu Martinellis Villa war übrigens ein erster Vorgeschmack auf den seltsamen Einrichtungsstil des Hausherrn: eine schwarzbraune Kassettentür aus Eichenholz, auf Hochglanz lackiert. Altmodisch, aber gediegen. Zumindest auf den ersten Blick. Der extravagante Türklopfer sprach eine andere Sprache: ein Messing-Toten-kopf, aus dessen Stirn zwei geschwungene, steinbock-ähnliche Hörner wuchsen. Der bewegliche Ring zum Klopfen ragte aus dem Kiefer des Totenkopfes. In Kombination mit den Buddha-Gartenzwergen im Vorgarten: äußerst skurril.

Mario schüttelte sachte das Haupt, steckte den Schlüssel ins Schloss und hielt in der Bewegung inne.

»Soll ich?«

Von jemandem, der konsequent jeden Tag Morgensport machte, hatte Rosina mehr Entschlossenheit erwartet. »Deswegen sind wir doch hier.«

»Bitte!« Wie sie richtig vermutet hatte, war die Eingangstür mit einem Sicherheitsschloss ausgestattet. Während Mario den Schlüssel im Schloss drehte, konnte man das Entriegeln der Metallbolzen im Türinneren hören. Rechts oberhalb des Türrahmens glotzte das konvexe Objektiv einer Überwachungskamera auf sie herab.

»Bereit?«

»Bereit, wenn du es bist!« Ein bisschen Pathos konnte an dieser Stelle nicht schaden, fand Rosina. Immerhin war dies ihre Premiere in Sachen Hausfriedensbruch. Und der Wert des gestohlenen Objektes verlangte sowieso ein Mindestmaß an Ehrfurcht.

Mario stieß die Tür auf und ließ ihr den Vortritt.

Ab der Türschwelle schlug ihnen frostige Klimaanlagenluft entgegen. Die Temperatur in der Villa betrug kaum mehr als 15 Grad. Aber nicht nur die unerwartete Kälte verschlug Rosina den Atem: Vor ihnen lag ein überdimensionierter Eingangsbereich mit einem Feuerwerk der Geschmacksverfehlungen. Der Boden: quadratische Glasplatten, die in allen Grüntönen schimmerten.

Rosina sah genauer hin und erkannte Grashalme unter ihren Füßen, Margeriten und Mohnblumen, auf denen sich lebensechte Raupen und Schmetterlinge tummelten. Unter den Glasplatten war eine Fototapete mit Wiesenaufdruck verklebt, vermutete sie. Eine gigantische, unechte Hochglanz-Blumenwiese in grellbunten Farben. Natur am Boden, die unechter nicht hätte wirken können.

Mit Understatement hatte Martinelli generell nichts am Hut. Die Villa hatte noch mehr auf Lager und gönnte Rosinas Augen keine Ruhe.

Die Wände waren mit dunkelbraunen Seidentapeten verkleidet, auf denen alle 20 Zentimeter das Versace-Logo, das Haupt der Medusa mit den Schlangenhaaren, in Gold prangte. Unzählige Fotorahmen, mit Schnörkeln überladen, glänzten mit den Medusen um die Wette. Langsam schritt Rosina die Wände entlang. Auf allen Bildern war, neben Stars aus Theater, Politik und Showbiz, derselbe Mann mit einer einfallslosen Nickelbrille abgebildet.

»Das ist Lorenzo. Lorenzo Martinelli.« Mario wies auf eines der Fotos. Rosina betrachtete das Konterfei des Hausherrn genau und war, zumindest vom schlichten Brillenmodell Martinellis, überrascht. Rahmenlos, kreisrund, filigraner Bügel. Nicht die Extravaganz, die sie erwartet hatte.

Andererseits: Vielleicht war die Schlichtheit des Nasenfahrrads kalkuliert, um Martinellis Aussehen nicht die Show zu stehlen. Drahtig – dynamisch – selbstbewusst. Dunkelbraune Knopfaugen, listiger Blick, die wenigen grauen Stoppel auf dem Kopf abrasiert. Sportlich-teure Kleidung (Chinos, Steppjacke und blassblauer Stoffschal), braun gebranntes Gesicht. Beim Gebiss war nachgeholfen worden. Das erkannte Rosina als Expertin für feinste Farbnuancen sofort. Der leicht bläuliche Schimmer der viel zu weißen Zähne passte nicht zu Martinellis Alter. Auch die Stirn war nicht mehr im Originalzustand: Verglichen mit den Falten um die Mundwinkel, war sie nahezu knitterfrei. Lorenzo Martinellis Äußeres sah nach Investitionen aus. Rosina schätzte ihn auf Ende 50. Auf allen Fotos drängte er sich in den Vordergrund und nahm wesentlich mehr Raum ein als die prominenten Träger seiner Brillengestelle neben oder hinter ihm. Für Rosina, Meisterin im Lesen der Körpersprache, stand fest: Martinelli wollte seinen Status und Einfluss demonstrieren. Zeichen setzen wie Duftmarken im Tierreich.

»Bei Körpersprache kenne ich mich aus«, erklärte sie, als sie mir davon erzählte. Womit sie sich allerdings nicht auskannte, waren Männerfreundschaften. Sie fragte sich ernsthaft, ob eine Freundschaft zwischen dem geerdeten Mario und dem neureichen Möchtegern-Promi Martinelli überhaupt möglich war. Für den Moment sah sie zwischen den beiden so gut wie keine Schnittpunkte. Aber, gestand sie sich ein, die gab es zwischen ihr und Mario ebenso wenig. Oder vielleicht doch, aber sie kannten einander erst 24 Stunden.

Rosina schaltete ihre Antennen auf Empfang und wanderte weiter auf den grellgrünen Wiesenfliesen den Gang entlang. Am Ende des Flurs standen zwei Ohrensessel: Bezüge aus weinrotem Samt, die verschnörkelten Armlehnen vergoldet. Über einem strassbesetzten Weinfass, das als Stehtisch diente, hing – unübersehbar und viel zu tief montiert – ein Luster.

Das ausgefallenste Beleuchtungselement, das Rosina je gesehen hatte:

Glühbirnen in unterschiedlichen Größen und Farben, wahrscheinlich Restbestände eines Elektrofachgeschäftes, dienten als Lichtquellen. Statt geschliffener Glasteile hingen ausrangierte Nudelsiebe, sonnengebleichtes Sandspielzeug, Barbiepuppen-Köpfe, Lego-Männchen und quietschgelbe Überraschungseihüllen zwischen den Glühbirnen. Und: Brillengestelle.

Den ganzen Plunder hätte man für wahllos zusammengetragenen Müll halten können. In all dem Wirrwarr erkannte Rosina ein Logo: R.C.L. Die Signatur von Ricci C. Labile. Absolvent einer Mailänder Designakademie und Newcomer der Upcycling-Szene, der seine extravaganten Einzelstücke nur auf Bestellung anfertigte. Ausrangierte Alltagsgegenstände wie Nudelsiebe, Fahrradschlösser oder Dosenspitzer waren die Herzstücke seiner Arbeiten. C. Labile hatte sich mit dem Spagat zwischen Kundenwunsch und Ressourcenschonung einen Namen gemacht. Offenbar harmonierten seine Kreationen mit Martinellis Vorliebe für grelle Farben und PVC. Und der Luster war ein weiterer Hinweis für Martinellis Prestigedenken.

Rosina drehte sich einmal im Kreis und ließ den Flur auf sich wirken und schaltete auf die nächste, ermittlungstechnische Ebene.

»Denn«, erklärte sie mir später, »nichts sagt so viel über einen Menschen aus wie Farben.«

Ihr missbilligender Blick auf mein schwarzes T-Shirt entging mir natürlich nicht.

»Wann trennst du dich endlich von deinem Möchtegern-Künstleroutfit?«

»Wear black or go naked«, antwortete ich mutig und deutete ihr weiterzuerzählen.

Das erste Resümee lautete also: Farbe, Kitsch und Protz. Und alles überdosiert.

Rosinas Runde durch die Räume des Erdgeschosses war eine Zumutung für die Augen. Auch hier: teure Einrichtung ohne erkennbaren Geschmack.

Die hochmoderne Küche war zu sauber, um benutzt worden zu sein. Rote Hochglanzfronten, Edelstahlgriffe, ein Weinkühler, zwei Kühlschränke mit Eiswürfelspendern, eine Kücheninsel mit blütenweißer Marmorarbeitsplatte. An den Wänden ein wilder Fliesenmix: Versace-Logos in Gold neben indigoblauen Delfter Fliesen. Rosina wurde schwindelig.

Es folgten ein Salon, in dem sich die geschmacklose Üppigkeit des Flurs fortsetzte, danach ein Gästezimmer mit Stofftapeten (Versace-Logos in Rot), einem weißlackierten Flügel und stoffbezogenem Hocker (Versace-Logos in Türkis) und schließlich eine Speisekammer, deren Inhalt zwei Monate lang ein afrikanisches Dorf hätte ernähren können. Aber kein Arbeitszimmer, aus dem das Bildnis der *Susanna* anscheinend entwendet worden war.

»Was glaubst du: Wie viele Quadratmeter hat dieses Haus?«, rief Rosina halblaut in die Richtung, in der sie Mario vermutete. Sie hatte ihn auf ihrem Streifzug durch den Designhorror aus den Augen verloren.

Die Antwort kam aus einem der Badezimmer, zumindest dem hallenden Klang seiner Stimme nach zu schließen.

»Es ist riesig; sicher 300.«

Rosina nickte still vor sich hin und wanderte weiter durch die Räumlichkeiten, die für einen Single wie Martinelli vollkommen überdimensioniert waren. Selbst wenn man die gelegentlichen Besuche seiner Nichte einrechnete, war diese Villa geradezu verschwenderisch groß. Die Räume links und rechts des Flurs gingen ineinander über und bildeten ein U. Bei aller Geschmacklosigkeit: Das Haus war picobello sauber. Das Werk einer wahren Putzperle.Penibel aufgeräumt und sauber wie geleckt, beinahe antiseptisch. Rosina war in Sachen Haushalt keine Perfektionistin. Gemütliches Chaos sagte ihr eher zu. Ein paar Bücher und Zeitschriften durften ruhig herumliegen, fand sie. Martinellis Villa dagegen strahlte nüchterne Kälte aus.

Rosina schärfte ihre Sinne und schritt, hochkonzentriert, Raum für Raum noch einmal ab. Doppelt hält schließlich besser. Erfahrungsgemäß übersah man bei der Erstbegutachtung einiges. Besonders wenn man, wie hier, von neureichem Prunk abgelenkt wurde.

Schon bei der ersten Runde waren ihr die zahlreichen gerahmten Fotos aufgefallen. Jetzt, bei Runde zwei, nahm sie die Aufnahmen genauer unter die Lupe.

Häufigstes Motiv waren Martinelli und seine Kunden aus dem Paralleluniversum der A-, B- und C-Promis. Auf vielen anderen Fotos posierte Martinelli stolz neben einer hübschen blonden Frau. Rosina schätzte sie auf Anfang bis Mitte 20. Sportliche Figur, adrett, teuer gekleidet. Preppy Style.

»Preppy?«, fragte ich ahnungslos, als sie mir davon erzählte.

Rosina schnaufte schicksalsergeben. »Mit so einem Begriff kannst du natürlich nichts anfangen. Solltest du aber.« Sie musterte mich kritisch, beugte sich vor und zupfte mit spitzen Fingern an meinem schwarzen T-Shirt.

»Warum eigentlich immer schwarz?«

»Ist am praktischsten. Für Styling fehlt mir eh die Zeit.«

Rosina schüttelte den Kopf, als sei bei mir Hopfen und Malz verloren. Dann erklärte sie mir den Preppy Style: nicht eine bloße Kleidermode, sondern ein elitärer Lebensstil.

»Hauptsächlich von Absolventen renommierter Schulen.«

»Also Snobs«, unterbrach ich sie.

»Wenn du das sagst. Meistens konservativ eingestellt.«

»Und was trägt man, wenn man preppy ist?«

»Polohemden, Tweedanzüge, Mokassins, Hornbrillen«, zählte Rosina auf.

»Schon gut, schon gut«, winkte ich ab und bat sie weiterzuerzählen.

7. KAPITEL

Erzählt von Opern, Stil, Speckschwarten und zwei See-
len, von Golfbällen, Terminen und Rechnungstexten,
von Wasser, Staub und Kräutern. Rosina wird grantig
und macht eine Entdeckung. Es geht um Schrotthänd-
ler, Bestandsaufnahmen und die Entdeckung des Tages.

»Das muss Paola sein.« Mario war, in entgegengesetzter
Richtung zu Rosina, durch die Räume des Erdgeschosses gewandert, und hatte seine Runde soeben beendet.
»Er hat von ihr erzählt, als wir zusammen Wein getrunken haben.«

Rosina musterte Onkel und Nichte aufmerksam.

»Er wirkt viel entspannter neben ihr als neben den
anderen«, bemerkte sie nach einer Weile, »er drängt sich
nicht in den Vordergrund. Siehst du?« Sie zeigte auf ein
Foto, das Martinelli und Paola vor der Arena di Verona
zeigte. »Neben Paola wirkt sein Lächeln nicht aufge-
setzt.«

Abwartend sah Rosina Mario an, aber er starrte auf
das Foto und schwieg. Von den vielen Möglichkeiten
einer Bindung zwischen Mann und Frau hatte er keine
Ahnung, vermutete Rosina.

Ein Sommerabend, vielleicht aus dem heurigen Jahr.
Die junge Frau hielt strahlend zwei Tickets in der Hand

und streckte sie so nah ans Objektiv der Kamera, dass die Schrift auf den Eintrittskarten gut lesbar war.

»*Tosca*, nach einer Inszenierung von Franco Zeffirelli.« *Der* Opernregisseur schlechthin. Obwohl Rosina mit Puccinis Musik nicht viel anfangen konnte: Bei einer Zeffirelli-Inszenierung hätte sie sich sogar *Tosca* angesehen. Sie trat einen Schritt zurück und verschränkte die Arme. Mario kratzte sich am Hinterkopf.

»Er scheint viel zu unternehmen mit Paola, hauptsächlich Kulturelles. Bisher habe ich 14 Fotos entdeckt, auf denen Paola Tickets in die Kamera hält.«

Rosina spitzte die Lippen und setzte zur dritten Runde durch das Erdgeschoss an. Dabei konzentrierte sie sich auf die Eintrittskarten, die Paola stolz in die Kamera hielt. Danach nahmen beide in den rotsamtenen Ohrensesseln Platz. Rosina fühlte sich ausgelaugt. Mario fischte einen Müsliriegel aus einer Seitentasche seiner Cargohose, brach ihn in zwei Teile und hielt eine Hälfte Rosina hin.

»Pflaume-Kokos.«

»Danke.« Wenig begeistert nahm sie das klebrige Etwas entgegen und biss zögernd ab.

»Ein kleiner Energiebooster für die grauen Zellen«, lächelte Mario und tippte sich an die Stirn, »dann geht's wieder leichter. Zwei wichtige Dinge fürs Leben aus meiner Amtszeit.« Er schluckte den ersten Bissen, bevor er weiterredete: »Erstens: nur Kleidung mit eingenähten Taschen tragen. Und zweitens: immer etwas Süßes mitnehmen. Falls der Blutzuckerspiegel in den Keller sackt. Wenn ich an die langen Reden und Prozessionen denke …« Er machte eine wegwerfende Handbewegung und lachte kurz. Dann straffte er sich.

»Also, wo waren wir?«

»Bei *Tosca*, Paola und Martinelli.« Rosina legte die Zeigefinger an die Schläfen und massierte in kreisenden Bewegungen. Das knallbunte Inventar der Villa bereitete ihr allmählich Kopfschmerzen. Aber sie war Profi genug, um weiter nach Hinweisen zu suchen. Am liebsten hätte sie mit einem Espresso die klebrigen Müsliriegelreste vom Gaumen gespült.

»Alle Fotos von Martinelli und Paola haben etwas gemeinsam«, sagte sie bedächtig.

Mario rieb sich die Stirn. »Überall sind Tickets zu sehen?«

»Ja. Aber es gibt noch etwas.«

»Jedes Bild wurde vor der Arena di Verona aufgenommen.«

»Ganz genau.«

Rosina stemmte sich aus dem Lehnsessel hoch.

»Das Bild wurde aus dem Arbeitszimmer gestohlen, sagtest du?«

Mario nickte und sah zur Stiege.

»Auf in den ersten Stock.«

Das obere Stockwerk war – verglichen zum Eingangsbereich – eine Entspannung fürs Auge und erstaunlich geschmackvoll eingerichtet. Im Flur sorgten einfarbige Wände, Parkettböden in Fischgrätmuster und dezente Wandleuchten für eine gediegene Atmosphäre. Vier Sitzpoufs aus Kelims, lose aneinandergereiht, säumten die Fensterfront. Sowohl Parkett und Kelims als auch das Glas der Lampen waren in Braun-, Orange- und Goldtönen gehalten. Hier herrschte stilsichere Schlichtheit. Rosina nickte anerkennend: Lange Flure einladend zu gestalten, war eine Herausforderung. Sie selbst hätte es nicht besser hingekriegt als Martinelli. Was wiederum ihren Spürsinn aktivierte.

»Hier stimmt etwas nicht.«

»Hm?« Mario stand am anderen Ende des Flurs. Vorsichtig fuhr er mit der flachen Hand über die spiegelglatte Wand, die in mattem Oliv glänzte. Offensichtlich hatte auch er ein Auge für Details, wie Rosina erfreut feststellte.

»Spatula«, kam sie seiner Frage zuvor. »Eine anspruchsvolle Spachteltechnik für Wände im Innenbereich. Man trägt Spachtelmasse auf Kalkbasis in drei Schichten auf.«

»Du hast ihm einen Vortrag über Wandgestaltung gehalten?«, fragte ich skeptisch.

»Warum nicht? Er kann ruhig wissen, auf welchen Gebieten ich Expertin bin.«

»Wenn du meinst«, antwortete ich lahm und deutete ihr weiterzuerzählen.

»Glänzt wie eine Speckschwarte«, sinnierte Mario. Er kniff die Augen zusammen und musterte die Fläche genauer. Feinste Goldpartikel zauberten einen eleganten Schimmer in das Oliv und sorgten für dezente Eleganz.

Rosina nickte. »Die Wand wird nach dem Spachteln mit Wachs poliert. Aufwendig, aber effektiv.«

»Und teuer, schätze ich.« Mario steckte die Hände in die Hosentaschen und blieb vor der gespachtelten Wand stehen.

»Kaum zu übersehen, dass Geld hier keine Rolle spielt.« Il Tatuatos Interesse für Spachteltechniken brachten Rosina kurz zum Schmunzeln, dann konzentrierte sie sich wieder auf die Spurensuche. Sie ging zurück zur Treppe, die in einem weiten Bogen nach unten führte, und beugte sich über die gemauerte Brüstung. Verglichen zum Rest des Hauses, war die Stiege erstaunlich schmucklos; Holzdielen und ein weiß getünchter Handlauf ohne jede Verzierung. Von hier oben wirkte das grelle Grün der Glasfliesen im Eingangsbereich noch intensiver; zweifelsohne waren sie erst vor Kurzem auf Hochglanz poliert worden. Nach einer Putzfrau Ausschau halten, notierte sich Rosina im Geiste.

»Martinelli wohnt bestimmt nicht alleine hier«, sagte sie halblaut und mehr zu sich selbst.

Mario ließ von der Wand ab und kam auf sie zu. »Größtenteils schon, zumindest hat er das gesagt. Es sei denn, seine Nichte ist zu Besuch.«

Nichte befragen, fügte Rosina zu ihrer Liste hinzu.

»Seit wann besitzt Martinelli diese Villa?«

Mario hob die Schultern. »Seit ungefähr zehn Jahren.«

Rosina wiegte den Kopf hin und her. In Sachen Farben und Formen waren ihre Antennen hochsensibel, ihr Scannerblick erfasste sofort das Wesentliche. Und das war, in diesem Fall, die Einrichtung.

Rosinas Antennen schlugen an.

»Und er hat sie alleine eingerichtet?« Von einer Ehefrau oder zumindest einer festen Beziehung Martinellis hatte Mario nichts erwähnt. Rosina hatte auch keinerlei Hinweise auf eine ständige Hausbewohnerin gefunden: weder Pumps noch Damenjacken in der Garderobe, keine Handtaschen oder sonstigen Accessoires. Auch keine zweite Zahnbürste im Bad. Kein Hinweis auf eine bessere Hälfte mit gutem Geschmack an Martinellis Seite. Kam nur die Nichte als Styling-Co infrage.

»In dieser Villa haben sich zwei Geschmäcker ausgetobt; unten ist alles quietschbunt, protzig und überladen. Hier oben allerdings …«, sie drehte sich einmal im Kreis und atmete tief ein, »hier oben ist alles stimmig und gediegen.« Ganz nach ihrem Geschmack.

Mario nickte langsam, drehte sich ebenfalls und ließ die Eindrücke auf sich wirken.

»Unten Kitsch, oben Stil«, resümierte Rosina. »Das passt nicht zusammen, jedenfalls nicht innerhalb eines Hauses.«

»Was sagt uns das?« Sie unterbrach ihre Erzählung und musterte mich streng. Wie immer hatte ich keine Ahnung und musste passen.

»Dass Martinelli Einrichtungsberatung braucht?«

»Genau. Die Frage ist, von wem.«

»Das dürfte nicht das Problem sein. Einrichtungsgurus gibt's wie Sand am Meer.«

Sie musterte mich mitleidig. »Da bist du aber auf dem Holzweg, meine Liebe. Kein Designfuzzi der Welt würde sich so einen Riesenauftrag entgehen lassen.«

»Wie?« Wie immer war sie mir ein paar Schritte voraus.

»Du meinst, weil nicht das ganze Haus auf einmal umgekrempelt wurde?«

»Ist jetzt der Groschen gefallen? Aber als Erstes musste ich natürlich an den Ort des Verbrechens.«

»Das Arbeitszimmer?«

»Exakt.«

Und jetzt, als sie Schulter an Schulter mit Il Tatuato im Türrahmen des Arbeitszimmers stand, (seinen muskelbepackten Schultern, wohlgemerkt) brach bei Rosina der Ehrgeiz durch. Zum Teil eine Berufskrankheit. Beobachtungsgabe und die Fähigkeit, das Gesehene abzuspeichern und einzuordnen, sind schließlich Grundvoraussetzungen für Restauratoren. Die Gabe, selbst kleinste

Details zu erfassen und nichts zu übersehen. Möglichst noch vor Mitbewerbern, wenn sie einen Auftrag an Land ziehen wollte. Trotzdem durfte man sich nicht verzetteln. Es zählte immer das große Ganze. Und darauf war Rosina neugierig.

Sie räusperte sich, machte einen Ausfallschritt nach vorn und war noch vor Mario im Raum.

Martinellis Arbeitszimmer war nur spärlich möbliert, trotzdem prasselten die Eindrücke auf Rosina ein. Am Boden waren grüne Fliesen, mit weißen und grauen Adern durchzogen, verlegt. Billige Marmoroptik.

Rosina zählte drei Überwachungskameras, vier Kelims in Senftönen, einen Posterdruck von Mirò und einen Aktenschrank, von dem sich das Furnier teilweise löste.

Eine lebensgroße Massai-Statue aus Ebenholz neben dem Schreibtisch, ein mexikanischer Sombrero an der Wand und am Fensterbrett, in einer silbernen Schale, ein Dutzend Golfbälle. Chrome-Soft aus dem Hause Callaway. Rosina erkannte die Marke sofort: Ihr Techtelmechtel mit dem portugiesischen Golfspieler lag noch nicht allzu lange zurück. Mittig im Raum baumelte ein Kronleuchter in Regenbogenfarben von der Decke. Dieses Modell kam ohne Plastikmüll aus und war ausschließlich aus Murano-Glas gefertigt. Die Klimt-Motive an den einzelnen Glasteilen hatten aber, inmitten des wirren Mix im Raum, keine Chance auf Geltung. Aus der Ecke gegenüber der Tür glotzten Rosina die Augen eines mannshohen Buddha-Kopfes entgegen. Martinellis Büro war die pure Reizüberflutung. Eine schräge Sammlung aus Souvenirs und Billigmöbeln. Es war Rosina unerklärlich, wie man sich hier auf die Arbeit konzentrieren sollte.

Ihr erster Blick galt dem Aktenschrank. Alle Ordnerrücken waren etikettiert, teils von Hand beschriftet. »Kollektionen 2021«, las sie halblaut, zog eine der schwarzen Ringmappen aus dem Regal und begann zu blättern.

»Ich weiß nicht, ob Lorenzo damit einverstanden wäre«, wendete Mario ein. Rosina hatte seine Anwesenheit beinahe vergessen, so sehr war sie in den Inhalt des Ordners versunken. Entwürfe der Brillenkollektion vom vergangenen Sommer. Handgezeichnet und mit Skizzenstiften koloriert.

»Natürlich ist mir sofort etwas komisch vorgekommen«, Rosina schwenkte die angetauten Eiswürfel im leeren Glas. Sie hatte ihren Bericht unterbrochen, um eine neue Flasche Rosato zu öffnen.

»Auf allen Entwürfen waren Notizen!« Sie spitzte die Lippen und wackelte mit dem Kopf.

»Notizen sind die Essenz von Entwürfen!«, rief ich, denn mit Entwürfen kannte ICH mich aus. »Man notiert Ideen, Geistesblitze, aufkommende Fragen. Man feilt an der Skizze, bis daraus ein umsetzbares Projekt wird. Und im Idealfall ein verkaufsfähiges Produkt.«

Rosina musterte mich streng.

Ich angelte nach einer Olive und steckte sie in den Mund. »Bei Martinelli ist das Produkt eben eine Brillenfassung.«

Rosina fixierte mich skeptisch. »Bist du jetzt fertig mit deinem Vortrag? Oder kommt noch eine Power-Point-Präsentation?« Mit verschränkten Händen wartete sie, bis ich ihr das Zeichen gab, mit ihrer Erzählung fortzufahren.

Ganz so einfach, wie ich vermutet hatte, war es natürlich nicht. Denn die Notizen enthielten neben möglichen Farbkombinationen und Materialien für Brillenbügel außerdem Hinweise auf Modeschauen, Messen und andere Events, um Neuheiten zu präsentieren. Ein Hinweis auf eine mögliche Kooperation Martinellis mit anderen Modeproduzenten. Wieder ein Punkt auf Rosinas Liste. Strategische Allianzen sind ein Mittel zur Kundenakquise, nicht nur in der Modebranche. Zwei oder mehr Unternehmen entschließen sich zur Zusammenarbeit in einem bestimmten Bereich. Die Vorteile liegen auf der Hand: größerer Kundenkreis, geteilte Kosten für Werbung, verringerter Aufwand bei der Organisation. Um Geld für die Miete von Locations oder Models zu sparen, werden Kollektionen verschiedener Hersteller gemeinsam präsentiert. Rosina konzentrierte sich auf die Notizen am Rand der jeweiligen Seiten.

Neben den Termineinträgen waren Nummern mit Bleistift gekritzelt. Manche vier- oder fünfstellig, andere in Kombination mit Buchstaben.

Artikelnummern, war Rosinas erster Gedanke. Ein Hinweis darauf, dass es die jeweiligen Entwürfe tatsächlich in die Kollektionen geschafft hatten und produziert wurden, anstatt zusammengeknüllt im Mistkübel zu landen. Aber sie verwarf den Gedanken gleich wieder. Soviel sie wusste, wurden Artikelnummern fortlaufend vergeben oder waren zumindest systemisch aufgebaut. Die Buchstaben waren meist ein Hinweis auf die Herstellerfirma oder den zuständigen Designer, Zahlen standen für Monat oder Modell.

Rosina zog ihr Smartphone hervor und fotografierte einige Seiten aus der Mappe. Dann stellte sie sie zurück ins Regal.

Die anderen Ordner enthielten private Kontoauszüge, Arztbriefe und Rechnungen von Handwerkern, die Martinelli mit der Einrichtung seines Hauses beauftragt hatte. Martinellis Kontostand bei der UniCredit war beachtlich: 300.000 Euro im Plus. Rosina sog scharf die Luft ein. »Er sollte sein Geld anlegen«, murmelte sie und zeigte Mario den Auszug und beobachtete ihn scharf. Falls er ihr Informationen vorenthalten hatte, verriet er sich jetzt möglicherweise durch Mimik oder Körpersprache. Und wir wissen: Darin war Rosina Expertin. Aber Mario zeigte keinerlei Reaktion. Rosina nahm den Ordner wieder an sich.

»Jedenfalls ist er nicht in Geldnöten. Eine Erpressung wäre lukrativ. Stellt sich die nächste Frage: Wer hätte ein Motiv dafür?«

»Vielleicht ein Mitbewerber?«

»Möglich.« Rosina stellte auch diesen Ordner zurück in den Aktenschrank. »Aber nicht sehr wahrscheinlich. Nur wenige Personen wussten, dass Martinelli ein wertvolles Gemälde besitzt. Ich bezweifle sogar, ob er selbst den genauen Wert kannte. Ein Zusammenhang zwischen Mitwissern und Konkurrenz ließe sich sofort herstellen. Trotzdem«, sie streckte sich, um einen Ordner aus dem obersten Regal zu angeln, »wäre es eine mögliche Spur. Also Mitbewerber ausfindig machen und abchecken.« Den Ordner mit den Arztbriefen reichte sie an Mario weiter. Das Medizinerlatein war ihr ein Gräuel. Sie nahm sich noch einmal die Handwerkerrechnungen und Lieferscheine vor. Alles war alphabetisch und nach Datum sortiert. Anscheinend hatte Martinelli seit Beginn des vergangenen Jahres systematisch sein Haus gründlich renovieren lassen.

»Denkst du, das Gemälde war ein Zufallstreffer für den Einbrecher?«, sinnierte Mario. »Ich meine, jemand hatte vor, die Villa auszurauben. Fand aber außer schrägem Designerkitsch nichts Wertvolles – bis auf das Gemälde.«

Ohne vom Ordner aufzublicken, antwortete Rosina: »Es ist nichts durchwühlt. Keine aufgebrochenen Schränke. Der Dieb wusste, was er will.«

»Venit, vidit, capit.« Mario grinste. »Kam, sah und nahm.«

Rosina hasste lateinischen Klugschiss, da machte sie auch beim Ex-Kardinal keine Ausnahme. Sie blätterte durch das alphabetische Register: Für Bodenleger, Maler und Tapezierer hatte Martinelli allein in diesem Jahr fast eine halbe Million Euro ausgegeben.

»Siehst du das?« Rosina tippte mit dem Zeigefinger auf einen Beleg. »Im Rechnungstext ist jeweils angeführt, in welchem Zimmer gearbeitet wurde.«

Mario blickte vom Befund einer Herzkatheter-Untersuchung auf und nickte. »Natürlich. So ist leichter nachvollziehbar, wie viel jeder Raum gekostet hat.«

»Schon, aber …«, Rosina nahm sich noch einmal den Ordner mit den Brillenentwürfen vor und schlug ihn auf, »normalerweise genügt die Adresse des Hauses. Außerdem ist da noch etwas.« Sie winkte Mario zu sich. »Der Zeitraum der Ausführung fällt fast immer mit einer Präsentation von neuen Modellen zusammen.«

Mario kniff die Augen zusammen.

»Da!« Auf einer Seite stand als Rechnungstext: »Sanitär und Armaturen Badezimmer Obergeschoss.«

»Die Arbeiten haben am Tag nach der Präsentation begonnen.«

»Das kann ein Zufall sein. Wahrscheinlich hatte Martinelli vor einem Großereignis nicht die Nerven, Handwerker im Haus zu haben. Verständlich.«

Die Erklärung fand Rosina zu simpel. Sie blätterte weiter. »Hier! Umbau der Küche: einen Tag nach der Mailänder Modewoche.« Der Einfachheit halber hatte sie die Ordner auf dem Boden ausgebreitet und blätterte immer schneller durch die Belege. Das System war ihr schnell klar: Sie brauchte nur die Veranstaltungsdaten mit den Rechnungen zu vergleichen. »Und da: Vorhangdekoration im Schlafzimmer. Einen Tag nach der Accessoire-Messe in Bologna.« Sie schüttelte den Kopf. »Das ist kein Zufall! Klingt eher nach Belohnung: Dieses Haus wird Raum für Raum umgestaltet. Und die hohen Kosten dafür sind wahrscheinlich an den Erfolg von Präsentationen gekoppelt.«

Mario richtete sich auf und sah sich im Raum um. »Das Arbeitszimmer war noch nicht dran.«

Beim ersten groben Erfassen des Raumes war Rosina natürlich sofort die Position des Schreibtisches aufgefallen: Die Fenster von Martinellis Arbeitszimmer waren zwar nach Osten und Süden ausgerichtet; zum Arbeiten also optimale Lichtverhältnisse. Trotzdem stand der Tisch mitten im Raum, mit Blick zur Wand. Zur einzig leeren Wand im Raum. Rosina stellte sich hinter den Bürostuhl und legte die Hände auf die Lehne.

»Ein Königreich für ein Glas Wasser«, sagte Mario unvermittelt und strich sich den Schweiß von der Stirn. Erst jetzt fiel Rosina die drückende Hitze im Arbeitszimmer auf. Es war der einzige Raum in der Villa, in dem keine Klimaanlage surrte.

»Versteh ich nicht«, unterbrach ich sie. »Wertvolle Gemälde brauchen gleichbleibende Temperatur. Zu viel

Hitze beschleunigt den Verfall, das weiß doch jedes Kind.«

»Hoppla, da hat jemand mitgedacht!« Rosina prostete mir zu. »Das ist mir natürlich auch sofort aufgefallen.« Sie nahm einen Schluck und schwenkte die Eiswürfel im Glas. »Das und die Tatsache, dass Mario mich aus dem Zimmer geschickt hat.« Sie warf mir einen bedeutungsvollen Blick zu.

»Er war gar nicht durstig?«

»Aufs Wasser ist es gar nicht angekommen«, belehrte mich Rosina, »und selbst wenn: Ein echter Gentleman macht sich selbst auf den Weg, anstatt eine Dame in die Küche zu schicken. Aber was weiß denn ein Kardinal, wie man mit Frauen umgeht.« Sie schüttelte den Kopf.

»Also wusste er doch mehr, als er dir verraten hat«, triumphierte ich.

Rosina hob die Schultern.

»Aber warum hast du ihn dann allein gelassen? Er hätte Beweise entfernen können. Oder, im schlimmsten Fall: vernichten.«

»War ein Risiko, stimmt. Aber das musste ich eingehen. Und außerdem«, sie machte eine Pause und stellte ihr Glas ab, »hat sich der Ausflug in die Küche gelohnt.«

»Du warst doch vorhin schon dort?«

»Zweimal sogar«, bestätigte Rosina. »Aber echte Hinweise stehen eben nicht herum und winken dir zu. Die wollen gefunden werden.« Sie grinste und aß genüsslich einen Bissen Zitronentarte, bevor sie weitererzählte.

Rosina öffnete also in der Küche hastig sämtliche Schränke und suchte nach Trinkgläsern. Sie wurde fündig, drehte das Wasser auf und ließ es ein paar Sekunden in die Spüle rinnen, bis es kühl genug war. Währenddessen lockerte sie ihren Pferdeschwanz; er war zu straff gebunden. Rosinas Kopfhaut spannte schon. Sie kämmte sich notdürftig mit den Fingern und formte einen neuen Pferdeschwanz. Gerade, als sie das Haargummi dehnte und um den Pferdeschwanz spannen wollte, entglitt es ihr und landete auf dem Boden. Rosina fluchte. Sie konnte nichts weniger leiden als Haarsträhnen, die ihr während der Arbeit ins Gesicht fielen. Und das hier, die Spurensuche in Martinellis Villa, nahm sie mindestens so ernst wie einen Arbeitsauftrag, für den sie bezahlt wurde. Wahrscheinlich, weil sie Ungewissheit nicht ertrug. Ungewissheit, was das Bild betraf. Aber auch, ob der Ex-Kardinal mit offenen Karten spielte. Was, wenn sie das *Susanna*-Bild nicht fanden? Womöglich würde es außer Landes geschafft oder, noch schlimmer, unsachgemäß behandelt. Die Vorstellung bereitete ihr Magenschmerzen. Rosina hatte sich geschworen, das Bild zu finden. Außerdem war sie nicht sicher, inwieweit sie Mario vertrauen konnte.

Mittlerweile war das Wasser kalt. Sie ließ die Gläser volllaufen und drehte den Wasserhahn ab. Dann ging sie in die Knie, auf der Suche nach dem Haargummi. Rosina blickte unter alle Schränke und war erleichtert, wenigstens dort ein paar Staubflusen zu finden. Das Haargummi steckte im Spalt zwischen Boden und Kühlschrank. Rosina zog es hervor, pustete den Dreck weg und stutzte: Ein kleiner roter Silikonstreifen hatte sich im Gummiring verfangen. Knapp vier Zentimeter lang und an einem Ende eingerissen. Rosina stand wieder auf, drehte ihren Fund und hielt ihn ins Licht.

»Rosina?« Mario aus dem Obergeschoss.

»Komme schon!« Rosina ließ das kleine Etwas in die Hosentasche gleiten und machte sich auf den Weg nach oben.

»Schrecklich! Ein Mixtum Compositum!«, sagte Mario, nachdem er das Wasser in einem Zug ausgetrunken hatte. Rosina sah ihn zerstreut an. »Ein was?«

»Mixtum Compositum«, wiederholte Mario.

»Geht das auch auf Deutsch?«, grantelte Rosina, »ich versteh nämlich kein Latein.« Was nicht der Wahrheit entsprach, jedenfalls nicht ganz. Rosina hatte Latein in der Schule gelernt, ganze sechs Jahre lang. Anfangs mit großer Begeisterung. Römische Mythologie hatte sie geliebt, ebenso Exkursionen zu Ausgrabungsstätten. Aber die erbitterten Grabenkämpfe mit der Professorin, die ausschließlich Lateinisch sprach und bei jeder Gelegenheit Schüler bloßstellte, erstickten Rosinas Ehrgeiz im Keim. Bei der Matura hatte die Professorin dann klargemacht, wer am längeren Ast saß.

»Latein bringt mich auf die Palme«, knurrte sie.

Mario seufzte. »Ein Sammelsurium, Wirrwarr, wilder Mix. In diesem Raum passt nichts zueinander.« Er stellte das leere Glas auf den Schreibtisch und starrte auf die gegenüberliegende Wand. »Hier muss das Bild gehangen haben!«

Rosina nickte. Aus drei verschiedenen Blickwinkeln wachten Kameras über die jetzt leere Wand. Am Plafond waren Beleuchtungskörper angebracht, wie sie in Museen üblich waren. Kein Zweifel: An dieser unscheinbaren weiß getünchten Wand hatte sich bis vor Kurzem noch ein Meisterwerk befunden. So wenig Kunstsinn Lorenzo Martinelli auch haben mochte: Er hatte, wenn auch auf unbedarfte Weise, versucht, das Bild in Szene zu setzen. Trotzdem hatten *Susanna und die Ältesten* in diesem Raum ein herzzerreißend unscheinbares Dasein gefristet – in Gesellschaft eines Sombreros und einer Buddhastatue.

»Hier also«, flüsterte Rosina ehrfürchtig und starrte auf den Nagel, von dem Artemisia Gentileschis Meisterwerk abgenommen und entwendet worden war. Denn wie immer, wenn sie einem herausragenden Gemälde nahe war, physisch oder in Gedanken, verfiel sie in andächtige Stille und zollte der künstlerischen Meisterleistung Respekt.

In Sachen Andacht, Stille und Respekt war wiederum Mario Experte, und so betrachteten sie eine Zeit lang schweigend die leere Wand.

Alles wäre so einfach gewesen, wenn meine beste Freundin und der tätowierte Ex-Kardinal von Anfang an und trotz aller Unterschiede als Dreamteam funktioniert hätten.

Bücher und Fernsehserien sind voll von schrulligen Ermittlerduos; gestrandete Existenzen treffen auf Poloshirtträger, Nonnen auf Schrotthändler und Arbeitslose auf Superreiche. Das Schicksal würfelt unterschiedliche Charaktere zusammen und schaut kichernd zu, wie sie sich mühsam zusammenraufen, zähneknirschend aneinander verzweifeln oder sich gegenseitig die Schädel einschlagen. Wahrscheinlich hat das Schicksal, Karma oder wer auch immer einfach Spaß an solchen Dingen. Perfektion und Harmonie sind langweilig genug; wahre Faszination verbirgt sich in Fehlern, Dissonanzen und Konflikten. Hab' ich mal irgendwo gelesen.

Wenn also eine Femme fatale und ein Ex-Kardinal aufeinandertreffen, kann man von einem urknallartigen Beginn der Zweisamkeit ausgehen. Unterschiedliche Kräfte treten in Wechselwirkung, ringen um die Vorherrschaft und versuchen, das Ruder an sich zu reißen. Was bedeutet: Kuschelkurs ab der Stunde null ist quasi unmöglich! Es muss erst eine solide Basis geschaffen werden, auf der ein gemeinsamer Weg gebaut werden kann. Quasi ein Fundament aus Routine und Vertrauen, damit die hochsensible Tätigkeit des Ermittelns überhaupt möglich ist.

Ermitteln ist das Kombinieren von Fakten, Eindrücken und Vermutungen, das Erheben von Informationen und Bewerten von Beweismitteln. Hier zählen Wahrnehmungen, Präzision und Erfahrung. Die Summe aus unterschiedlichen Anschauungen und Herangehensweisen, wie bei Rosina und Mario, sind entweder Erfolgsgarant oder Sprengstoff eines Teams.

Aber in Martinellis Villa, sozusagen der ermittlerischen Stunde null, war noch lange nicht von Teamwork die Rede. Es war eher ein gegenseitiges Abklopfen; eine Bestandsaufnahme der Zutaten, aus denen Teamwork entstehen konnte. Oder mehr.

8. KAPITEL

*Erzählt von Kräutern, Leder, Lastern und Werkstätten,
von Fischen, Nachrichten und Komplikationen. Rosina tut
Mario einen Gefallen und hält sich zurück. Es geht um
Arbeit und Schnaps, Kräuter und verpasste Chancen. Es
riecht nach Jagd und Chemie, Rosina muss sich beherrschen und hat sich letztlich doch nicht im Griff.*

»Kennst du diese Pflanze?« Mario hatte minutenlang
einen Punkt gegenüber dem Schreibtisch fixiert. Jetzt
stemmte er sich aus dem schwarzen Ledersessel hoch,
trat vor die leere Wand und hob einen Terrakotta-Blu-
mentopf vom Boden hoch. Rosina kam näher und starrte
auf das Kräutertöpfchen. Daraus wucherten zahlreiche
Blätter, circa zehn Zentimeter lang und lanzettenähn-
lich. Sie schnupperte daran. »Estragon!«, rief sie erstaunt.
Sie hatte das Küchenkraut schon öfter zum Würzen von
Fisch und Geflügel verwendet. Aber hier, in Martinellis
Büro, war es eindeutig deplatziert.

Jeder kriminalistische Laie hätte hier vermutet, dass
der Zusammenhang zu einem Kunstraub fehlte. Aber
nicht Rosina.

»Im ganzen Haus stehen nirgends Pflanzen«, grübelte
sie halblaut, »warum ausgerechnet in Martinellis Arbeitszimmer? Und warum Estragon? Das ist ein Küchenkraut,

keine Zimmerpflanze. Sie ging zur Wand und kniete sich nieder.

»Wo genau hat das Töpfchen gestanden?«, fragte sie Mario.

Er deutete auf den Boden, exakt unterhalb des verwaisten Nagels. »Hier. Ich habe nichts verändert.« Das konnte stimmen oder auch nicht, aber Rosina ging davon aus, dass Mario hier die Wahrheit sagte.

Rosina starrte auf die grüne Marmorimitation zu ihren Füßen und wieder hinauf zum Nagel.

»Martinelli ist seit zwei Tagen in Bologna«, sagte sie. »Hätte er den Estragon selbst hierhergestellt, würde der nicht mehr so taufrisch aussehen.« Mit dem Zeigefinger prüfte sie die Feuchtigkeit der Erde. »Frisch gegossen.« Rosina verschränkte die Arme vor der Brust und lehnte sich an Martinellis Schreibtisch.

»Was ich damit sagen will: Rings um die Villa sind nur Oleander zu sehen, die sind vergleichsweise genügsam. In der Küche sind keine Kräuter, weil Martinelli nicht kocht. Die einzige Pflanze in der Villa steht hier, im Arbeitszimmer. Und nicht einmal am Fensterbrett, wo sie genug Sonne bekäme, sondern am Boden. Warum?«

»Vielleicht brauchte er den Estragon für ein bestimmtes Gericht.« Rosina begann, im Arbeitszimmer auf und ab zu gehen. »Er hat die Zutaten eingekauft, wollte alles verräumen und musste plötzlich ins Büro. Ein dringender Anruf, vielleicht. Er hatte das Kräutertöpfchen noch in der Hand, hat es unbewusst mitgenommen und dann hier vergessen.« Rosina wusste selbst, wie unwahrscheinlich das klang. Sie machte eine wegwerfende Handbewegung. »Bullshit!«

»Hätte sonst jemand das Töpfchen hierherstellen können?«

Darauf hatte Rosina auch keine Antwort. Aber der Estragon, so unscheinbar er im Terrakottatopf daherkam, warf durchaus wichtige Fragen auf:

Wer hatte, außer der Putzperle, Zugang zu Martinellis Villa, und wer machte davon Gebrauch?

Außerdem: warum ausgerechnet Estragon? Warum nicht Basilikum oder Thymian?

Diese und andere Fragen waren essenziell, aber die geballte Mischung aus Kitsch und Design hatte Rosinas Aufmerksamkeit dermaßen beansprucht, dass ihre grauen Zellen den Dienst versagten. Schließlich dauerte die Spurensuche schon ganze drei Stunden. Und momentan traten sie auf der Stelle.

Trotzdem wurde sie das Gefühl nicht los, dass das Estragontöpfchen wichtig war.

»Der Mann ist voller Widersprüche«, sinnierte Rosina bei ihrem Bericht.

»Hm.« Ich ließ ihre Worte nachhallen. Mario hatte eine von Rosinas Yogamatten am Seeufer ausgebreitet und machte Liegestütze.

Ich kannte den Blick, mit dem Rosina ihn beobachtete. Und er gefiel mir ganz und gar nicht.

Als Italien für mich noch nicht Meldeadresse, sondern Urlaubsort war, liefen Schuheinkäufe immer nach demselben Muster ab: Fest entschlossen, die Komfortzone der dunkelblauen Ballerinas mit orthopädischem Fußbett zu verlassen, schlich ich um die Regale mit den Killerpumps. Tatsächlich war ich hungrig nach Abwechslung, begeistert von den Farbkombinationen und sicher, dass ich alles tragen konnte. Meine Weiblichkeit hatte genug von farblich neutralen Mutti-Patschen und schrie nach Extravaganz. Die Vernunft raunte mir zu, dass meine Füße keine halbe Stunde mitspielen würden. Und ich sowieso der »Fraktion Sneakers« angehörte. Die Weiblichkeit setzte sich durch und probierte mutig die High Heels mit Zebraprint und Glitzerabsatz. Glückseligkeit pur: Das Schuhwerk war die vollendete Symbiose aus Form, Design und schlüpfrigen Versprechungen. Nur leider in meiner Größe ausverkauft, aber in der nächstkleineren Zwischengröße verfügbar. Schönheit muss leiden, hatte ich mir viele Male kompromissbereit eingeredet und sämtliche Zehen in den Schuh gequetscht. Berauscht von der hohen Kunst der italienischen Schuster sah mein Gehirn großzügig über das bisschen Kneifen hinweg und erweiterte die Schmerztoleranz. Aber nur bis zur österreichischen Staatsgrenze. Zu Hause waren die Schuhe unerträglich eng. Der klassische Fehlkauf. Meine Garderobe füllte sich mit den Jahren: Die Regale waren voll mit extravaganten, aber untragbaren Schuhen, um die ich mich selbst beneidete. Und die schließlich ungetragen im Caritas-Laden landeten.

Der Umzug ins Schuhparadies Italien änderte mein Kaufverhalten grundlegend: Ich kaufte keine Schuhe mehr. Zumindest nicht, bevor mein Bestand an Sneakers aufgebraucht und ausgelatscht war.

So etwas konnte Rosina natürlich nicht passieren, denn sie war die ungekrönte Schuhkönigin, die Göttin der eleganten Fußbekleidung.

Aber manchmal braucht es einfach Zeit, bis man das Wesentliche sieht. Man dümpelt dahin in der Brühe der Ungewissheit, ist eingelullt vom Dampf, der alles trübe macht, sieht nicht mehr klar und wird träge. Alle Vorhaben lösen sich in neblige Schwaden auf, man vergisst, wonach man ursprünglich suchte, die Eindrücke verschwimmen. Bis irgendwann, als man nicht mehr damit rechnet und sich schon faul auf dem Rücken liegend treiben lässt, ein Störfaktor auftaucht. Ein Seeungeheuer aus der Tiefe. Es schnellt empor, schnappt beherzt zu, verfehlt sein Ziel nur knapp. Ende der Apathie! Der Puls rast, alle Sinne sind geschärft, das Adrenalin arbeitet. Willkommen zurück!

Natürlich war in Martinellis Villa keine Spur von Seeungeheuern. Nicht einmal ein Goldfischglas war in Sicht. Aber Rosina, die hungrig, lustlos und reizüberflutet ein letztes Mal durch alle Räume trottete, blieb in der Garderobe im Erdgeschoss ruckartig stehen.

Wie elektrisiert starrte sie auf etwas, das ihr bis dahin entgangen war: Damenschuhe. Ballerinas, um genau zu sein. Und zwar keine gewöhnlichen, sondern Ballerinas aus blitzblauem Rochenleder. Was Rosina noch mehr wunderte. Sie hatte ein Faible für exotische Lederarten. Außerdem sprang ihr ein vertrauter Schriftzug sofort ins Auge.

Man muss wissen: Schuhe im Allgemeinen und extravagante Schuhe im Besonderen waren Rosinas Schwäche. Eleganten Kreationen aus feinem Leder konnte sie schwer bis gar nicht widerstehen. Sie besaß Ballerinas, Oxfords, Stilettos, Peeptoes, Sandalen, Stiefel und Mary Janes in allen Farben und aus sämtlichen Lederarten. Die umfangreichste Schuhsammlung, die ich je gesehen hatte. Zumindest, bevor sie sich räumlich veränderte und ein Wohnmobil als Hauptwohnsitz zulegte. Selbstredend, dass ich zum jeweiligen Schuhwerk die jeweils farblich passende Tasche für sie anfertigte. Rosina kannte alle Schuhläden in der Gegend, bevorzugte aber die kleinen Calzaturifici, also Schuster mit eigener Werkstatt, die nach Maß fertigten. Im Geiste führte sie eine Liste ihrer Favoriten, sortiert nach Preis, Angebot und Beratung. Sie wusste, wann neue Modelle präsentiert wurden und welche Promis in welchen Werkstätten ein und aus gingen. Man kann sagen, dass nicht Regionen und Städte, sondern Calzaturifici Rosinas persönliche Italienkarte strukturierten. Jene kleinen Läden, in denen sie modisches Schuhwerk, gute Laune, Tratsch und Komplimente auftankte. Schuhgeschäfte waren quasi die Anker in Rosinas Leben. Leuchtturmartige Orientierungspunkte, um Erinnerungen einzuordnen. Wo fand Ginos Geburtstagsfeier statt? In Arco, gleich neben der Schuhboutique!

Am liebsten jedoch kaufte sie bei Sembeni in Sandrà, auf halber Höhe zwischen Peschiera del Garda und Lazise, südöstlich des Gardasees. Der Familienbetrieb, in dem seit Jahrzehnten weibliche Schuhträume wahr gemacht wurden, hatte Laden und Werkstatt in der Via Garibaldi. Rosina war seit Jahren gern gesehene Stammkundin und erkannte auf Anhieb Schriftzug und Logo: silberne Lettern neben einem stilisierten Riemchenpump.

»Sind Martinellis Füße klein und zart?«, fragte sie in Richtung Küche, wo sie Mario vermutete. Vorsichtig hob sie das Schuhpaar auf und begutachtete es: Handwerk auf höchstem Niveau. Keine Kleber-Batzen zwischen Leder und Sohle, wie oft bei Billigschuhen aus Fernost. Sauber gearbeitet und perfekt an den Fuß der Trägerin angepasst. Die Ballerinas waren noch unbenutzt: kein Abrieb oder Spuren von Steinchen an der Sohle, das Leder noch ohne Schrammen. Vorsichtig stellte Rosina die Damenschuhe zurück auf den Boden und dachte an ihr Lieblingskleid: Millefleurs in Blautönen. Sie würde sich bei nächster Gelegenheit ein Schuhpaar aus genauso einem Leder dazu anfertigen lassen. Vielleicht Pumps? Aber dann dachte sie ihren Mini-Kleiderschrank im Wohnmobil, seufzte und verwarf den Gedanken schnell wieder. Mario stand inzwischen neben ihr und starrte ebenfalls auf die Sonderanfertigung.

»Rochenleder in Blitzblau – wie extravagant!«

»Ja, nicht wahr?« Ihr Seufzen war destillierte Sehnsucht.

»Eine Farbe, die man nicht so schnell vergisst.« Mario ging in die Knie und hob einen Zettel vom Boden aus.

»Absolut! Die knallt!«

»Warum schreibt man die Farbe dann auf?«

Er hielt Rosina das kleine Stück Papier hin, auf dem nur ein Wort stand: Azzurro.

Das wiederum fand Rosina seltsam, denn die Farbe war so intensiv, dass sie keiner Erklärung bedurfte.

Noch seltsamer aber fand sie, dass die blitzblauen Ballerinas die einzigen Damenschuhe in der Villa Martinelli waren. Ansonsten fanden sich in der Garderobe nur Herrenschuhe, die meisten davon in Schwarz. Rosina hob ein Paar Segelschuhe aus Leinen auf, die neben einem dazu passenden Seesack standen. Sie begutachtete die Schuhe – die einzig roten unter den vielen schwarzen – wie vorhin die Ballerinas, akribisch genau. Die Segelschuhe wiesen zwar leichte Gebrauchsspuren auf, waren aber blitzsauber geputzt. Rosina drehte die Schuhe, begutachtete die weiße Gummisohle und lockerte die Schuhbänder etwas. Am oberen Rand der Zunge war das Etikett einer englischen Nobelmarke eingenäht. Dann fiel ihr Blick auf die Innenseite der Zunge. Nur ein Wort, mit Edding hingekritzelt: Rosso.

»Wie alt ist Signor Martinelli eigentlich?«, fragte sie Mario und stellte die Schuhe zurück in die Reihe, neben die anderen.

»Mitte 60, soviel ich weiß.« Aus einer seiner Hosentaschen zog er einen kleinen Notizblock.

Er kritzelte ein paar Zeilen, blickte auf und legte den Stift an die Lippen. »Warum fragst du?«

»Nur so«, murmelte Rosina und stemmte die Hände in die Hüften. Sie ließ ihren Blick über die Schuhreihe schweifen. »Fast alle Schuhe sind schwarz.« Sie hob jedes Paar einzeln hoch und begutachtete die Innenseiten. Aber außer käsigem Geruch und Schweißspuren war da nichts Ungewöhnliches.

»Herrenschuhe, Größe 44, rabenschwarz. Die einzigen Ausreißer«, sie hob Ballerinas und Segelschuhe hoch, »sind diese hier. Damenschuhe in Blau, Herrenschuhe in Rot. Nur an diesen hat jemand mit Edding die Farbe hineingekritzelt. Stellen sich drei Fragen. Erstens: Wer macht so etwas? Zweitens: warum?«

Mario steckte den Block wieder ein und nahm ihr das blaue Paar Ballerinas ab. »Und drittens«, sagte er, »wem gehören die Damenschuhe?«

Für einen Anruf beim Hausherrn selbst war die Frage zu banal – immerhin lag Martinelli auf der Intensivstation. Gut möglich, dass er eventuelle Affären sogar vor seiner Nichte geheim hielt.

Also blieb nur eine Möglichkeit: ein Besuch in Sembenis Werkstatt.

Jedem See sein Fisch, und jedem Fisch seine Geschichte.

Fischfang und der Gardasee waren schon immer eine lukrative Kombination. Angereichert mit Tourismus, dem Angeln als Breitensport und der Gastronomie hat sich daraus ein eigener Wirtschaftszweig entwickelt.

Am Ostufer findet jährlich zwischen Ende Mai und Anfang Juni in Malcesine ein ausgeklügeltes Event statt: »Fish & Chef«.

Bei diesem Feinschmeckerfestival kreieren renommierte Köche Edles für den Gaumen, und zwar ausschließlich aus Gardaseefischen. Süßwasserfische sind, sozusagen, die heimlichen Helden, das Ass im Ärmel des Gardasees.

Unangefochtener Star ist die Gardaseeforelle, die, wie es sich für einen Star gehört, ihre eigene Sage hat. Denn erst durch den geheimnisvollen Nimbus von Mythen und Sagen erlangen Lebewesen und Orte orakelhafte Berühmtheit.

Sagen haben ja meist keinen anheimelnden, sondern eher düsteren Inhalt. Nichts, was besagte Region besonders schmackhaft macht oder ins rechte Licht rückt. Die Sage über die Gardaseeforelle Carpione macht da keine Ausnahme.

Saturn wurde als greiser Gott von seinem Sohn Zeus verbannt. Kein Mitleid an dieser Stelle: Die Vertreibung war nicht unverschuldet. Schließlich hat Saturn alle seine Kinder aufgefressen und nur Zeus übrig gelassen. Auf seine alten Tage musste sich Saturn also nach einer neuen Bleibe umsehen, zog durch Italien und erreichte bei sengender Hitze den Gardasee. Müde und durstig wandte er sich an ein paar Fischer, die am Ufer saßen und prickelnden *Bardolino* tranken. Leider hatten die Fischer mit Gastfreundschaft nichts am Hut: Anstatt Saturn Erfrischungen anzubieten, verspotteten sie ihn. Der greise Gott war zwar enttäuscht, ließ sich aber nicht abwimmeln. Er bat die Fischer, ihn gegen Bezahlung auf die Insel mitten im Gardasee zu fahren. Die Fischer – weder gastfreundlich noch bescheiden – witterten das große Geschäft. Sie bestiegen ihren Kahn und stießen mit Saturn an Bord vom Ufer ab, forderten aber einen horrenden Preis für die Überfahrt. Saturn drückte angesichts der schlechten Manieren und Gier der Fischer noch ein Auge zu; vielleicht, weil ihm diese Untugenden nicht fremd waren. Aber als einer der Fischer, Carpus, ihn des Diebstahls bezichtigte, reichte es ihm. Schluss mit lustig. Saturn verfluchte die Männer. Zur Strafe für ihr schändliches Verhalten sollten sie Fischgestalt annehmen und sich vom Gold ernähren, dessen Diebstahl sie Saturn bezichtigt hatten. Noch am Kahn verwandelten sich die Männer in Fische und stürzten in die Fluten. Der Kahn erstarrte zu einem Felsen. Seitdem kennt man die verschwundenen Fischer als Gardaseeforellen – auf Italienisch *Carpione* genannt.

Aus zoologischer Sicht sind die Carpioni Lachsfische. Eine Fischart, die nur in den Gewässern des Gardasees vorkommt und mittlerweile vom Aussterben bedroht ist.

Folglich wurde der Fang streng geregelt. Die Gardaseeforelle ist eine Rarität und steht nur selten auf den Speisekarten der lokalen Restaurants.

Den Geschmack ihres weißen Fleisches hebt man am besten durch schonende Zubereitungsmethoden hervor: dämpfen oder grillen, mit Olivenöl Extra Vergine beträufeln und genießen. Basta così!

Andere Arten von Süßwasserfischen werden in der Gardaseeregion, vor allem im Trentino, bevorzugt geräuchert.

Marios liebstes Fischgericht jedenfalls war nicht Forelle, sondern Baccalà alla Trentina, also Klippfisch nach Trentiner Art. Rosina hatte sich zwar vorgenommen, ihn damit bei Gelegenheit zu überraschen. Aber Gott hatte für seinen Ex-Angestellten einen anderen Plan.

Sembenis Werkstatt war bis 19 Uhr geöffnet. Bei einer knappen Stunde Fahrt würde es sich gerade noch ausgehen, den Schuhmacher in seinem Geschäft anzutreffen. Aber vorher musste das Wohnmobil noch fahrtauglich gemacht werden.

Am Vormittag hatten sie es so eilig gehabt, Martinellis Villa zu untersuchen, dass sie sogar das Frühstücksgeschirr stehen gelassen hatten; auf den Tellern waren nur mehr zerflossene Butterreste übrig. Die Krümel hatten sich hungrige Spatzen geholt. Eilig kurbelte Rosina an der Markise, sammelte das Frühstücksgeschirr ein und klappte Tisch und Sessel zusammen. Mario verstaute einstweilen im Inneren alles, was während der Fahrt zum gefährlichen Geschoss werden konnte.

»Gibt's was Neues von Martinelli?«, rief Rosina, während sie die Klappmöbel mit einem Expander im Gepäckfach fixierte.

»Moment.« Mario warf die welken Tulpen in den Müll und schüttete das Blumenwasser aus. Um ein Haar verfehlte er Rosina und machte eine entschuldigende Handbewegung. Dann öffnete er mit einem Ruck den Reißverschluss seitlich am Hosenbein, fischte sein Smartphone aus der Tasche und …

»Herrrrrgottsakrrrrrrament!« Beim Fluchen schlug Marios kroatisch gerolltes R extra durch.

»Was ist los?«

»Paola hat in der letzten Stunde viermal versucht, mich zu erreichen.« Ratlos hielt er das Smartphone in die Höhe. »Keine Ahnung, warum ich das Läuten nicht gehört habe.«

Er öffnete die Nachrichten-App und las vor:

»Lieber Mario, Onkel Lorenzo geht es schlecht. Es sind Komplikationen aufgetreten. Die Ärzte haben ihn vorsorglich in künstlichen Tiefschlaf versetzt. Bitte verständigen Sie meinen Cousin Enzo, seine Nummer ist ...«

»Lorenzo hat also noch einen Neffen? Ist das Paolas Bruder?«

Mario zuckte mit den Schultern. »Keine Ahnung. Aber wir sollten ihn kontaktieren.«

»Woher hat sie deine Nummer?«, fragte Rosina und fischte mit spitzen Fingern ein klebriges Papier zwischen den Sitzen hervor. Eine von Marios Müsliriegel-Verpackungen.

»Das war Lorenzos Idee. Er wollte, dass Paola und ich in Verbindung bleiben und uns gegenseitig auf dem Laufenden halten. Für den Fall, dass sich sein Zustand verändert.« Er seufzte. »Was somit eingetreten ist.«

Martinellis Gesundheitszustand ging ihm nahe, das wurde Rosina in diesem Moment bewusst. Sie hätte ihm gern etwas Tröstendes gesagt, aber sie verabscheute Floskeln wie: »Das wird schon wieder.« Also schwieg sie und legte Mario kurz ihre Hand auf die Schulter, bevor sie den Motor startete.

»Danke.« Seine tiefe Stimme und das breite Lächeln lösten ein angenehmes Kribbeln in Rosinas Unterbauch aus. Dann wählte er die Nummer von Martinellis Neffen..

Das Telefonat mit Enzo dauerte keine zwei Minuten.

»Er hat uns gebeten, bei ihm vorbeizukommen.« Mario stellte den Klingelton vorsorglich auf maximale Lautstärke, um keine weiteren Anrufe zu verpassen, und steckte sein Smartphone in die Cargohose.

»Später.« Rosina verließ Riva und lenkte das Wohnmobil Richtung Schnellstraße, an Torbole vorbei, Richtung Süden.

Die Fahrt von Riva nach Sandrà, einem Örtchen am südöstlichen Ende des Gardasees, dauerte knapp eine Stunde.

Bevor sie Lorenzos Neffen befragten, wollte sie auf jeden Fall zuerst mit Sembeni sprechen. Wenn Martinelli tatsächlich sein Stammkunde war, würde er vielleicht aus dem Nähkästchen plaudern und die Frage beantworten, die Rosina unter den Nägeln brannte.

»Weißt du, was mich wundert?« Mario starrte auf die Straße. »Gesetzt den Fall, *mein* Onkel wäre nach einem Herzinfarkt im Spital: Ich würde alle Familienangehörigen selbst verständigen.«

Rosina verstand. Warum hatte Paola ihren Cousin nicht selbst über Martinellis Zustand informiert, sondern Mario damit beauftragt? Gab es Ungereimtheiten in der Familie? Und wenn ja, warum?

Herausfinden, ob gegebenenfalls Martinellis Geschwister an der Firma beteiligt waren oder Mitspracherecht hatten, notierte sich Rosina im Geiste.

»Außerdem hat vor zwei Tagen Paolas Hochzeit stattgefunden. Wäre Enzo dabei gewesen, wüsste er von Martinellis Herzinfarkt.« Sie blickte konzentriert auf die Straße. »Wieso war dieser Enzo nicht eingeladen?« Eine berechtigte Frage.

Wohl kaum aus Gründen der Sparsamkeit; Martinelli hatte Mario stolz von der langen Gästeliste erzählt. Wesentlich wahrscheinlicher war ein Konflikt zwischen Enzo und Paola. Am besten, sie würden sich eine Gästeliste der Hochzeit organisieren.

Eine Zeit lang hing jeder von ihnen seinen Gedanken nach. Immer wieder lugte Rosina auf das Display ihres Smartphones; seit Tagen wartete sie auf einen Anruf eines pummeligen Veroneser Orthopäden mit Habsburgerlippe. Wieder tippte sie das Display an – nichts.

»Warum eigentlich ausgerechnet Riva?« Die Frage kam zwar unvermittelt, aber Mario wusste trotzdem sofort, was sie meinte. Rosina ortete einen gewissen Gleichklang zwischen ihnen. »Du meinst, warum ich ausgerechnet am Gardasee leben möchte?«

Er hatte sie sofort verstanden. Das gefiel Rosina. »Ja. Es gäbe zigtausende Möglichkeiten, wo du deinen Lebensabend verbringen könntest. Warum ausgerechnet am Gardasee?«

»Meinen Lebensabend?« Es klang, als hörte er das Wort zum ersten Mal. Oder als fände der die Formulierung angesichts seiner 55 Jahre unerhört. Mario dachte nach. »Weiß nicht. Wahrscheinlich brauche ich immer ein Gewässer in meiner Nähe.« Er lachte kurz auf, als wäre ihm der Gedanke erst jetzt gekommen. »Das Meer an der kroatischen Küste, die Themse, der Tiber in Rom ...« Er seufzte und starrte eine Zeit lang aus dem Fenster. »Vielleicht sind Gewässer eine Linie, die sich durch mein Leben ziehen.«

Rosina sah kurz zu ihm hinüber, nickte und konzentrierte sich wieder auf die Straße. Noch gut 30 Minuten Fahrt bis Sandrà.

»Was ist die Linie in *deinem* Leben?«, fragte er sie.

»Puh, das ist schwierig.« Rosina dachte kurz nach und lachte. »Nein, eigentlich ist es ganz einfach: die Kunst. Ich wollte schon immer den Werken großer Meister ganz nah sein. Mich hineinversetzen in ihre Gedanken, ihre Lebensläufe verstehen. Und alte Dinge wieder zum Strahlen bringen. Daran hat sich mein ganzes Leben orientiert. Daran und …« Sie biss sich auf die Lippen und schwieg. Es war zu früh, Mario davon zu erzählen. So gut kannten sie einander schließlich noch nicht.

»Kannst du bitte bei Bardolino abfahren?«, wechselte er das Thema, was Rosina nicht unrecht war.

Und noch bevor sie nachfragen konnte: »Die kleine Kirche, San Severo. Ich hab' da was zu besprechen.«

Rosina checkte die Zeit am Armaturenbrett. Bisher waren sie wesentlich schneller vorangekommen als gedacht. Marios Treffen, sofern es nicht allzu lange dauerte, würde also kein Problem darstellen. Es gab also keinen Grund, dem Ex-Kardinal seinen Wunsch abzuschlagen. Außerdem war Rosina neugierig auf den geheimnisvollen Gesprächspartner von Il Tatuato. Und: San Severo zählte zu den Kirchen, die sie immer wieder gerne aufsuchte.

Sie parkten das Wohnmobil in der Via Francesco Petrarca.

Nur ein paar Gehminuten entfernt lag San Severo mit dem hoch aufragenden Campanile.

Die Kirche zählt zu den besterhaltenen romanischen Bauwerken im Raum Verona und war lange geistlicher Dreh- und Angelpunkt von Bardolino. Heute liegt sie außerhalb der Altstadt, auf einer Seite angrenzend an die Hauptstraße. Aber auch umgeben von Wiesen, einer alten Mauer und knorrigen Olivenbäumen.

Rosina kannte die Kirche gut. Die Stadt Bardolino hatte vor ein paar Jahren die Restaurierung der Fresken ausgeschrieben. Sie hatte sich beworben, ein Angebot erstellt, aber bis heute keine Rückmeldung erhalten. Nicht ungewöhnlich. Manche Projekte wurden aus finanziellen Gründen auf Eis gelegt. Vielleicht würde der Auftrag in ein paar Jahren neu ausgeschrieben. Selbstständige Restauratoren wie Rosina brauchen einen langen Atem, wenn sie nicht verhungern wollen. Und sie müssen immer über Aufträge und Ausschreibungen informiert sein.

Das alte Gotteshaus hatte einen besonderen Charme, fand Rosina. Spröde, aber auf eine gewisse Weise anziehend. Besonders angetan hatte es ihr das Kegeldach, das auf dem hohen Campanile wie ein zu kleiner Zauberhut wirkte. Grobe Steinmauern ohne Verputz betonten die Schlichtheit der Kirche, die schon seit über 1.200 Jahren existierte. Rosina sah sich um und ließ die Einfachheit des Baus auf sich wirken.

»Ich gehe kurz rein. Dauert nicht lange.«

Und schon stiefelte Mario zum Eingang der Kirche. Die Reißverschlüsse an seiner Funktionshose klapperten leise, und Rosina fragte sich, wer wohl der geheimnisvolle Gesprächspartner war.

»Wer wohl! Da hättest du auch selbst draufkommen können«, unterbrach ich Rosina. »Die letzten Jahrzehnte war die Kirche quasi sein zweites Wohnzimmer. Er muss schon Entzugserscheinungen gehabt haben.«

Rosina starrte mich an. Mit einem Blick, als ob bei mir Hopfen und Malz verloren wären. »Danke für den Tipp, du Göttin der Empathie. Wenn du schon im Einklang mit deinen Mitmenschen bist, warum trägst du dann T-Shirts mit so oberschlauen Sprüchen drauf? Traust dich nicht, selbst zu sagen, was du denkst, oder was?« Sie spießte ein Stück Mortandèla auf und steckte es in den Mund. »Ein Zwiegespräch. Vier Augen, quasi. Nur Mario und sein Chef, das hab' ich natürlich gleich gewusst. Aber Religion und die Beziehung zu Gott sind etwas ganz Intimes. So ein Thema schneidet man nicht an, wenn man sich erst ein paar Tage kennt.«

»Was heißt hier intim? Die ganze katholische Welt kennt ihn als Il Tatuato. Da bleibt wohl kaum Platz für Geheimnisse.«

»Siehst du, genau dieses Problem haben die Royals auch!«

»Wer?« Rosinas Englisch war nicht das Gelbe vom Ei und stark italienisch gefärbt.

»Die Royals! Kate, Meghan und wie sie alle heißen.«

»Kate und Meghan sind keine echten Royals! Das sind Bürgerliche, die ihren Hauptgewinn geheiratet haben.«

»Ich bin mir gar nicht sicher«, überlegte Rosina, »ob so ein Leben etwas mit Hauptgewinn zu tun hat. Jeder Schritt wird beobachtet, alle Welt glaubt, dich zu kennen, und du wirst auf die paar Sätze reduziert, die du vor der Presse von dir gibst. Oder irgendein Hofschranze wittert einen Skandal und verkauft sein Wissen an die Yellow Press.«

»Einspruch!«, hielt ich dagegen, »Mario hat sehr viel mehr als nur ein paar Sätze von sich gegeben. Ich meine, der Mann hat Theologie und Philosophie studiert.«

»Was ich damit sagen wollte: So ein Leben als Kardinal stelle ich mir stressig vor. Aus irgendeinem Grund muss er schließlich das Amt zurückgelegt haben. Das gab's übrigens schon öfter.«

»Dornenvögel«, sagte ich nur. Die Herz-Schmerz-Serie um den Geistlichen Ralph de Bricassart und die schöne Meggie hatte mir unvergessliche Momente beschert.

Rosinas Blick war streng. »Wenn du mir damit etwas unterstellen willst, pass bloß auf! Schließlich hat er nicht wegen mir sein Amt niedergelegt. Damit habe ich nichts zu tun.« Sie trommelte mit den Fingern auf die Tischplatte. »Außerdem«, kehrte sie zum Thema zurück, »gibt es einen Unterschied zwischen beruflichen und privaten Gesprächen. Und weil ich von Grund auf zurückhaltend bin, habe ich mich da nicht eingemischt, sondern vor der Kirche auf Mario gewartet.«

»Du. Zurückhaltend.« Ich schüttelte den Kopf und ließ sie weitererzählen.

»Andiamo avanti! Komm, wir fahren!« Mario kam zügig aus der Kirche und winkte. Er wirkte energiegeladen und spritzig. Rosina nahm sich vor, bei der nächsten Konferenz dabei zu sein. Die Gespräche, die er da führte, wirkten wie eine Geheimwaffe. Ähnlich den Asanas, die sie schon seit Langem nicht mehr praktizierte, obwohl sie wusste, wie gut sie ihr taten.

Dank Servolenkung manövrierte Rosina das Wohnmobil problemlos aus der engen Parklücke.

»Was mir soeben eingefallen ist«, begann Mario schwungvoll, hielt aber kurz die Luft an, als Rosina einen geparkten Carabinieri-Wagen nur wenige Zentimeter verfehlte.

»Ja?«

»Es gibt vielleicht einen Zusammenhang zwischen dem Gemälde und dem Kräutertöpfchen.«

»Dem Estragon?«

Mario nickte. »Estragon gilt als Heilpflanze der Götter.« Mit Zeige- und Mittelfingern beider Hände malte er Gänsefüßchen in die Luft. »Als Würzkraut passt er zu Fisch und Geflügel, außerdem verfeinert er Senf. Estragon wirkt sich positiv auf die Verdauung aus, fördert den Gallenfluss und treibt den Harn. Als Öl angesetzt, soll er Rheuma und Muskelkrämpfe lindern.«

»Und was ...« Rosinas Frage ging in Marios Begeisterung unter. Altersbedingte Wehwehchen hielt sie für eine zu weit hergeholte Erklärung für ein Kräutertöpfchen in Martinellis Arbeitszimmer.

»Er wirkt antibakteriell«, zählte er an seinen Fingern ab, »entzündungshemmend, beruhigend, verdauungsfördernd.«

»Hast du schon gesagt.«

Kurzes Innehalten. Stirnrunzeln. »Stimmt. Er kommt in Osteuropa, Asien und Nordamerika vor, enthält Gerbstoffe, Bitterstoffe und Flavonoide.«

Rosina zwang sich zur Geduld. Sie atmete konzentriert aus.

»Und«, er legte eine Pause ein, »er ist der ägyptischen Göttin Isis geweiht.«

»Hast du in deiner Schulzeit ein Referat über Kräuter gehalten?«

»Nein.« Kurze Pause. Und dann, wie ein Geistesblitz: »Aber das hätte ich machen sollen! Genau!« Fassungslos über die verpasste Chance griff er sich an die Stirn. »Meine Großmutter hatte einen wunderbaren Bauerngarten, mit allen Kräutern drin, die man sich vorstellen kann! Meine Mutter war gelernte Köchin. Sie konnte das Wissen meiner Großmutter in ihrem Beruf verwerten. Und ich? Warum habe ich das nicht gemacht? Warum habe ich nichts weitergegeben?«

Pensionsschock, vermutete Rosina. Sie suchte nach einer Antwort. »Vielleicht … hast du einen anderen Weg gefunden, mit deinem Wissen für die Menschen da zu sein.« Sie sah ihn von der Seite her an und lächelte aufmunternd. »Jetzt zum Beispiel.«

»Hm?« Mario war von der Spur abgekommen.

»Bild, Estragon?«, lotste ihn Rosina zurück. Und als er immer noch nicht reagierte: »Der Zusammenhang!«

»Stimmt. Ich glaube, dass der oder die Diebe den Estragon absichtlich unter dem leeren Nagel hinterlassen haben. Sozusagen als Botschaft.«

Rosina wog alle Möglichkeiten ab, schüttelte aber den Kopf. »Ergibt für mich keinen Sinn.«

»Vielleicht doch. Estragon und das *Susanna*-Bild hängen zusammen. Aber nur, wenn man den wissenschaftlichen Namen berücksichtigt.«

»Der da wäre?«

Mario zögerte. »Du kannst Latein nicht ausstehen.«

»Ich mache eine Ausnahme.« Rosina lächelte versöhnlich. »Also?«

»Artemisia.«

Natürlich war Sembeni viel zu sehr Geschäftsmann, als dass er aus dem Nähkästchen plauderte. Geheimnisse und Kaufgewohnheiten seiner Kunden hütete er wie einen Schatz. Rosina hatte das im Grunde ihres Herzens befürchtet. Aber gehofft hatte sie dann doch, dass die Fratelli Sembeni mit dem einen oder anderen Detail herausrückten.

»Zum Beispiel hätte mich interessiert«, verriet sie am Abend, »ob die Schuhe immer für ein- und dieselbe Dame angefertigt wurden oder für verschiedene.«

Ich zuckte die Schultern. »Warum?«

»Warum?« Rosina legte den Kopf in den Nacken und stöhnte. »Weil das natürlich ein Meilenstein in den Ermittlungen gewesen wäre!«

»Hä? Ich dachte, Hinweise auf die Täter wären der Meilenstein gewesen.«

»Sag ich ja.« Sie zog eine Augenbraue hoch und schwieg. Ich tappte wieder mal im Dunkeln.

»Also eine Aschenputtel-Version: Finde heraus, wem der Schuh gehört, und du bist am Ziel«, sagte ich schließlich.

»So ähnlich, ja.« Rosina fischte eine Zigarette aus einer Packung *Camel*, ließ sie durch die Finger kreisen und steckte sie dann wieder zurück in die Reihe. Sorgfältig klappte sie die Lasche zu und klopfte mit der Packung auf die Tischkante. Zweimal; ihr Mantra gegen die Nikotinsucht. Seit sie endgültig in Riva wohnt, habe ich sie nie rauchen sehen, aber sie spielt das Spiel der Enthaltsamkeit mindestens fünfmal am Tag. Unter normalen Umständen. Seit dem *Susanna*-Diebstahl öfter.

»Die Schuhe sind also eine Spur zum Täter?«

Rosina blies Luft aus dem rechten Mundwinkel. Als hätte sie den ersten Zug gemacht. »Oder zur Täterin, ja.« Sie nickte. »Es gibt da eine Verbindung. Ich weiß zwar noch nicht, welche, aber es gibt eine.«

»Was macht dich da so sicher?«

Sie schnippte imaginäre Asche von der nicht vorhandenen Camel. »Kriminalistisches Gespür.«

Der Besuch in Sembenis Werkstatt war jedenfalls enttäuschend. Zumindest, was Rosinas Aschenputtel-Theorie betraf. Mario hingegen, der seit Kindheitstagen keine Schusterwerkstatt mehr betreten hatte, war von den Gerüchen verzaubert, die von der Werkstatt nach vorn in den Verkaufsraum drangen und mit den Jahren jeden Zentimeter des Geschäftslokals erobert hatten.

Gerben ist eine der ältesten kulturellen Errungenschaften der Menschheit. Tierhaut, langfristig mittels Gerbstoffen konserviert, verströmt einen unverwechselbaren Duft. Jahrtausende lang hatte der Ledergeruch Zeit, sich an unsere Synapsen anzudocken und mit Bildern in unserem Gehirn zu verbinden: Jagd, Kleidung, Fleisch. Nicht zu vergessen die damit verbundenen Erfolge: gebannte Gefahr, wärmende Hüllen und gesicherte Mahlzeiten. Das eigene Überleben und das seiner Mitmenschen zu sichern. Quasi die Urinstinkte der Menschheit. All das löste bei Mario ein einzigartiges Kopfkino aus, wie er da in Sembenis Werkstatt stand und den Mix aus Ledergeruch und Klebstoff einsog.

Und da er hochwertige und langlebige Produkte schätzte, hatte er begeistert und frei von der Leber weg in der Werkstatt auf einem der Arbeitshocker Platz genommen und dem Maestro über die Schulter geschaut. Natürlich hatte der Schuster sofort Il Tatuato erkannt, und nun plauderten sie ungezwungen über schief stehende große Zehen, Hühneraugen und Sonderanfertigungen der vatikanischen Schuster. Rosina stand abseits und lauschte etwas säuerlich dem Gemurmel. Die Befragung beim Schuster ihrer Träume hatte sie sich anders vorgestellt. Anstatt sich wie sonst nach ihrer Befindlichkeit zu erkundigen, hatte Sembeni Mario sofort in Beschlag genommen und begrüßt wie einen alten Bekannten. Rosina fühlte sich vernachlässigt und vergessen, wie ein ausgelatschtes Paar Sportschuhe, das man zum Lüften in die Ecke stellt. Verdrossen schritt sie die Regale im Verkaufsraum ab. Ein vertrautes Ritual, das zuverlässig ihren

Puls senkte und die Endorphinausschüttung ankurbelte. Diesmal allerdings nicht. Die farbenfrohen Modelle aus Sembenis Kollektion entfachten ihr Jagdfieber. Da Ziegenvelours, dort Rindsnappa. Feinporig, samtig schimmernd, mit oder ohne Applikationen: Tierhäute in ihrer edelsten Form. Nur leider mit Rosinas neuer Wohnsituation nicht mehr vereinbar. Mit äußerster Selbstbeherrschung ließ sie den Kaufrausch abklingen und holte zur Beruhigung eine Zigarettenpackung aus den Tiefen ihrer Tasche.

»Vietato fumare, Signora!« Sembeni kam mit Il Tatuato aus der Werkstatt und blickte streng.

»Ich rauche nicht.«

»Warum haben Sie dann eine Zigarette in der Hand?« Dass sich Sembeni nicht an ihr altes Entzugsritual erinnerte, nahm ihm Rosina übel.

Sie war mittlerweile zu entnervt, um Sembeni ihre Entzugsstrategie zu erklären. Die Hitze, die lange Fahrt von Riva bis hierher und ihr unterdrücktes Verlangen nach Schuhen setzten ihr zu. Außerdem die vergangenen Nächte und ihre unbändige Lust auf eine *Camel*. Zu viele Störfaktoren, um noch entspannt darüber nachzudenken, wer dem neureichen Martinelli ein Bild gestohlen haben könnte. Die elektrisierende Wirkung, die die Tätersuche auf sie gehabt hatte, war auf einmal verpufft. Rosina hatte die Nase voll.

Überhaupt, Tätersuche: Bis heute hatten sie nichts außer winzigen Puzzleteilchen, die nicht zusammenpassen wollten. Die Fahrt nach Sandrà, fand Rosina, hätten sie sich sparen können. Mehr, als dass Signor Martinelli regelmäßig Damenschuhe bestellte, hatten sie nicht herausbekommen.

Sie waren kein Stückchen weitergekommen und tappten nach wie vor im Dunkeln. Rosinas Laune war, gelinde gesagt, im Keller. Dort brodelte und gärte sie vor sich hin, blubberte, kochte hoch und schäumte. Ein Funke, ein falsches Wort konnte eine verheerende Explosion auslösen. Und was am meisten Gefahrenpotenzial barg: Rosina hatte Hunger. Kalorisch unterversorgt, sprich: humorlos, schlapp und gereizt. Kein Wunder, schließlich hatte sie seit dem Frühstück nur Marios halben Ballaststoffriegel im Magen, und den hatte ihr Körper längst verbrannt. Alte Faustregel: Je niedriger der Blutzuckerspiegel, desto höher das Konfliktrisiko. Normalerweise hatte sie sich im Griff und hielt durch bis zur nächsten Pasticceria. Mit einem Cornetto oder einer Torta alla cioccolata ließ sich die Energiekurve steuern und das Ruder herumreißen. Aber diesmal hatte sie nicht einmal mehr die Kraft, sich zu beherrschen. Und sie hatte auch keine Lust dazu.

»Gehen wir! Vor unserem Termin brauche ich noch etwas zu essen, und ich habe keine Ahnung, wo hier eine gute Pizzeria ist!« Normalerweise hätte sie Sembeni um einen Insidertipp gebeten, aber bei niedrigem Blutzuckerspiegel setzt eben die Logik aus. Sie tippte ungeduldig auf ihre Uhr und riss die Tür auf.

»Mamma mia, ich habe mir oft eine jüngere Frau gewünscht!« Sembeni klopfte Il Tatuato mitleidig auf die Schulter. »Aber wenn ich's mir überlege, sind Sie schlimmer dran als ich: Meine Frau kann wenigstens kochen!«

9. KAPITEL

Erzählt von einem Krach, einer räudigen Katze und dem gutem Draht eines Ex-Kirchenmannes nach oben. Es geht um Zwickmühlen und Gewitter, um Loyalität in Blau-Gelb, Paketdienste und Brustpanzer. Rosina wird friedlich, und Mario isst Baccalà.

Und da hatte der Spaß endgültig ein Loch. Rosina schaffte es gerade noch, nicht im Geschäft zu explodieren.

»Er wäre ein guter Beichtvater«, kommentierte Mario noch Sembenis Verschwiegenheit. Weiter kam er nicht mehr.

Die Luft in der unscheinbaren Via Garibaldi war plötzlich gewittergeladen und drückend. Der schwüle Dunst lag wie Blei auf den Schultern und machte das Atmen schwer.

»Wie ich sehe, hast du alles im Griff!«, fauchte Rosina.

Hinter ihr winkte Sembeni ein letztes Mal Mario zu und ließ dann rasselnd die grünen Rollläden hinunter. Außer ihnen war niemand unterwegs.

Nur eine struppige Katze schlich über die Straße und flüchtete sich in den Schatten eines geparkten Autos.

»Ich weiß nicht, was du meinst.«

»Natürlich weißt du nicht, was ich meine! Du hast da drinnen eine One-man-Show abgezogen. Nix mit Teamwork, oder?«

Rosina spurtete los in Richtung Wohnmobil; nach einer Pizzeria, einer Bar oder einem Supermarkt würde sie hier vergeblich suchen, so viel war klar. Momentan war das Hungergefühl aber ohnehin verflogen. In ihrem Bauch brüllte die Wut. Sie tastete nach dem Schlüssel in ihrer Tasche und entsperrte das Wohnmobil, obwohl sie noch gut 50 Meter entfernt war.

»Ich habe mich mit Signore Sembeni unterhalten – was war falsch daran?« Mario lief neben ihr her.

Rosina legte einen Zahn zu und überholte ihn. »Ach gar nichts!«, rief sie über die Schulter zurück. »Außer dass ich nur zur Zierde herumgestanden bin.«

Mario blieb ruckartig stehen. Diese Art von weiblichem Unmut überforderte ihn offensichtlich. »Das waren vertrauensbildende Maßnahmen! Bist du etwa eifersüchtig?«

»Worauf denn?«, schrie Rosina, die mittlerweile das Wohnmobil erreicht hatte, »auf euer Gespräch über fehlgebildete Füße? Ich bitte dich!« Sie riss die Tür auf, schwang sich in die Fahrerkabine und knallte ihre Handtasche auf den Beifahrersitz. Der Motor heulte empört auf, als sie startete und zugleich beschleunigte.

»Komm, lass uns irgendwo etwas essen gehen!«, rief Mario versöhnlich, aber Rosina schüttelte den Kopf.

Bisher hatte es für ihre Männerprobleme nur eine Lösung gegeben: den Schlussstrich. Rosina hatte sich aus der Affäre gezogen, wenn es brenzlig wurde, wenn sie Stellung beziehen musste oder es Redebedarf gab. Nicht, dass ich meiner besten Freundin die alleinige Schuld an ihren bisherigen Liebesdebakeln geben würde. Aber vieles wäre einfacher gewesen, wenn sie sich den Konflikten gestellt hätte, die eben so auftauchen in Beziehungen. Stattdessen hatte sie jedes Mal das Weite gesucht, die Drama-Queen gegeben oder, alla italiana, den Herzensbrechern Vasen und Kleidungsstücke vom Balkon hinterhergeworfen. Finale grande!

Aber diesmal lief es etwas anders. Diesmal stand weglaufen nicht auf dem Plan. Und das, stelle ich mir vor, überforderte Rosina. Denn ihre Symbiose mit dem Ex-Kardinal unterschied sich von ihren bisherigen Verbindungen in vier Dingen.

Erstens: Mario war kein Herzensbrecher, sondern ihr Ermittlungs-Co. Sprich, andere Ausgangsposition.

Zweitens ging es hier nicht um gebrochene Liebesschwüre und falsche Doktortitel, sondern schlichtweg um Rosinas Eitelkeit. Auch wenn sie es nie zugeben würde: Ja, sie war eifersüchtig. Vielleicht sogar ein kleines bisschen gekränkt. Zumindest aber irritiert. Die freundschaftliche Plauderstunde in der Schuhwerkstatt nahm sie Mario gewaltig übel. Sie hätte sich das übliche Begrüßungsszenario bei Sembeni gewünscht: »Signora, ist das eine Freude, Sie wiederzusehen! Darf ich Ihnen unsere neue Kollektion vorstellen? Ihr neues Kleid – bellissimo! Ich bin sicher, wir finden Leder in der passenden Farbe dazu.« Dann Espresso, ein bisschen Tratsch über die schwierige Auftragslage, die Folgen der Pandemie, und schließlich ein neues Paar Schuhe anmessen. Es wäre so schön gewesen. Aber so war's eben nicht.

Drittens: Rosina konnte Mario gar nicht vor die Tür setzen. Stichwort ausgesperrt. Stichwort Nächstenliebe.

Und viertens war da immer noch dieses Bauchgefühl. Diese Unsicherheit, die Rosina nicht losließ und die sie unbedingt aus der Welt schaffen wollte. Sie musste herausfinden, wo sich ihre und Marios Wege schon einmal gekreuzt hatten. Und warum er ihr in Sachen *Susanna*-Diebstahl etwas Wichtiges verheimlicht hatte.

Rosina saß also in der Zwickmühle. Aber das hätte sie nie und nimmer zugegeben, geschweige denn sich selbst eingestanden. Lieber kostete sie ihre vermeintliche Überlegenheit noch ein bisschen aus.

»Hab' keinen Hunger mehr.« Sie trat aufs Gas und fuhr los.

»Rosina!« Mario hämmerte ans Fenster der Beifahrerseite. Nur um Zentimeter verfehlte sie seinen Fuß, als sie an ihm vorbeirauschte.

Beim Blick in den Rückspiegel meldete sich ihr schlechtes Gewissen. Es kratzte an ihren Magenwänden und beschwor Übelkeit herauf. Rosina schaltete in den nächsten Gang und redete sich ein, es wäre nur der übermächtige Hunger, der sich wieder bemerkbar machte.

»Krrrreuzkrrrrruzifix!« Mario stampfte mit dem Fuß auf. »Sag ihr, dass sie stehen bleiben soll!« Und sieh da: Der Kontakt zur obersten Instanz wirkte.

Das Wohnmobil rollte noch ein paar Meter bis zum Ende der Gasse. Setzte den Blinker. Und dann, kurz bevor es um die Ecke bog, leuchteten die Bremslichter auf. Der schwarze Koloss blieb stehen. Wie ein Schlachtschiff, das im letzten Moment den Kurs ändert. Die Hydraulik zischte. Rosina war stehen geblieben und hatte die Beifahrertür geöffnet.

Während in Sandrà das Gewitter kurz davor war, sich zu entladen, zogen auch in Riva dichte Wolken auf. In meiner Werkstatt wurde es düster. In der Via Fiume drängten sich die Häuser aneinander und ließen nur wenig Tageslicht in die unteren Geschosse. Und auch das wurde jetzt durch dunkle Wolkenschwaden getrübt.

Die Altstadt von Riva war wie ausgestorben. Signora Degasperi von nebenan hatte bei ihrer Änderungsschneiderei bereits die Rollläden heruntergelassen, und in der Pasticceria von Signor Tomasi arbeitete nur die Kühlvitrine auf Hochtouren.

An Tagen wie diesen planschten, surften oder segelten die Touristen lieber im Gardasee, anstatt sich beim Schlendern auf Rivas aufgeheizten Pflastersteinen die Fußsohlen zu verbrennen. Wer konnte, rettete sich lieber ins kühle Nass.

Ich schnitt mit dem Stanley-Messer lustlos Streifen von einer großen Rindshaut und nähte sie zu Taschenhenkeln. Die Nähmaschine ratterte laut und blechern. Üblicherweise klopfte spätestens nach zehn Minuten Signora Degasperi an die Wand, um sich über den Höllenlärm meiner alten Singer zu beschweren. Aber heute störte das niemanden. Alle waren ausgeflogen. Ich war allein, verrichtete monotone Arbeiten und bemitleidete mich selbst.

Während ich Nähgarn auf die Unterfadenspule wickelte, dachte ich über Rosina nach. Über ihren Hang zu Medizinern, ihr neues Zuhause und dass sie immer an die Falschen geriet. Ich versuchte, mich zu erinnern, ob eine von Rosinas Beziehungen jemals länger als zwei Monate gehalten hatte. Mir fiel keine ein. Aber immerhin: Da war sie besser dran als ich. Mein Liebesleben war, vorsichtig ausgedrückt, am Sand. Amoremäßig herrschte bei mir Flaute, seit ich von Salzburg nach Riva gezogen war. Und das Schlimmste: Ich kannte den Grund dafür nicht. Rosina meinte, ich stünde mir selbst im Weg, weil ich mich weder öffnete noch fallen ließ. Außerdem fehle mir das Talent zur Lüge.

»Männer wollen halt nicht immer die Wahrheit hören«, so ihr Tipp. »Sie bevorzugen eine geschönte Version, in der sie als Retter dastehen und strahlen können.«

»Alles, was Recht ist! Wenn ich in meiner eigenen Beziehung nicht ehrlich sein kann, wo denn dann?«

Dass sie selbst größten Wert auf Ehrlichkeit legte und lieber Single blieb, als angeflunkert zu werden, ignorierte sie. »Das ist doch etwas ganz anderes! Wenn du einem Mann das Gefühl gibst, er wäre dein Hauptgewinn, tust du was für sein Ego! Du polierst es, bringst es zum Funkeln und erhöhst seinen Mehrwert. So eine kleine Flunkerei geht glatt als Beziehungspflege durch! Aber wenn mir einer vorgaukelt, er wäre Herzchirurg, obwohl er in Wirklichkeit Haare und Popel aus dem Freibad fischt, dann ist das Betrug! Weil er damit nichts für mein Ego tut, sondern nur sich selbst ins bessere Licht rückt. Und genau darum geht's: den anderen besser erscheinen lassen, als er ist. Das ist Liebe. Sich selbst upgraden, das ist Angeberei. Aber davon verstehst du nichts, weil du diesen Level in einer Beziehung eben noch nie erreicht hast. Bete lieber, dass der ideale Mann für dich endlich geboren wird! Schließlich bist du auch nicht mehr ganz knitterfrei um die Augen!«

Sie musste es ja wissen.

Als ich gut 20 Laufmeter Taschenhenkel auf Vorrat genäht hatte, bemerkte ich einen Schatten unter dem Spalt meiner Werkstatttür. Ich verfluchte meine Entscheidung, dass ich die alte Glastür gegen das schwere Holztor hatte austauschen lassen. Seit ich nicht mehr sah, wer vor dem

Geschäft stand, musste ich ständig meine Arbeit unterbrechen und zur Tür gehen.

»Chi è là?«, holperte ich auf Italienisch und blickte auf die Uhr: Fast 18.30 Uhr. Relativ spät für einen Kundenbesuch. Ich stand vom Nähmaschinentisch auf, um zu öffnen.

»Wer ist da?«, fragte ich noch einmal.

»Lukas.«

Sagte mir nichts. Diese tiefe, angenehme Stimme hätte ich mir gemerkt. Ich legte die Hand auf die Türklinke und riss das schwere Holztor schwungvoll nach innen auf. Mit der Stirn schlug ich hart an die Türkante, prallte zurück und erkannte gerade noch schwarze Herrensportschuhe in Übergröße vor mir, bevor ich zu Boden ging. Schuld daran war eine Lederschlaufe, die sich beim Gehen um meinen Fuß gewickelt und bei jedem Schritt enger zugezogen hatte. Mit dröhnendem Kopf und schwindlig vom Aufprall saß ich an der Türschwelle zu meiner Werkstatt.

»Ist das Via Fiume Nummer 176? Ich soll hier etwas abgeben.«

Lukas beugte sich zu mir herab. Ich packte seine Hand, die er mir entgegenstreckte, und zog mich daran hoch. Nicht nur die Sportschuhe waren übergroß; die dazugehörigen Beine waren die längsten, die ich je gesehen hatte. Vor mir stand ein Riese; er überragte mich um gut einen halben Meter. Die Ärmel seines Shirts spannten über den trainierten Oberarmen.

»Äh … ja. Das ist meine Werkstatt.«

»Dann bin ich hier richtig.« Eine dunkle, feste Stimme. Als käme er mit jeder Situation zurecht.

Ich klopfte mir Lederflusen vom schwarzen T-Shirt und musterte ihn. Aufrechte Haltung, akkurater Haarschnitt, sinnliche Lippen. Dichte Augenbrauen, strenger

Blick, aber ein gewinnendes Lächeln. Ein Gesicht wie gemeißelt. Und ein Akzent zum Niederknien. Ich fand ihn auf Anhieb sympathisch.

Erst jetzt stellte er sich vor: »Sprüngli. Lukas Sprüngli, GSP.«

Klang nach einem Zustelldienst. »Ich habe nichts bestellt.« Außerdem kannte ich nur DPD, EMS und UPS.

»Nicht für Sie. Ich soll hier für Mario etwas abgeben.« Lukas steckte den Kopf an mir vorbei in die Werkstatt und sah sich suchend um. »Ist er hier?«

»Nein, wer …« Ich musterte ihn – Paket hatte er keines dabei. Auch keinen Briefumschlag. »Woher, sagten Sie, kommen Sie?«

»GSP. Guardia Svizzera Pontifica.«

Rom, der Vatikan, Mittelalter-Kostüme in Blau-Gelb. Sein Akzent. So langsam dämmerte es mir: die Schweizergarde!

»Sie sind wegen Il Tatuato hier?«

»Messerscharf erkannt, Signora.« Sein smartes Lächeln streckte mich nieder. »Darf ich reinkommen?«

Ich hatte vergessen, dass wir immer noch auf der Straße standen. »Sehr gerne!«, hauchte ich und rieb mir die Stirn.

Lukas strahlte mich an, bückte sich unter dem Türrahmen und trat ein.

Trotz mangelnder Erfahrung mit Frauen war Mario klug genug, sich Zeit für ein Abendessen mit Rosina zu nehmen. Quasi als Ausgleich zum Stopp bei San Severo, den sie für ihn eingelegt hatte. Er selbst hätte zwar auf ein Abendessen ohne Weiteres verzichten können; die vielen Prozessionen, Empfänge und langen Messen während seiner Vatikan-Zeit hatten ihn zum Hungerkünstler geformt. Aber er hatte soeben am eigenen Leib erfahren, dass Rosina da anders tickte. Den urknallartigen Krach hatte er in letzter Sekunde verhindern können.

An einer ordentlichen Mahlzeit führte also kein Weg vorbei, ansonsten war an einen Besuch bei Lorenzo Martinellis Neffen gar nicht zu denken.

Sie fanden eine Trattoria in Malcesine und setzten sich in die Laube, die mit wildem Wein bewachsen war.

Rosina bestellte Pasta alla Boscaiola und Mario Baccalà nach Trentiner Art. Eigentlich hatte ihm Rosina sein Leibgericht bei Gelegenheit selbst kochen und servieren wollen. Aber dafür war, fand sie, noch Zeit. Heute wäre er ihrer Kochkünste ohnehin nicht würdig gewesen.

Sie tranken Spumante und bedienten sich bei den Antipasti: frische Focaccia, getrocknete Tomaten und ein Schälchen Olivenöl.

»Wir sollten uns konkrete Fragen überlegen, die wir Enzo stellen.« Aus der Seitentasche seiner Cargohose fischte er Block und Bleistift. Die Zeit bis zum Hauptgericht wollte Mario für Brainstorming nutzen. Hinterher würden sie keine Zeit mehr dazu haben; vom Restaurant bis zu Enzo Martinellis Adresse waren es nur wenige Autominuten. Er wollte auf keinen Fall noch einmal unvorbereitet in die nächste Ermittlungskatastrophe schlittern. »Welche Punkte aus Enzos Leben könnten interessant für uns sein?«

Rosina tauchte ein Stück Focaccia ins Öl und ließ sich Zeit mit der Antwort. »Oberstes Gebot ist jedenfalls, dass Enzo nicht sofort bemerkt, weshalb wir ihn eigentlich besuchen.« Sie zog die Augenbrauen hoch. »Streng genommen hätten wir ihn auch einfach per Anruf darüber informieren können, wie es um seinen Onkel steht.«

»Streng genommen: ja. Paola hat mir schließlich seine Nummer geschickt.« Mario nickte. Aber Körpersprache und Mimik waren bei einer Befragung ebenso aufschlussreich wie die Stimme eines Menschen. Also waren Rosina und er übereingekommen, die Nachricht persönlich zu überbringen, um Enzo bei der Gelegenheit auf den Zahn zu fühlen.

»Frage eins«, notierte Mario und murmelte halblaut mit, »womit verdient Enzo seinen Lebensunterhalt?«

»Er ist arbeitslos. Hin und wieder schickt er Leserbriefe an Lokalblätter. Meistens über die Ausbeutung von Fabrikarbeitern, zu niedrige Löhne und zu hohe Grundstückspreise. Gelegentlich jobbt er in einem Supermarkt.«

Auf den fragenden Blick des Ex-Kardinals antwortete sie leicht unterkühlt: »Recherche in den Sozialen Medien. Hab' ich während deiner Schusterlehre erledigt.«

Mario ließ das unkommentiert. Er legte den Bleistift an die Lippen und schloss kurz die Augen. »Jedenfalls ist es wichtig zu wissen, wo Enzo war, als das Bild gestohlen wurde.« Hastiges Bleistiftgekritzel. »Frage zwei: Wo war Enzo?«

»Frage drei«, ergänzte Rosina, »wusste Enzo überhaupt von dem Bild?« Rosina spießte mit der Gabel eine der eingelegten Tomaten auf. »Gut möglich, dass er schon seit Langem keinen Kontakt mehr zu Martinelli hatte. Vielleicht war er sogar noch nie in der Villa, seit Martinelli sie besitzt.«

»Was zu Frage vier führt: Hat Enzo einen Schlüssel?«

Mario kritzelte eifrig. »Und vor allem: Hatte er ein Motiv?«

Rosina wurde schwindlig. Einerseits vor Hunger, andererseits, weil ihr Marios Ehrgeiz unheimlich war. Wenn er seine Fragen in diesem Tempo auf Enzo abfeuerte, würde der sich schlimmstenfalls verschließen wie eine Auster. Gott sei Dank kamen in diesem Moment die Penne alla Boscaiola. Ein einfaches Gericht mit Waldpilzen, Tomaten, Speck und Rotwein, deftig und nahrhaft. Eben nach Holzfällerart. Genau danach war Rosina jetzt. Die Soße, sämig und reichhaltig, duftete herrlich nach Petersilie und Pilzen.

»Mahlzeit!« Mario genoss den ersten Bissen seiner Baccalà alla Trentina und schloss kurz die Augen und begann zu essen.

Kleiner Ausflug in die Kulinarik gefällig?

Als Kühlketten vom Fischernetz bis ins Fischgeschäft noch kein Thema waren, wurde Fisch durch Salzen und Trocknen haltbar und transportfähig gemacht. Jahrhundertelang war also der Baccalà (Klippfisch) ein unentbehrlicher Proviant auf langen Seereisen. Die Seefahrer verbreiteten Klippfisch und den nicht gesalzenen Stockfisch (Stoccafisso) auf ihren Routen weltweit.

Als Baccalà bezeichnet man in ganz Italien gesalzenen Trockenfisch, nicht zu verwechseln mit Stoccafisso!

Beide werden zwar an der Luft getrocknet, der Baccalà wird aber zuvor gesalzen, Stockfisch nicht. Baccalà-Rezepte gibt es in allen Regionen Italiens.

Wichtig bei sämtlichen Rezepten ist das Wässern des Trockenfisches vor der Zubereitung. Zwei Tage lang wird der gesalzene Trockenfisch in kaltes Wasser gelegt, das man mehrmals wechselt.

Bei der Trentiner Baccalà-Version werden die gehäuteten und entgräteten Fischstücke mit Kartoffeln und Selleriescheiben in eine ofenfeste Form geschichtet, mit einer Paste aus Zwiebeln, Petersilie, Knoblauch und Öl bestrichen und gegart. Erst nach 30 Minuten Garzeit im Ofen kommt die Überraschungszutat zum Einsatz: Milch. Zwei weitere Stunden später fehlt nur noch eine Handvoll geriebener Grana Trentino zum großen Geschmacksglück.

Gutes Essen versöhnte Rosina immer ein kleines bisschen mit der Welt. Die Gehirnwindungen liefen wieder wie geschmiert, und ihr Vokabular war entschärft. Hochkalorisch gestärkt und mit dem Fragenkatalog im Gepäck machten sie sich wieder auf den Weg nach Norden, zum Dörfchen Cassone. Dieser Ortsteil von Malcesine liegt, von Bardolino kommend, direkt an der Gardesana Orientale, der Uferstraße östlich des Gardasees.

Sie parkten das Wohnmobil ein paar Meter vor der Ortseinfahrt und gingen den Rest zu Fuß. Vor einem dreistöckigen Haus, direkt am winzigen Hafen von Cassone, blieben sie stehen.

»Hier muss es sein.« Mario blätterte in seinem Notizblock. Bereits jetzt waren fast alle Seiten vollgeschrieben. Es raschelte. Planloses Vor- und Zurückblättern war, neben dem Auswickeln von Hustenzuckerln in Konzerten, so ziemlich das Unerträglichste für Rosina. Zumal sie sich lieber auf ihre grauen Zellen verließ.

»Natürlich ist es hier.« Sie atmete genervt aus und deutete auf eines der Fenster. »Wir werden bereits erwartet.«

Im obersten Stockwerk, am einzigen Fenster ohne Blumenschmuck, lehnte ein junger Mann in dunkelblauem Joggingpulli am Fensterbrett. Rosina schätzte ihn auf Ende 20. Er grüßte mit einem Kopfnicken und richtete sich in Zeitlupentempo auf. Den Fensterplatz verließ er wahrscheinlich nur, um den Türöffner zu betätigen.

Das Haus war ohne Aufzug und Enzo Martinellis Wohnung im dritten Stock.

Im Stiegenhaus herrschte Muffigkeit aus billigen Kunststoffschuhen vom Diskonter, feuchten Wänden und altem Fett. Eine der Neonröhren flackerte, aus den Briefkästen quollen bunte Werbezeitschriften, und auf die Pinnwand hatte jemand »Fuck Corona« gesprüht. Auf dem fleckigen Steinfußboden lag eine FFP2-Maske, die vor langer Zeit einmal weiß gewesen war.

»Na, dann herzlich willkommen«, murmelte Rosina.

Als sie das dritte Stockwerk erreicht hatten, stand Enzo bereits in der offenen Wohnungstür.

10. KAPITEL

Erzählt von Mief, Schwimmreifen, Not und Tattoos. Es geht um Väter und Knöpfe. Rosina kratzt gerade noch die Kurve, hat Mitleid, aber keine Erklärung dafür. Ein Gentest bedeutet Krieg, ein Schweizer mischt sich ein, und Rosina überwindet ihre Konfliktangst. Mario singt zu Nat King Cole, und Rosina kocht Risotto.

Enzo Martinellis Dasein war ein ewiges Hoffen auf den großen Gewinn. Ein lebenslanges Lottospiel: große Erwartungen, aber null Chancen. Immer knackten die anderen den Jackpot, nie Enzo.

Als er drei Jahre alt gewesen war, trennten sich seine Eltern. Sein Vater Mauro, Professor für Völkerrecht, heiratete bald nach der Scheidung wieder und zog in eine andere Stadt. Enzo blieb bei seiner Mutter Alice, für die sich die Familie seines Vaters schon immer geschämt hatte. Die Friseurin war unter ihrer Würde gewesen. Ungebildet, vulgär, und dann noch dieser Vorname, der englisch ausgesprochen wurde. Ein Flittchen, una sgualdrina.

In den ersten Jahren erhielt Enzo noch Briefe und Geburtstagsgeschenke von seinem Vater. Zwar verspätet, aber immerhin. Die Post wurde seltener und blieb irgendwann ganz aus. Enzos Mutter hatte es aufgegeben, bei Gericht um die Alimente zu kämpfen. Den Kredit für die Anwaltskosten stotterte sie in der Horizontale ab, da ihr Putzfrauengehalt ohnehin kaum zum Leben reichte. Der Alkohol hatte ihre Hände zittrig gemacht und sie den Job als Friseurin gekostet.

Enzo trug die Kleidung der Nachbarskinder auf und las Comics, die er nach Einbruch der Dämmerung aus den Altpapiercontainern seiner Schulkollegen fischte. Nach der Schule war er entweder allein zu Hause oder musste mitanhören, wie seine Mutter im Schlafzimmer einen Freier nach dem anderen empfing.

Enzo stopfte sich mit Chips, Schokoriegeln und seinem Hass auf die Welt voll. Durch die Schule quälte er sich nur, solange er musste, besserte mit Hilfsarbeiterjobs das Haushaltsbudget auf und kümmerte sich um seine Mutter, die mittlerweile auch anderen Substanzen verfallen war. Sie hatte ihre Stelle als Putzfrau und ihre Wirkung auf Männer eingebüßt und weinte nachts, weil sie sich die Schuld an Enzos unsicherer Zukunft gab. Eines Morgens war ihr Bett leer, der Zeitungsausträger fand sie neben den Briefkästen in einer Blutlache; sie hatte sich vom Balkon gestürzt.

Ihre Urne bewahrte Enzo im Wohnzimmerregal auf, da er sich ein Begräbnis nicht leisten konnte.

Die Serviererin Alessandra aus dem Café nebenan war zehn Jahre älter als Enzo und das Gegenteil seiner Mutter: verwegen, zielstrebig und von sich überzeugt. Aus der lockeren Bekanntschaft wurde zuerst Vertrautheit und dann die große Liebe. Zumindest für Enzo. Alessandra wollte ihren Traum vom eigenen Lokal nicht aufgeben und ließ Enzo mit der gemeinsamen Tochter Martina allein, als diese drei Wochen alt war. Seither lebt Enzo vom Arbeitslosengeld und von der Hand in den Mund. Er träumt vom Schriftstellerdasein, schreibt sich in Leserbriefen seinen Frust über die vermögende Oberschicht von der Seele und liest abends seiner Tochter Geschichten von Pippi Langstrumpf vor. Dem Mädchen, das sich nichts gefallen lässt und wunderbar alleine zurechtkommt. Manchmal, wenn seine Tochter schläft und Enzo im Teleshopping-Kanal Dinge sieht, die er sich nicht leisten kann, wenn er an den Fingernägeln kaut, während er auf Online-Dating-Portalen eine Mutter für Martina sucht, dann hasst er die ganze Welt. Er hasst die miefige Wohnung mit dem morschen Balkongitter. Seinen Hüftspeck, der viel zu weiblich ist für einen Mann Anfang 30 und der unschön über den Rand seiner Jeans quillt, weshalb Enzo nur mehr Jogginghosen trägt. Und er hasst die Familie seines Vaters, die sich nie um ihn geschert hat.

Natürlich erzählte Enzo nichts von alldem seinen beiden Besuchern. Aber es schwang in jeder seiner Bewegungen mit, denn das Leben macht die Menschen zu dem, was sie sind.

Enzo Martinelli war misstrauisch. Das sah Rosina sofort an seinem Blick und der geduckten Körperhaltung. Er wirkte angespannt, wie auf dem Sprung. Als hätte er Angst, ein gut gehütetes Geheimnis unbeabsichtigt zu verraten und angreifbarer zu werden, als er es ohnehin war. Ein blondes Mädchen, höchstens vier Jahre alt, klammerte sich an sein Hosenbein und musterte Rosina neugierig.

»Hallo, du!« Rosina bückte sich zu der Kleinen, die sich noch enger an das Bein ihres Vaters schmiegte.

»Sie sind also doch gekommen«, stellte Enzo ausdruckslos fest.

»Ja, danke für die Einladung.« Mario ließ sich nicht beirren.

Enzo nahm die Kleine auf den Arm. »Das war keine Einladung.«

Dann drehte er sich einfach um und ging voraus.

Rosina lag schon eine launige Antwort auf den Lippen, aber sie hatte sich noch im Griff, überging Enzos unfreundliches Verhalten und betrat die Wohnung.

Die Trostlosigkeit traf Rosina wie ein nasser Lappen. Enzos Zuhause bestand aus einem einzigen Raum, keine 30 Quadratmeter groß. Ein Doppelbett, genau genommen nur zwei nebeneinander liegende Matratzen am Boden. Darauf verteilt lagen gut 20 Kleidungsstücke, von denen keines mehr als drei Euro gekostet haben konnte. Auf dem wahrscheinlich einzigen Kleiderbügel, den Enzo besaß, hing das hellblaue Uniformhemd der italienischen Pfadfinder. Rosina erkannte es sofort. Acht Jahre lange war sie selbst begeisterte Pfadfinderin gewesen. Im weißen Raumteiler von Ikea waren weitere Kleidungsstücke, Teller, Tassen und Kinderbücher gestapelt. Eine Obststeige aus Sperrholz diente als Ablage für eine Bürste, einen T-Shirt-Stapel, eine Krawatte und ein abgewetztes Portemonnaie. Daneben zwei Barbiepuppen. Bei einer flachen Schachtel mit zwei blauen Streifen blieb Rosinas Blick kurz hängen – der Schriftzug auf der Packung kam ihr bekannt vor: ›Papacerto‹. Sie wusste nur nicht, woher. Die restliche Einrichtung bestand aus einem Klapptisch mit Plattenkocher, zwei Plastiksesseln, einem Waschbecken, in dem sich schmutziges Geschirr stapelte, und einem zusammengeklappten Wäscheständer. Mehr Mobiliar hätte in Enzos Wohnung auch nicht Platz gehabt. Das WC war am Gang – eines pro Stockwerk.

Mario sah sich nach einer Sitzgelegenheit um. Mit einer einzigen Handbewegung wischte Enzo die Kleidungsstücke vom Bett auf den Boden und nickte seinen Gästen zu. »Bitte, nehmen Sie Platz!«

Mario zögerte, setzte sich dann aber doch.

Enzo blieb stehen und lehnte sich an den wackeligen Plastiktisch, die kleine Martina auf dem Arm. Sie verbarg ihr Gesicht in der Kapuze von Enzos Joggingpulli.

»Ihr Onkel Lorenzo hatte vor ein paar Tagen einen Herzinfarkt, seither liegt er auf der Intensivstation des Ospedale San Orsola in Bologna«, begann Rosina. »Ihre Cousine Paola Martinelli hat uns geschickt.«

»Paola – Sie geschickt?« Enzo lachte bitter. »Kaum. Mehr als eine Textnachricht war ich ihr sicher nicht wert.«

Wie wahr. Mario blickte peinlich berührt zu Boden.

Rosina räusperte sich. »Signor Martinelli, stehen Sie Ihrem Onkel nahe?«

Und damit hatte sie den Nagel auf den Kopf getroffen. Volltreffer. Manchmal löst ja schon ein einziger Funken eine Explosion aus. Wie bei Böllern, die man für ein Fest gekauft und dann doch nicht gezündet hat. Die man seit Jahren in einer Schachtel im Keller für Silvester aufhebt, aber bei jedem Jahreswechsel vergisst. Irgendwann ist die Erinnerung an die Schachtel weg, aber das Gefahrengut immer noch da. Leicht entzündlich und brandgefährlich. Und dann reicht ein kaputtes Feuerzeug und die Zigarette, die man heimlich im Keller rauchen wollte, damit die Familie nichts davon mitkriegt, und – wumms!

Genauso war es bei Enzo. Er begann erst zu hecheln, dann zu grunzen und schließlich kehlig zu lachen. Alles Elend seiner kleinen, muffigen Welt lag in diesem freudlosen Lachen, das ihm die Tränen in die Augen trieb und seine Tochter verschreckte. Er krümmte sich, bekam einen roten Kopf und schlug sich auf die Schenkel. Das Lachen hallte von den abgegriffenen Wänden wider und vervielfachte die Kälte, die von Enzo ausging. Es war nicht mehr als eine stark beschleunigte Folge von Atembewegungen, trotzdem beutelte es Enzos schwammigen Körper und ging Rosina durch Mark und Bein. Auch Mario fühlte sich sichtlich unwohl.

Als Enzo sich endlich beruhigt hatte und mit dem Handrücken die Tränen aus den Augenwinkeln wischte, straffte sich Rosina und beschloss, zur nächsten Ebene überzugehen. Enzo bevorzugte anscheinend Geradlinigkeit; die Samthandschuhe konnte sie also ruhig weglassen, fand sie.

»Wussten Sie, dass Ihr Onkel ein wertvolles Gemälde besitzt?«

»Ja, natürlich«, prustete Enzo belustigt, schüttelte jedoch heftig den Kopf. Rosina fürchtete einen neuen hysterischen Lachanfall, aber Enzos Gesichtsausdruck wurde hart. »In unserem Leben hatten wertvolle Gemälde keinen Platz. Was glauben Sie eigentlich, warum sich meine Mutter das Leben genommen hat?«

»Erzählen Sie es mir«, sagte Rosina leise.

Enzo wischte sich die Haare seiner Tochter aus dem Gesicht, die ihren Kopf an seinem Hals vergrub. »Da gibt's nicht viel zu erzählen. Die Familie meines Vaters hat sie fallen gelassen wie eine heiße Kartoffel. Sie hat eben keinen Ausweg mehr gesehen. Sie war arbeitslos, hoch verschuldet und pflegebedürftig.« Und nach einer kurzen Pause fügte er hinzu: »Auch wenn es herzlos klingt: Als minderjähriger Halbwaise war ich nach ihrem Selbstmord finanziell besser dran. Das wusste sie.«

Mario verschränkte die Hände ineinander. »Bei Suizid ist niemand besser dran.«

»Und das wissen Sie woher?« Enzos Stimme triefte vor Sarkasmus.

Noch bevor Mario zu einer Antwort ansetzen konnte, ergriff Rosina wieder das Wort. »Hatten Sie zur Familie Ihres Vaters überhaupt jemals Kontakt?« Zumindest einmal, mutmaßte Rosina. Wie sonst hätte er von der Gleichgülgkeit seiner Cousina Paola gewusst.

»Kontakt kann man das nicht nennen. Beim Begräbnis meines Vaters habe ich zum ersten Mal alle gesehen: Paola, Onkel Lorenzo und die neue Familie meines Vaters. Allesamt überheblich und oberflächlich. Wir haben Telefonnummern ausgetauscht – das war alles.«

»Wie lange ist das her?«

»Zwei Monate. Und es war ein scheiß Tag, das können Sie mir glauben. Ich kam mir vor wie ein Fremder am Grab meines eigenen Vaters; hab' ihn ja kaum gekannt.«

Rosina nickte verständnisvoll. »Wie hat sich die Familie Ihres Vaters Ihnen gegenüber verhalten?«

Mario machte das Time-out-Zeichen; diese Frage hatte absolut nichts mit dem Diebstahl der *Susanna* zu tun. Außerdem stand sie nicht auf der Frageliste. Rosina ignorierte ihn.

Enzo zuckte die Schultern. »Es war komisch.« Er suchte nach den richtigen Worten. »Niemand war unfreundlich zu mir. Eher neugierig, aber auf eine unangenehme Art und Weise. Ja«, er nickte, »sie haben seltsame Fragen gestellt. Ob ich in der Schule Probleme gehabt hätte. Was meine Lieblingsfarbe wäre. Solche Sachen.«

»Lieblingsfarbe?« Rosina schüttelte ungläubig den

Kopf. »Das ist aber ein seltsames Gesprächsthema auf einer Beerdigung.«

Enzo ließ Martina, die unruhiger wurde, auf den Boden und biss auf seinen ohnehin schon angeknabberten Fingernägeln herum. »Das dachte ich auch.« Er nickte versonnen. »Sie haben mit mir geredet, als wäre ich ein kleines Kind.« Er spuckte einen Nagelsplitter aus. Mario verzog leicht angewidert den Mund.

»Wahrscheinlich ist ihnen einfach nichts anderes eingefallen.«

Rosina verstand. Was sollte man auch mit Leuten reden, die man nicht kannte und die dem eigenen Vater näher gestanden hatten als man selbst?

Mario stemmte sich von der niedrigen Matratze hoch, als endgültiges Zeichen zum Aufbruch. Eine Frage hatte Rosina noch: »Hat Ihr Vater Ihnen ein Erbe hinterlassen?«

Ein rügender Blick von Mario.

Einen Augenblick lang wirkte Enzo unschlüssig, ob er mit der Wahrheit hinterm Berg halten sollte. Schließlich gab er sich einen Ruck. »Ich habe noch am Begräbnis ein Sparbuch mit 3.000 Euro erhalten.« Er machte eine Pause und starrte konzentriert auf den Kopf seiner Tochter. Als läge die Antwort, ob er weiterreden solle oder nicht, in ihren blonden Haaren vergraben. »Anscheinend hatte mein Vater das für mich angelegt.«

3.000 Euro. Rosina überschlug, was Enzo von seinem Vater an Alimenten zugestanden hätte. Dagegen waren die paar Tausender ein glatter Witz. In Enzos Situation allerdings klammerte man sich an jeden noch so dünnen finanziellen Strohhalm. »Geld kann man immer brauchen«, sagte sie.

Enzo drehte sich zu Mario und schob den rechten Ärmel seiner Joggingjacke hoch. »Von einem Teil hab' ich mir ein Tattoo stechen lassen.« Es war klar, dass er von Il Tatuato ein Kompliment erwartete.

Mario nickte anerkennend und begann, ein wenig über Schmerzen und Tattoostudios zu fachsimpeln. Enzo hatte sich eine Pfingstrose auf seine schwammige Haut stechen lassen.

»Wow – sehr schön!« Mit Tattoos kannte Rosina sich zwar nicht aus, aber für feine Linienführung hatte sie ein Auge. Erst als Enzo den Ärmel herunterschieben wollte, entdeckte sie einen blauen Fleck und Kratzer auf Enzos Haut, knapp oberhalb des Tattoos.

»Haben Sie sich verletzt?« Sie zeigte auf die Stelle.

Enzo schüttelte trotzig den Kopf und schob den Ärmel hastig herunter. »Bin gestolpert. Beim Spazierengehen.« Er strich mit der linken Hand über den Ärmel und sah zu seiner Tochter. »Den Rest vom Geld lege ich für Martina an.« In diesem Moment begann die Kleine zu quengeln. Enzo nahm sie wieder auf den Arm.

»Ich muss jetzt aufhören; Martina gehört ins Bett.«

»Wir sind ohnehin fertig. Danke, dass du dir Zeit genommen hast.«

Enzos Blick zu Mario war um ein paar Grad freundlicher als vorhin. Als hätten die Tätowierungen eine unsichtbare Brücke gesprengt.

»Ich kenne dich irgendwoher«, sagte er. »Wer bist du eigentlich?«

Mario schmunzelte. »Ich bin der Nachbar deines Onkels.«

Ein paar Minuten später standen sie wieder vor dem gelben Haus, am Minihafen von Cassone. Mario sog tief

Luft ein, legte den Kopf in den Nacken und zog die Schultern nach hinten. »Hier ist mehr als nur eine Sache faul«, sagte er schließlich.

Er hatte es also auch gemerkt. Das besänftigte Rosina zwar etwas, die schon wieder einen leichten Anflug von Eifersucht in sich aufkommen spürte. Das Geplaudere über Tattoo-Studios hatte sich zu lange hingezogen, fand sie. Trotzdem stand etwas zwischen ihnen, das den Erfolg der ersten gemeinsamen Befragung trübte.

»Ich dachte schon, es wird dir zu viel«, sagte sie nur und machte sich auf den Weg zum Wohnmobil. Aber da hatte sie Mario auf dem falschen Fuß erwischt. Einen wunden Punkt getroffen, voll ins Schwarze. Treffer, versenkt. Was weiß ich, jedenfalls blieb Mario abrupt stehen und starrte Rosina aus schmalen Augen an.

»Was soll das heißen: zu viel?«

Den scharfen Unterton in seiner Stimme hörte Rosina zum ersten Mal. »Na ja, Enzos Schicksal überfordert dich vielleicht«, plapperte sie drauflos. »Ist mir schon klar, dass dir das nahe geht, schließlich hast du mit Armut so direkt keine Berührungspunkte gehabt während der letzten Jahre. Ich meine«, ihr entging nicht, dass Marios Gesichtsausdruck mit jedem ihrer Worte frostiger wurde, »sicher, du hast dich für die Armen eingesetzt, für sie gebetet und so. Die Leute zur Bescheidenheit aufgerufen. Aber wann hast du Armut im echten Leben gesehen? Ein Leben wie das von Enzo. Warst du schon jemals so nahe dran an Aussichtslosigkeit und Verzweiflung?«

»Madonna, natürlich war ich das!«, zischte Mario schmallippig. »Was denkst du, warum ich Priester geworden bin?«

Rosina sagte nichts.

»Denkst du, es macht Spaß, jeden Tag in piekfeinem Ornat herumzulaufen, von dem man nicht einmal weiß, wer es gewaschen und gebügelt hat? Mit lauter hohen Tieren im Vatikan zu sitzen und zu philosophieren, während der Jugend jede Perspektive fehlt und sie sich die Hirnwindungen gerade koksen? Glaubst du das wirklich?«

Rosina schwieg. Glauben war sowieso nicht ihre Stärke. Sie merkte nur, dass es hier nicht darum ging, warum Mario Priester geworden war. Sondern warum er es jetzt nicht mehr war.

»Ich will zurück in die staubigen Industriestädte. Dorthin, wo die Verzweiflung zu Hause ist und wo Hilfe gebraucht wird. An die Hotspots der Armut: Straßen, Brücken, U-Bahn-Schächte. Ich will helfen und da sein für Leute. Gebraucht werden. Ich will wissen, was die Leute bedrückt und was man dagegen tun kann.« Er streckte Rosina seinen tätowierten Unterarm entgegen. »Das Tattoo habe ich mir während meines Studiums stechen lassen, als der Vatikan mein großes Ziel war. Ich war jung und dumm, total verblendet. Ich dachte, Rom wäre die berufliche Erfüllung. Der Vorraum zum Himmelreich. Aber ich habe mich geirrt. All der Prunk, die Intrigen und Machtspielchen haben nichts mit dem zu tun, woran ich glaube.« Er sah Rosina abwartend an.

»Du hast es bis zum Kardinal geschafft«, sagte sie schließlich, »warum bist du jetzt gegangen?«

»Damit ich beim nächsten Konklave nicht dabei bin.« Und womöglich zum Papst gewählt werde, wollte er vielleicht noch sagen, ließ es aber. Rosina verstand ihn auch so.

Eine Zeitlang standen sie beide ans Wohnmobil gelehnt und sagten nichts.

Rosina wusste, dass sie einen wunden Punkt gefunden hatte. Was ihr grundsätzlich nicht missfiel. Vielleicht war es an der Zeit, Marios Ecken, Kanten und Schwächen kennenzulernen. Als die Pause zu lang wurde, plapperte sie betont heiter: »Weißt du was, es war ein langer Tag. Ein sehr langer Tag sogar. Wir sollten jetzt zurückfahren und uns ausruhen. Ein paar Stunden schlafen. Und morgen sehen wir weiter, okay?«

»Hm«, brummte Mario nachdenklich.

»Frühstück und Lagebesprechung direkt am See«, legte Rosina nach, »das wird herrlich!« Und weil Mario immer noch schwieg, stieg sie ins Wohnmobil und schwang sich hinter das Lenkrad. Auf dem Rückweg plauderte sie – zwecks Ablenkung – noch ein wenig über die Besonderheiten von Cassone.

»Eigentlich ist Cassone nur ein verschnarchtes Nest, aber hast du gewusst, dass hier der kürzeste Fluss der Welt fließt? Nein?«

Mario blieb stumm.

»Der Aril ist nur 175 Meter lang, aber sehr fischreich.« Vom Beifahrersitz kam immer noch keine Reaktion, also setzte sie ihren Monolog fort.

»Gustav Klimt hat es hier übrigens auch sehr gut gefallen. Das sieht man an seinem Bild *Die Kirche von Cassone*.« Mehr fiel ihr nicht ein.

»Es wurde viel darüber spekuliert, warum ich genau jetzt mein Amt zurückgelegt habe«, sagte Mario endlich.

Rosina fischte mit der rechten Hand in ihrer Tasche nach einem Taschentuch. Sie fand eines, spürte aber, dass Mario ihr gleich etwas Wichtiges sagen würde. Lautes Naseputzen hätte diesen Moment kaputt gemacht, also legte sie die Hand wieder aufs Lenkrad und wartete gespannt. »Ja, das kann ich mir vorstellen.« Es schien offensichtlich: ein tätowierter Kardinal, dem der Vatikan zu nobel ist. Besonders viele Freunde hatte sich Il Tatuato mit dieser Einstellung bestimmt nicht gemacht.

»Nein, ich glaube nicht, dass du das kannst.« Mario öffnete einen Zipp an seiner Cargohose und fischte einen kleinen runden Gegenstand heraus. Auf der flachen Hand hielt er ihn Rosina hin. Es war zwar schon dämmrig, aber Rosina erkannte das kleine Etwas trotzdem: ein Knopf.

»Von der Polizeiuniform meines Vaters.« Mario strich liebevoll mit den Fingern über das kleine Stück Metall. »Der Knopf ist das Einzige, was ich von meinem Vater habe. Ich habe ihn nie kennengelernt; meine Mutter hat sich auf einer Reise mit ihren Eltern in einen englischen Polizisten verliebt. Sie war knapp 16.« Kurzer Seitenblick zu Rosina. »Ihre Schwangerschaft bemerkte sie erst zu Hause.«

Rosina schluckte. Erst jetzt fiel ihr auf, dass sie sich bislang für Marios Privatleben nur mäßig interessiert hatte.

»Für meine Mutter war es die große Liebe, aber sie haben sich nie wiedergesehen.«

»Kennst du seinen Namen?«

Mario nickte. »Meine Mutter hat ihn mir voriges Jahr am Sterbebett verraten und mir diesen Knopf gegeben.« Er steckte das kleine runde Ding wieder ein.

Die Geschichte war kitschiger als jeder Rosamunde-Pilcher-Film, aber Rosina war gerührt. »Und da hast du beschlossen, ihn zu suchen?«

Mario schüttelte den Kopf und sah Rosina fest in die Augen. Und dieses Mal fiel es sogar ihr schwer, seinem stechenden Blick standzuhalten.

»Nein«, sagte er entschlossen, »ich habe beschlossen, ihn zu finden!«

»Warum hast du ihn nicht auf das Bild angesprochen?«, unterbrach ich Rosinas Erzählung.

»Kein Gefühl für den richtigen Zeitpunkt«, rügte sie mich und sah mich an wie einen hoffnungslosen Fall. »Der Mann hat sein halbes Leben vor mir ausgebreitet. Das heißt, er hat Vertrauen zu mir und kann sich öffnen.«

»Ja, aber du hast doch gesagt, dass er dir wichtige Informationen vorenthält«, verteidigte ich mich. »Und dass du ihn zur Rede stellen wirst.«

»Schon, aber das kann ich ihm doch nach so einem Gespräch nicht aufs Brot schmieren!« Rosina seufzte. »Außerdem war das ein anstrengender Tag, ich war total überladen mit Neuigkeiten. Die musste ich erst einmal ordnen.«

Der Rückweg nach Riva verlief zuerst still. Auf der Höhe von Malcesine schaltete Mario das Radio ein und suchte einen Sender. »*Angel Radio*«, sagte er glücklich und wippte im Takt der Musik. Mit jedem Song besserte sich seine Laune. Bei ›Move over, Darling‹ von Doris Day summte er zur Melodie, und kurz vor Riva kurbelte er sogar das Fenster herunter und sang laut zu ›You're The Cream in My Coffee‹ von Nat King Cole.

Erleichtert, dass die Fahrt konfliktfrei verlaufen war, parkte Rosina das Wohnmobil wieder in Marios Garten.

Sie überließ ihm das Bad und begann sofort mit den Vorbereitungen für Risotto ai funghi porcini. Während sie rote Zwiebeln, Reis und klein geschnittene Steinpilze anschwitzte, dachte sie über die Schachtel mit den Streifen nach, die ihr in Enzos Regal aufgefallen war. Sie überlegte, in welchem Zusammenhang sie diese Schachtel schon einmal gesehen hatte. Sie kam nicht drauf. *Papacerto*. Rosina griff zum Smartphone und googelte den Produktnamen. Das Ergebnis überraschte sie dann doch.

Papacerto war der Name eines Testsets. Der einfache Vaterschaftstest für zu Hause, laut Produktbeschreibung. Eine Freundin hatte den Test nach einem Seitensprung und anschließender Schwangerschaft gekauft. Aber das war Jahre her. Um ein Haar hätte Rosina den Reis anbrennen lassen; es knisterte bereits. Sie goss abwechselnd mit Gemüsebrühe und Weißwein auf und rührte ununterbrochen.

Schon wieder ein Punkt, der Rosina und mich unterscheidet. Risotto-Kochen engt mich ein. Nicht den Herd verlassen zu dürfen und ständig darauf achten zu müssen, dass nichts anbrennt, ist mir zu stressig. Rosina ist anders gestrickt: Monotones Rühren versetzt sie in einen tranceähnlichen Zustand, in dem sie klarer sieht als ohnehin schon sonst. Vielleicht wäre ihr ohne Risotto-Kocherei nie der ausschlaggebende Geistesblitz gekommen, wer weiß. Jedenfalls fielen ihr drei Dinge ein, die scheinbar ohne Zusammenhang waren. Aber eben nur scheinbar. Denn eines wusste sie mit Bestimmtheit: Nichts geschieht ohne Grund.

Mit Rätseln und Symbolen kennt Rosina sich aus. Selbst subtile Botschaften entschlüsselt sie im Handumdrehen.

Ist wahrscheinlich auch eine Berufskrankheit, denn Gemälde enthalten ja oft mehr oder weniger versteckte Botschaften.

Ob Informationen für Eingeweihte, Erkennungszeichen oder Codes für Verabredungen: Symbole sind aus der Kunst nicht wegzudenken. Sie erzählen von Gier und Wünschen, und nicht immer ist die Jagd nach Botschaften so spektakulär wie bei Tom Hanks, der halb Europa bereist, um den Da-Vinci-Code zu entschlüsseln.

Rosina liebte jedenfalls jene Aufgaben, an denen sich andere die Zähne ausbeißen und nach ein paar Stunden völlig entnervt das Handtuch werfen. Mysterien und dunkle Geheimnisse üben eine besondere Anziehungskraft auf Rosina aus. Da kann sie gar nicht anders, als so lange herumzuknobeln, bis die Nuss geknackt ist. Aber ich schweife ab.

»Und eben deshalb musste ich sofort an das Tattoo auf Enzos Oberarm denken«, erklärte sie mir.

»Versteh ich nicht.«

Rosina seufzte ungeduldig. »Weil die Pfingstrose ein Symbol für Reichtum und Wohlstand ist.«

»Dann verstehe ich es noch weniger.« Soweit ich mich erinnerte, war Enzo Sozialhilfeempfänger.

»Du musst das Ganze sehen.« Sie setzte sich im Schneidersitz auf die warme Steinmauer. »Warum lässt sich Enzo eine Pfingstrose stechen?«

Ich zuckte mit den Schultern.

»Denk nach!« Sie sah mich auffordernd an.

Nach ein paar Sekunden hatte ich eine Idee. »Weil er sich wünscht, reich zu sein.«

»Fast! Es geht um Zugehörigkeit.« Sie angelte nach ihrem Glas und nippte daran. »Okay, weiter: der Vaterschaftstest in seinem Regal.«

»Das ist leicht«, platzte ich heraus, »er will sichergehen, dass Martina seine Tochter ist.«

»Nein.«

»Nein?«

Rosina schüttelte den Kopf. »Sorry, total daneben.«

»Aber ist das nicht der Sinn von Vaterschaftstests?« Ich war verwirrt. Außerdem fand ich es plausibel: Enzos Leben war dermaßen verkackt, dass sich ein Kuckuckskind nachvollziehbar in die Serie seines Elends einfügen würde.

»Schon, aber die Konstellation ist falsch. Du musst ums Eck denken.«

Ich stöhnte. Gehirnjogging hatte ich schon in der Schule gehasst. »Sag's mir einfach, okay?«

Aber Rosina blieb stur. »Nein, streng dich ein bisschen an. Du kommst schon drauf, aber du musst mehrere Faktoren berücksichtigen.« Sie ließ einfach nicht locker.

»Und welche?«

»Erstens: Was war das Besondere in Martinellis Garderobe?«

»Viele schwarze Herrenschuhe?«

Rosina machte eine drehende Handbewegung. Als hätte ich es fast geschafft. »Weiter.«

Ich dachte nach. »Die Notiz in den roten Segelschuhen.«

Sie strahlte. »Exakt! Und jetzt die entscheidende Frage: Warum schreibt man in rote Schuhe, dass sie rot sind?«

Ich hob unwissend die Schultern. »Weil … man es nicht weiß?«

Sie klatschte begeistert in die Hände. »Jetzt hast du es!«

»Jetzt habe ich was?«

»Den Knackpunkt! Das, wovon alles abhängt. Zumindest für Enzo.«

Die Sache mit Enzo und Lorenzo Martinelli war eine wirklich harte Nuss. Das hat mir Rosina viel später einmal gestanden. Aber natürlich wollte sie mir damals weismachen, sie hätte alle Zusammenhänge auf Anhieb erkannt. Klappern gehört zum Geschäft, heißt es. Ein bisschen Übertreibung schadet nie und erhöht den eigenen Marktwert. Aber ich kannte Rosina lange genug, um zu wissen: Ganz so einfach war es natürlich nicht.

Rätselteilchen, die ein Ganzes ergeben, liegen verstreut herum und verhalten sich mucksmäuschenstill. Die Crux dabei: Den Teilchen ist es völlig egal, wenn sie nicht gefunden werden. Entsteht eben ein falsches Bild, fällt der Verdacht eben auf jemand anderen: na und? Man könnte sogar meinen, einzelne besonders boshafte Teilchen fügen sich absichtlich falsch in halbfertige Strukturen ein. Das sind dann jene Momente, in denen wir glauben, ein Rätsel gelöst zu haben, weil alles vermeintlich wunderbar zusammenpasst. Und mit dem Zusammenpassen, oder besser gesagt: dem Nicht-Zusammenpassen, hatte Rosina Erfahrung.

Die Notizen in Martinellis Schuhen konnten eigentlich nur eines bedeuten: Lorenzo Martinelli war farbenblind. Wobei man hier zwischen Farbschwäche und Farbenblindheit unterscheiden muss.

Farbschwächen sind meist angeboren oder werden durch Krankheiten oder Nebenwirkungen von Medikamenten ausgelöst. Man unterscheidet zwischen Rot-Grün-Schwäche, Rot-Grün-Blindheit und Blaublindheit. Die Zapfen, sprich Sinneszellen der Netzhaut, die für das Sehen von Rot-, Grün- oder Blautönen zuständig sind, sind beschädigt oder nicht ausgebildet.

Die echte Farbenblindheit – auch Achromatopsie genannt – hingegen ist äußerst selten: Nur einer von

100.000 Menschen ist betroffen. Achromatopsie ist eine Störung der Farbwahrnehmung, in vielen Fällen erblich. Die Betroffenen können keine Farben, sondern nur Kontraste wahrnehmen. Also hell-dunkel. Die Ursache der Sehstörung liegt in der Netzhaut.

Bei einer Farbfehlsichtigkeit hätte Martinelli entweder Blau oder Rot erkennen müssen. Die Unfähigkeit, beide Farben zu erkennen, deutete auf eine echte Farbenblindheit hin.

Rosina hatte sich vorgenommen, sich bei Sembeni über Martinellis Bestellungen zu erkundigen. Sie hatte gehofft, einen Hinweis auf die Notizen in Martinellis roten Segelschuhen zu bekommen. Aber dann, während Marios Plauderstunde in der Werkstatt, fiel ihr ein, was sie eigentlich von vornherein, speziell als Stammkundin des Schuhkünstlers, hätte wissen müssen: Sembeni stellte nur Damenschuhe her. Insofern hatte Mario sie vielleicht sogar indirekt davor gerettet, sich vor Sembeni zu blamieren. Aber das gestand sich Rosina nur ungern ein.

Das Risotto war aufgegessen und der Abwasch erledigt. Mario hatte sich kommentarlos Ohropax in die Lauscher gestopft und schlief bereits in seiner Koje. Rosina war viel zu aufgekratzt für Schlaf.

Um in den tranceähnlichen Zustand zu verfallen, in dem ihr logisches Denken auf Optimalzustand umschaltete und linke und rechte Gehirnhälfte ihre Aufgaben gemeinsam erfüllten, brauchte Rosina eine monotone Tätigkeit.

Teig kneten im Allgemeinen und das Formen von Brioche im Besonderen eigneten sich hierfür besonders.

Zum Cappuccino liebte Rosina nichts so sehr wie fluffig-weiches Brioche. Das feine Hefegebäck mit hohem

Butteranteil war früher nur den Adelsfamilien vorbehalten. Und es ist grenzübergreifend beliebt: der Name stammt aus Frankreich, die meisten Brioche-Rezepte gab es in Wien. Beim italienischen Frühstück darf das Gebäck nicht fehlen. Brioches werden aus zwei Kugeln zusammengesetzt. Für besonders flaumiges Gebäck reift der Teig über Nacht im Kühlschrank. Früh am nächsten Morgen werden die Gebäckstücke geformt und müssten vor dem Backen noch 90 Minuten ruhen. Die Zubereitung ist also nichts für Eilige, was wiederum Italiens Philosophie widerspiegelt: Für Kochen und Essen nimmt man sich Zeit!

Rosina wog alle Zutaten ab, schaltete ihre Kitchenaid ein und überlegte, während Mario am anderen Ende des Wohnmobils schnarchte. Gedanklich war Rosina noch nicht richtig im Flow, also knetete sie per Hand weiter, um das Nachdenken zu intensivieren.

Bei einigen Punkten aus Enzo Martinellis Bericht hatten Rosinas Warnlichter sofort aufgeleuchtet. Und es waren nicht die Punkte, die Enzos Vater betrafen, sondern seinen Onkel. Lorenzo Martinelli. Beim Zusammensetzen der Puzzleteilchen ergab sich ein ganz neues Bild.

Marios Erzählungen zufolge gab es drei Martinelli-Brüder. Lorenzo, der älteste, hatte seine eigene Firma und produzierte Brillen. Er war kinderlos und, wie es schien, Single.

Mauro, der mittlere, war Enzos Vater. Professor für Völkerrecht, geschieden, wieder verheiratet, vor zwei Monaten verstorben.

Und Pippo, der jüngste. Paolas Vater, der zusammen mit seiner Frau bei einem Verkehrsunfall vor etlichen Jahren ums Leben gekommen war.

Drei Brüder, zwei davon verstorben. Der letzte Lebende litt an Achromatopsie, sprich: Er war komplett farbenblind. Für jemanden, der sein Geld mit dem Entwurf und Verkauf von modischen Accessoires verdient, eine Katastrophe. In Gedanken klebte Rosina ein leuchtendes Post-it zu diesem Punkt; darum würde sie sich später noch kümmern.

Das erste Mosaiksteinchen, das sich zu Lorenzos Farbenblindheit fügte, hatte Enzo geliefert.

Nämlich, als er erzählt hatte, wie sich seine Verwandten am Begräbnis seines Vaters verhalten hatten. Die seltsam anmutende Frage nach Enzos Lieblingsfarbe war nämlich, davon war Rosina überzeugt, keine Konversation aus Verlegenheit. Ebenso wenig wie das plötzliche Interesse an Enzos Schulerfolgen; Rosina fiel nur ein einziger Grund ein, warum Details aus Enzos Kindheit genau jetzt relevant sein sollten.

Dann der ominöse Vater, der Frau und Kind aus heiterem Himmel verlässt und sich weder finanziell noch emotional um seinen Sohn schert. Nicht ungewöhnlich, das wusste Rosina. Aber die Sache mit dem Sparbuch passte nicht dazu. Üblicherweise kümmerte sich ein Notar um den Nachlass von Verstorbenen. Nach der Bestandsaufnahme des Vermögens suchte er nach Erben und einem verfassten Testament. Erst nach gründlicher Prüfung aller Erbansprüche wäre Enzo an sein Sparbuch gekommen. Und das konnte dauern. Angeblich hatte Enzo aber das Sparbuch noch am Tag der Beerdigung erhalten. Für Rosina der Beweis, dass Enzo beim Notar nicht berücksichtigt worden war. Und dafür gab es nur einen Grund.

Ein italienisches Sprichwort sagt: La notte porta consiglio. Wörtlich übersetzt: Die Nacht bringt die Erkenntnis. Kommt Zeit, kommt Rat.

Rosina hatte den Brioche-Teig zum Rasten in den Kühlschrank gestellt und sich schlafen gelegt. Eine bleierne Müdigkeit zog sie sofort in die Tiefe und schickte sie auf dem Fluss der Träume auf große Fahrt. Rosina träumte von duftendem Estragon, der Pfingstrose auf Enzos Oberarm und Unmengen von verschiedenfarbigen Schuhen. Lorenzo Martinelli saß auf der Spitze eines riesigen Schuhberges und suchte verzweifelt nach zwei zusammenpassenden Modellen. Er trug einen Sombrero, an dessen Rand rote und grüne Bommelchen befestigt waren, und griff sich plötzlich mit schmerzverzerrtem Gesicht an die Brust. Rosina wollte ihm etwas zurufen und schwenkte verzweifelt die Schachtel mit dem Vaterschaftstest, aber Martinelli kippte plötzlich zur Seite und wurde sterbensbleich.

Schweißnass wachte Rosina auf. Das leuchtende Display ihrer Armbanduhr zeigte 4 Uhr morgens. Sie hatte nicht einmal drei Stunden geschlafen.

Mit einer Decke um die Schultern und einer Tasse Tee stand sie nun vor dem Wohnmobil in Marios Garten und blickte auf den See. Das Wasser plätscherte leise, und Rosina ließ die Decke ins Gras fallen, um die herrliche Kühle der frühen Morgenstunden auf der Haut zu spüren.

Sie dachte noch ein bisschen darüber nach, was Mario in Cassone über seinen Vater gesagt hatte: »Ich habe beschlossen, ihn zu finden.« Diese hundertprozentige Überzeugung, Aufgaben zu bewältigen, gefiel ihr.

11. KAPITEL

Erzählt von Verkaufsschlagern, Brücken, Helvetismen und Fantasien, von Besprechungen, Glamping und Theorien. Es geht um Beschützer, Brioche, Semmelhälften und Uhrtürme. Ich brauche Abstand und bin Lukas nahe.

Ich hatte an jenem Abend Lukas bei Spumante und Pasta al ragù möglichst unauffällig ausgequetscht. Denn im Trentino trinkt man als Aperitif nicht Prosecco, sondern Spumante.

In der Lounge des *Ristorante Bastione*, mit atemberaubendem Blick auf Riva und den Gardasee, verriet mir Lukas, warum er hierher gekommen war.

»Ich war neun Jahre lang Gardist«, schwärmte er und plauderte ein bisschen aus dem Nähkästchen des Vatikans. Zum Beispiel, dass man für die Aufnahme in die Schweizergarde mindestens 19 und höchstens 30 Jahre alt sein musste. Ein einwandfreier Leumund, Gesundheit und eine Verpflichtung für 26 Monate waren weitere Voraussetzungen.

Lukas hatte sich nach dem Wehrdienst bei der Guardia beworben und war aufgenommen worden. Nach elf Jahren im Vatikan hatte er sein Amt im selben Jahr wie Mario niedergelegt. Seitdem verband die beiden eine enge

Freundschaft. Lukas besuchte Il Tatuato mindestens einmal im Monat und war ihm auch beim Umzug von Rom nach Riva behilflich gewesen.

Dass Mario sich versehentlich ausgesperrt hatte, wusste er jedoch nicht.

»Wir hatten vereinbart, dass ich sein Auto von Rom nach Riva bringe. Deshalb bin ich hier. Als ich ihn angerufen habe, hat er mir deine Adresse gegeben und gesagt, ich könne mich bei dir melden.« Er lächelte charmant und zog die rechte Augenbraue hoch. Göttlich. Ich zwang mich, ihn nicht allzu lange anzustarren.

Offensichtlich wusste Lukas auch nichts von der gestohlenen *Susanna*, von Rosina und der gemeinsamen Ermittlungsarbeit. Aber bevor ich ihn über all das aufklärte, interessierte mich etwas anderes. »Mario hat ein Auto?«

»Eine BWM Isetta Export, Baujahr 1956.«

Ich war hin und weg: Der Ex-Kardinal besaß eine Isetta, das ungewöhnlichste Gefährt aus dem Hause BMW! Ganze 2,30 Meter lang und nur 13 mickrige PS. Das eiförmige Kleinfahrzeug mit Armaturenbrett an der Fronttür war Kult!

»Und wo ist die kleine Knutschkugel jetzt?«

»Äxgüsi?«, fragte Lukas konsterniert.

»Die Isetta. Nennt man Knutschkugel. Und was heißt Äxgüsi?«

»Äxgüsi heißt Entschuldigung. Sorry. Und die Isetta steht vor deiner Werkstatt.«

War mir gar nicht aufgefallen. Wahrscheinlich, weil ich der subtilen Erotik des ehemaligen Schweizergardisten sofort erlegen war. Das sanfte Kribbeln in der Magengegend begleitete mich schon den ganzen Abend.

Lukas und ich waren erst nach Mitternacht in die Via Fiume zurückgekehrt. Wir hatten über Gott und die Welt geredet, über Mario und Rosina. Und über meine Sorgen, die ich mir wegen der ungewöhnlichen Wohngemeinschaft machte, auch wenn sie zeitlich begrenzt war. Lukas sah das pragmatischer. »Die wissen schon, was sie tun«, sagte er und schenkte mir noch Spumante ein. »Alt genug sind sie alle beide.« Und damit war das Thema erledigt. Der ganze Kram, mit dem Rosina meine Werkstatt zur Kommandozentrale umgeformt hatte, kostete ihn nur ein amüsiertes Glucksen. In Sachen Personenschutz war er schließlich, im Gegensatz zu Rosina, Profi.

Mangels Übernachtungsmöglichkeit in Riva – wir erinnern uns: Hochsommer, jedes Mausloch war vermietet und Marios Haus verschlossen – hatte ich Lukas meine Gästecouch für die Nacht angeboten. Ich fragte mich zwar, wie der Zwei-Meter-Mann auf dem schmalen Sofa schlafen konnte, aber die Isetta kam für eine Übernachtung nicht infrage. Und für eine Einladung in mein Doppelbett war es definitiv noch zu früh. Auch wenn ich, zugegeben, die ganze Nacht an nichts anderes dachte. Das reinste Kopfkino, gespeist von seiner tiefen Stimme, dem kantigen Kinn und seiner Aura, der ich mich nicht entziehen konnte. Die aufgeheizten Räume meiner Werkstatt und der angeschlossenen Wohnung verstärkten die Wirkung noch. Ich wälzte mich fiebrig hin und her, schlug nach Mücken und hoffte, irgendwann einzuschlafen. Während kurzer Traumphasen sah ich Lukas in Galauniform, in den berühmten Farben Blau-Rot-Gelb, Traditionsfarben des Hauses Medici. Mit weißen Handschuhen, Halskrause und silbernem Helm schritt er vor meiner Werkstatt auf und ab, um mich zu beschützen. Natürlich Blödsinn, denn erstens war Lukas nicht mehr aktives Mitglied der Schweizergarde. Und zweitens ist die Via Fiume in Riva kein krimineller Hotspot. Wobei ich den Gedanken an einen persönlichen Bodyguard durchaus reizvoll fand. Aber egal.

Nachdem ich stundenlang mit mir gehadert hatte, ob Mario mir eventuell ein Techtelmechtel mit Lukas verzeihen würde, stand ich auf. Interessanterweise fühlte ich mich Mario gegenüber verpflichtet, meine moralischen Grundsätze nicht sausen zu lassen. Sprich, mit einem ehemaligen Mitglied des Vatikans etwas anzufangen.

Ratlos starrte ich mein Spiegelbild an. Gegen die Augenschatten half nur eiskaltes Wasser, das ich mir ins Gesicht schüttete. Gegen mein Gedankenkarussell war ich machtlos. Wenn ich einen romantischen Abend mit einem Ex-Gardisten bereits als moralisch verwerflich einstufte, musste es schlimm um mich stehen. Da versauerte ich also seit Jahren in meiner Werkstatt, entsagte dem Dolce Vita und dem männlichen Geschlecht und nahm mich mangels Italienischkenntnissen selbst aus dem Rennen. Und dann tauchte, quasi aus dem Nichts, ein geharnischter Held auf, faltete sich ohne viel Aufhebens auf meiner Gästecouch zusammen, und anstatt jubelnd in die Schlacht zu ziehen, hatte ich Gewissensbisse wegen eines Ex-Kardinals. Das musste sich ändern.

Erst jetzt sah ich, dass Rosina mir spätabends eine Nachricht geschickt und mich zum Frühstück eingeladen hatte. »Besprechung – dringend!«, hatte sie hinzugefügt.

Diese zwei Worte sagten eigentlich schon alles: Es gab ermittlungstechnische Neuigkeiten, deren Verkündung keinen Aufschub duldete.

Lukas wollte sich ohnehin an diesem Tag mit Mario treffen, also bot es sich an, zu zweit aufzukreuzen.

Zuerst musste ich aber an der Gästecouch vorbei in die Küche, um die Kaffeemaschine anzuwerfen. Meine Befürchtungen, Lukas womöglich in einer peinlichen Situation anzutreffen, waren unbegründet. Er stand bereits an der Kaffeemaschine. Nur mit Boxershorts bekleidet, also in seiner ganzen Pracht.

»Äxgüsi, ich finde hier keine Tassen!«

Er war gut gelaunt und unkompliziert. Das gefiel mir. Ich öffnete den Küchenschrank.

»Danke.« Er stellte zwei Espressotassen unter die Maschine und kam dann mit dem duftenden Kaffee zum Tisch.

»Ich hol uns ein paar Gipfeli fürs Morgenessen, oder?«

Schon wieder Sprachbarrieren, dachte ich. Aber Lukas' Schwyzerdütsch fand ich zum Niederknien. Mit Gipfeli meinte er wohl Cornetti, also Kipferl.

»Danke, aber Rosina hat uns zum Frühstück eingeladen.«

»Uns?« Er grinste mich über die Espressotasse an und zwinkerte.

»Na ja, mich«, gab ich zu, »sie weiß ja nicht, dass wir uns kennen.« Ich leerte meine Espressotasse und stellte sie entschlossen ab. »Noch nicht.«

»Ist mir schon klar!« Lukas grinste. »Aber in der Schweiz sagt man Morgenessen zum Frühstück.« Er kippte den Espresso in zwei Schlucken hinunter und stand auf. »Also dann: Hopp dä Bäse!«, was so viel heißt wie: Los geht's!

Pünktlich um 8 Uhr kamen wir bei Marios versperrtem Haus an, in dessen Garten Rosinas Wohnmobil parkte.

Die Fahrt in der Isetta war kurz und körperbetont gewesen.

»Nicht unbedingt das ideale Fahrzeug für mich«, hatte Lukas geschnauft, mit den Kniescheiben am Lenkrad.

Jetzt drehte er eine Runde um Marios Haus, rüttelte da und dort an den Fensterläden, besah sich die Eingangstür und prüfte, ob die Gitter an den Kellerfenstern locker saßen.

Anscheinend hatten alle Handwerker ganze Arbeit geleistet. Ohne Schlüssel blieb Mario der Zutritt verwehrt.

»Nichts zu machen«, sagte Lukas und hob resigniert die Arme, »das Haus ist eine Festung. Bleibt nur der Schlüsseldienst, und das kann dauern um diese Jahreszeit.«

Rosinas Blick, als sie Lukas sah, sprach Bände. Die Femme fatale in ihr scannte sofort seine romanisch-helvetischen Gesichtszüge und den trainierten Oberkörper. Rein physisch erfüllte er ihr Beuteschema, den Rest erledigte ihre Fantasie. Binnen Sekunden stellte sie ihn sich mit weißem Polohemd, aufgestelltem Kragen und umgehängtem Stethoskop vor. Massive Entzugserscheinungen, vermutete ich. Seit der Valentino-Sache war sie zwar einem gut aussehenden Apotheker begegnet, aber weiße Kittel waren nicht halb so erotisch wie Arzthosen, unter der sich stramme Gesäßmuskel abzeichneten. Andererseits musterte Lukas gerade eingehend ihr Wohnmobil, und sein Blick gefiel ihr wiederum gar nicht.

»Riesen Vehikel, aber mit Camping hat das nichts mehr zu tun, oder?«

»Glamping«, erwiderte Rosina frostig. »Glamouröses Camping.«

»Würde mich ablenken vom eigentlichen Abenteuer«, argumentierte Lukas weiter und warf einen kurzen Blick ins Innere des Wohnmobils.

Womit die Fronten geklärt waren: Sie schwammen nicht auf einer Wellenlänge. Das imaginäre Stethoskop verpuffte.

»Das Leben ist Abenteuer genug.« Damit war für Rosina das Gespräch beendet.

In diesem Moment kletterte Mario aus dem Wohnmobil und begrüßte Lukas herzlich. Nicht zu übersehen, dass die beiden einander sehr schätzten.

»Rosina – Lukas. Lukas – Rosina.«

»Ach, ihr kennt euch schon?«, fragte sie spitz. Offensichtlich hatte Mario ihr nichts von der Überstellungsfahrt und der Isetta erzählt. Aus dem Augenwinkel sah ich, wie Lukas ratlos die Schultern zuckte. Mario rettete uns aus der peinlichen Stille. »Wer möchte Cappuccino?«

Leicht verlegen nahmen wir am Campingtisch Platz, und Rosina brachte wortlos noch ein viertes Gedeck. Bei aller Herzensgüte: Kritik vertrug sie nur schlecht. Es wäre falsch, ihr Abgehobenheit zu unterstellen. Im Gegenteil: Rosina ist die gastfreundlichste Person, die ich kenne, bodenständig und geerdet. Aber nicht einmal ein optischer Leckerbissen wie Lukas durfte sich abfällig über ihr neues Zuhause äußern. Da verstand sie keinen Spaß.

Zum Glück war Rosina aber auch fokussiert. Konkret auf den Diebstahl der *Susanna*. Und am wirksamsten riss man in einer Ermittlung die Aufmerksamkeit auf sich, indem man den Fall aus dem Nichts heraus aufklärte. Oder den Anwesenden eine neue Theorie um die Ohren haute. Zumindest war es einen Versuch wert.

Rosina wartete ab, bis wir alle Platz genommen hatten und mit Cappuccino, Brioches und ihrer selbst gemachten Marmelade versorgt waren. Und dann, im Moment des andächtigen Genusses:

»Ich glaube, ich weiß, wer's war!«

»Was?«

»Woher auf einmal?«

»Wieso hast du mir nichts gesagt?«

Alle redeten durcheinander. Das pure Chaos. Genau das hatte Rosina beabsichtigt, denn jetzt konnte sie ihre Theorie ausbreiten. Alle Augen und Ohren waren auf sie gerichtet.

»Wir waren gestern Abend gemeinsam bei Enzo, und heute Früh hast du den Fall gelöst?« Marios Blick war vorwurfsvoll.

»Ich bin in der Nacht draufgekommen«, erklärte Rosina schulterzuckend. Jemandem, der immer noch ein großes Geheimnis hütete, war sie keine Rechenschaft schuldig, fand sie.

»Und da hast du mich nicht geweckt?« Mario war von der Rolle.

Aber auf Besitzansprüche reagierte Rosina allergisch. »Wie du siehst: Nein«, entgegnete sie, vielleicht einen Tick zu schnippisch. Aber Marios Annahme, er hätte ein Recht auf Information brachte sie auf die Palme. Sie straffte sich und schaute bedeutungsvoll in die Runde. »Fangen wir bei Enzos Tattoo an. Eine Pfingstrose auf dem rechten Oberarm.«

»Fast jeder Dritte ist heutzutage tätowiert!«, entgegnete Mario schlapp.

Rosina ließ sich nicht beirren. »Es gibt Tattoos, und es gibt Tattoos. Arschgeweih ist lange vorbei. Genau wie chinesische Schriftzeichen im Nacken. So etwas lassen sich nur Mitläufer stechen, die unbedingt dazugehören wollen. Die auf Symbolik pfeifen und nicht daran denken, dass jeder Trend ein Ablaufdatum hat.«

Ich schielte zu Lukas; gestern Nacht hatte ich ein Kruzifix in seiner Leiste entdeckt. Winzig, aber gut erkennbar.

»Wenn ich Enzo wäre, hätte ich mir einen Totenkopf stechen lassen oder einen ausgestreckten Mittelfinger. Irgendetwas, das auf Rebellion hindeutet. Aber keine Blume. Außer ...«, Rosina legte eine Kunstpause ein, »das Tattoo ist eine versteckte Botschaft.«

»Was?« Ich war perplex. Rosina nippte unbeeindruckt an ihrem Cappuccino. Marios Blick war skeptisch, Lukas zuckte ratlos mit den Schultern.

»Eine versteckte Botschaft? Von Enzo? Was könnte ein Sozialhilfeempfänger verschlüsselt mitteilen wollen?«

Rosina stellte die Tasse bedächtig ab und leckte sich die Lippen. »Etwas, das er selbst herausgefunden hat und vielleicht bald öffentlich machen will.«

Ich war nicht überzeugt.

»Das müsste dann aber etwas Brandaktuelles sein«, warf Mario ein. »Denn das Tattoo hat er sich während der letzten zwei Monate stechen lassen.«

»Richtig«, nickte Rosina, »genau das meine ich. Eine brandaktuelle Erkenntnis, die Enzos ganzes Leben verändern könnte.« Sie fischte eine Brioche aus dem Körbchen, zupfte sie in zwei Teile und bestrich sie betont langsam mit Marmelade.

»Nämlich?« Ich hasste ihre Kunstpausen, das wusste sie natürlich. Rosina biss in aller Ruhe ab, kaute genüsslich und sagte schließlich: »Dass er Lorenzo Martinellis Sohn ist.«

Für einen Moment sagte niemand etwas. Rosina löffelte Cappuccinoschaum.

»Ich dachte, Lorenzo Martinelli ist kinderlos?«

Ich war laut geworden. Eine Joggerin an der Seepromenade drehte kurz den Kopf in unsere Richtung. Mario legte den Zeigefinger auf die Lippen.

»Vielleicht ist er das«, sagte Rosina. »Vielleicht aber auch nicht.«

»Wenn Lorenzo Martinelli tatsächlich kinderlos ist«, sagte ich, »wer würde im Fall seines Ablebens diese Villa erben?« Ich deutete mit dem Kopf zu Martinellis Garten, der an Marios angrenzte. Zwischen den Ästen der weiß blühenden Oleander schimmerten der gehörnte Türklopfer und die dunkle Eingangstür durch.

Mario schob mit dem Zeigefinger Brioche-Brösel auf seinem Teller hin und her. »Vermutlich Paola, seine Nichte.« Und an Lukas gerichtet, erklärte er: »Martinelli hat sie nach dem Unfalltod ihrer Eltern zu sich genommen und ist quasi ein Vaterersatz.«

»Denkst du, Lorenzo weiß, dass er einen Sohn hat?«, fragte ich.

Rosina wiegte ihren Kopf hin und her. »Ich bin nicht sicher. Enzo weiß jedenfalls, dass Lorenzo sein Vater ist.«

»Seit wann? Und wieso, ich meine …« Ich suchte nach Worten.

»Warum er nichts gesagt hat? Warum er nicht direkt auf Lorenzo zugeht, meinst du?«

Ich nickte, aber anstelle von Rosina meldete sich Lukas zu Wort. »Äxgüsi fürs Einmischen, aber wer, bitte, fragt am Begräbnis seines Vaters den eigenen Onkel, ob da vielleicht ein Irrtum beim Verwandtschaftsgrad vorliegt?«

Er hatte recht. Mario brummte zustimmend, aber Rosina hakte ein. »Nicht *am* Begräbnis! Da haben sich Enzo und Lorenzo ja erst kennengelernt, und Enzo hat zum ersten Mal Verdacht geschöpft, dass er mit Lorenzo verwandt sein könnte!«

Enzo, Lorenzo, Onkel, Vater … Mir schwirrte der Kopf. Rosina bestrich das letzte Stück ihres Brioches so dick, dass Marmelade über ihre Finger rann. Mit einem Haps war der Bissen weg und die Finger abgeschleckt.

»Ah, die heurigen Marillen waren besonders gut.« Betont lässig wischte sich Rosina mit der Serviette den Mund ab. Dann nahm sie den Faden wieder auf. »Ich stelle mir das so vor: Auf Mauros Begräbnis interessiert sich jemand für Enzo …«

»… wahrscheinlich Paola«, unterbrach Lukas.

»Möglich«, entgegnete Rosina unterkühlt, aber nicht mehr ganz so frostig wie vorhin. Unterbrechungen schätzte sie nicht besonders. »Also, Paola oder sonst jemand stellt ihm Fragen und schenkt ihm ein Sparbuch mit 3.000 Euro. Ist doch klar, dass Enzo misstrauisch wird. Er selbst weiß natürlich, dass er farbenblind ist. Aber er weiß nicht, ob der verstorbene Mauro das gleiche Problem hatte. Ob er es also von ihm geerbt hat, denn totale Farbenblindheit ist genetisch bedingt. Meistens, zumindestens. Seine Mutter ist tot, die kann er nicht mehr fragen. Die anderen Verwandten kennt er nicht gut genug, um mit so einer Frage daherzukommen. Also schließt er daraus, dass er womöglich gar nicht Mauros Sohn ist. Was das seltsame Verhalten der Familie am Begräbnis erklären würde.«

Nachdenkliches Nicken von allen Zuhörern. Mario pickte ein paar Brösel mit der Fingerkuppe auf und steckte sie in den Mund.

»Enzo hat also Zweifel«, redete Rosina weiter, »seine Mutter hat, als Mauro sie verlassen hat, ein paar Dinge von ihm aufgehoben. Eine Krawatte, seine Haarbürste und noch ein paar Kleinigkeiten. Enzo nimmt also die Haarbürste, besorgt sich einen Vaterschaftstest ...«

»... und findet heraus«, unterbrach ich sie hektisch, »dass er gar nicht Mauros Sohn ist.«

»Ja.«

»Streng genommen«, meldete sich Lukas nach einer kurzen Denkpause, »hat Enzo aber gar keinen Beweis dafür, dass tatsächlich *Lorenzo* sein Vater ist.«

»Sondern?« Rosina war genervt von Lukas' Zwischenfragen.

»Der Test, ob Mauro sein Vater ist, war negativ. Bis jetzt weiß er also nur, wessen Sohn er *nicht* ist.« Rosinas frostige Miene war ihm nicht entgangen.

»Ich mein' ja nur ...«, murmelte er.

»Na ja, selbst wenn es nur ein Verdacht ist: Die Namensgebung spricht für sich. Ich meine: Enzo – Lorenzo.«

Ich schielte zu Mario. Der war im Zwiespalt. Vermutete ich, als ich sah, wie er seine Serviette faltete und glatt strich. Einerseits kannte er Martinelli nicht gut genug, um ihm eine verheimlichte Vaterschaft zuzutrauen.

Mit komplizierten Vaterschaften kannte er sich aus, Stichwort Uniformknopf. Nicht immer steckt Absicht dahinter, aber einem Kind vorsätzlich zu verheimlichen, wer sein Erzeuger ist, verstößt gegen das achte Gebot: Du sollst kein falsches Zeugnis geben.

Andererseits war die Frage, ob Enzo tatsächlich Lorenzos Sohn war, essenziell für den *Susanna*-Raub. Das erkannte sogar ich.

»Enzo wäre also, im Fall von Lorenzos Tod, erbberechtigt.«

»Ja.« Rosina goss Orangensaft in ihr Glas und nippte daran. »Aber so lange will Enzo vielleicht nicht warten. Oder besser gesagt: So lange kann er nicht warten. Er hat *jetzt* finanzielle Probleme.«

»Trotzdem lässt er sich ein Tattoo stechen?« Fand ich unlogisch.

»Das verstehst du nicht«, erklärte mir Rosina. »Enzo hat sein Lebtag lang kein Geld, aber 1.000 Wünsche gehabt.«

Sie griff zum Körbchen mit den Brioches: leer. Lukas hatte sich das letzte fluffige Gebäck soeben auf seinen Teller geholt. »Äxgüsi, aber das ist das beste Morgenessen seit Langem«, schmatzte er und lächelte treuherzig, als er Rosinas strengen Blick bemerkte.

»Danke«, sagte Rosina säuerlich. »Also, was macht Enzo, der zufällig von einem wertvollen Gemälde erfährt, das offiziell nicht existiert? Dessen Diebstahl wahrscheinlich nicht einmal der Polizei gemeldet wird?«

»Er stiehlt es?«

»Genau. Und zwar wann?«

Blöde Frage. »Wenn niemand im Haus ist, natürlich!« Rosina sah mich ungeduldig an. »Genauer. Denk nach!«

»Während Paolas Hochzeit?«

»… zu der er nicht eingeladen ist«, ergänzte Rosina.

Lukas räusperte sich. »Aber das Bild war doch alarmgesichert, oder?«

Mario sah zuerst Lukas und dann Rosina fragend an.
Die Theorie, wonach Enzo der Täter war, missfiel ihm
eindeutig. »Hat Enzo denn ein so starkes Motiv?«

»Und wie er ein Motiv hat!« Rosina kippte ihren
Orangensaft in einem Zug hinunter. »Habgier. Zutiefst
menschlich, in seiner Situation sogar absolut nachvollziehbar. Aber eben gegen das Gesetz.« Sie seufzte. »Kann
man nichts machen.«

Mario ging in die Offensive. »Das ist mir zu wenig.
Außerdem gibt es einige offene Fragen.«

»Zum Beispiel?« Dem Blick nach war Rosina not amu-
sed. Zu viel Gegenwind an diesem Tisch.

Mario zählte bereits seine Fragen an den Fingern auf.
»Erstens: Woher weiß Enzo von dem Bild? Er kannte
Lorenzo kaum, warum sollte der ausgerechnet dem frem-
den Neffen davon erzählen?« Er blickte zu Rosina, die
ihm ungeduldig deutete fortzufahren. Entweder, weil
sein Argument sie nicht beeindruckte, oder weil ihr kein
Konter einfiel.

»Zweitens: Wie hat Enzo die Alarmanlage ausgeschal-
tet?«

»Dieses Wissen kann man sich aneignen«, erwiderte
Rosina.

»Drittens: Kann Enzo den Estragon in Martinellis
Arbeitszimmer hinterlassen haben?« Er zog die Augenbrauen hoch und blickte zu Rosina. »In seiner Wohnung
war keine Küche, nur ein Plattenkocher. Ich hatte nicht
den Eindruck, dass er sich mit Kräutern besonders gut
auskennt, geschweige denn einen Zusammenhang zwi-

schen dem botanischen Namen und dem Bild herstellen kann.«

»Diskriminierung!«, rief Rosina. »Dass er im gesellschaftlichen Abseits steht, sagt nichts über sein Allgemeinwissen aus.« Sie schüttelte den Kopf. Derart klischeehaftes Denken hatte sie dem Ex-Kardinal nicht zugetraut.

Mario ging nicht darauf ein. »Viertens: Wo hat er das Bild versteckt? Und fünftens«, er wackelte mit dem kleinen Finger der linken Hand, »das Wichtigste: Wie macht er es zu Geld?«

Rosina hörte zu und trommelte mit den Fingern auf die Tischplatte. Über einige dieser Punkte hatte sie selbst auch schon nachgedacht. Nicht über alle, zugegebenermaßen. »Ich hab' ja auch nicht behauptet, dass der Fall geklärt ist«, wand sie sich ein bisschen.

Lukas schaltete sich ein. »Welche Möglichkeiten gibt es denn, um das Bild an den Mann zu bringen?«

Rosina zuckte mit den Schultern. »Es gibt immer Mittel und Wege. Irgendeinen wohlhabenden Sammler, der nach Gentileschi-Bildern sucht. Dem es nicht wichtig ist, woher das Bild kommt.« Sie sah in die Runde und blieb bei Mario hängen. Überlegte, ob sie die Bombe platzen lassen sollte, und entschied sich dagegen. Vorerst. »Theoretisch gibt es für alles einen Käufer, man muss ihn nur finden. Aber für solche Kontakte braucht's Mittelsmänner. Leute mit Verbindungen, und zwar auf beiden Seiten des Gesetzes.« Kurze Pause. Sie vermied das M-Wort, mit dem in Italien jede Art von Verbrechen assoziiert wurde. »Und solche Kontakte traue ich Enzo nicht zu.«

Enzo war zwar ein bedauernswerter Pechvogel, sein Schicksal eine Verkettung von Widrigkeiten. Aber Berührungspunkte mit der Unterwelt wollte sie ihm dennoch nicht unterstellen.

»Angenommen, Enzo hat das Gemälde tatsächlich gestohlen; an wen könnte er sich wenden, wenn er es loswerden will?«, fragte Mario und verschränkte die Arme.

»Auktionshäuser«, seufzte Rosina. Dass Enzo so naiv wäre, das Bild auf einer Online-Verkaufsplattform anzubieten und billig zu verschleudern, hoffte sie nicht. »Er kann zwar keine Provenienz nachweisen ...« Noch eine Chance für Marios Auftritt, aber nichts passierte.

»Keine was?«, platzte ich stattdessen heraus.

»Pro-ve-ni-enz. Der Nachweis, woher das Gemälde kommt. Welche Geschichte es hat. Ob das Bild tatsächlich von der Künstlerin stammt, der man es zuordnet. Wem es zuletzt gehörte und zu welchen Preisen es weiterverkauft wurde. Unter welchen Umständen es der letzte Besitzer erworben hat. Das alles ist bei Verkäufen wichtig, um auszuschließen, dass es sich um Raubkunst handelt.«

Eine Weile sagte niemand etwas. Rosina stand auf und begann, das Geschirr zu stapeln und abzuräumen. Ihre Theorie war ins Stocken geraten, aber niemandem von uns fiel eine brauchbare Alternative ein. An den großen Unbekannten als Dieb glaubte jedoch keiner an diesem Tisch.

»Was ist eigentlich mit Paola?« Als hätte Lukas meine Gedanken erraten.

»Die Nichte?« Mario blickte hoch. »Paola ist Lorenzos Ein und Alles. Er behandelt sie wie seine eigene Tochter. Finanziert ihre Ausbildung, kauft ihr ein Auto, hat ihr eine gute Stelle organisiert.«

»Und die Hochzeit bezahlt«, ergänzte ich.

Rosina klapperte im Wohnmobil mit dem Abwasch.

»Sie hätte also gar keinen Grund, ein Bild zu stehlen«, sprach ich aus, was Mario angedeutet hatte.

»Man sollte ein Motiv nie von vornherein ausschließen. Immer alle Möglichkeiten offen lassen!«, kam die umgehende Rüge von Rosina.

»Schon, aber im Vergleich zu Enzo ist Paolas Weg doch geebnet, oder?« Ich blickte mich in der Runde um. »Beide stammen zwar aus derselben Familie, aber was Enzo sich hart erkämpfen muss oder nie erreichen wird, das ist für Paola selbstverständlich.«

Rosina nickte in Richtung Spüle, Mario brummte nachdenklich.

»Also kein Grund, den eigenen Onkel zu bestehlen, der ihr ein komfortables Leben ermöglicht, oder?« Ich war stolz auf meinen Beitrag. »Noch dazu aus dem Haus, das sie sowieso eines Tages erben wird.«

»Vorausgesetzt, Lorenzo Martinelli hat sie in seinem Testament bedacht«, ergänzte Rosina. Paola war also aus dem Schneider. Das klang plausibel.

Aber je mehr Leute an einem Tisch, desto mehr Denkansätze und Meinungen. Selbst fundierte Theorien lassen sich widerlegen und ins Wanken bringen, wenn ein stichhaltiges Argument daherkommt. In diesem Fall von Lukas.

»Bleibt noch eine Möglichkeit«, sagte er entspannt und wischte sich Brioche-Brösel von den Shorts, »nämlich, dass Paola etwas ganz anderes will.«

Es ist wie beim Witz mit der Frühstückssemmel und dem betagten Ehepaar. Seit Jahrzehnten dasselbe Ritual am Morgen: Die Semmel wird halbiert, die Frau bekommt die obere Hälfte, der Mann die untere. Erst nach der Goldenen Hochzeit gesteht sie ihm, dass sie seit Ehebeginn die untere Semmelhälfte bevorzugt hätte. Er wiederum traute sich nie zu sagen, dass er nur ihr zuliebe auf den oberen Teil verzichtet hatte. Hinter den beiden liegen 50 Jahre Irrtum und 18.250 unbeliebte Semmelseiten, die dem Ehepartner zuliebe gegessen wurden.

Für einen geliebten Menschen das Beste zu wollen, kann gründlich danebengehen.

Rosina hatte natürlich auch schon über Paola nachgedacht, aber bisher keinen konkreten Anlass gefunden, sie zu verdächtigen. Neben dem rational denkenden Mario hatte sie noch dazu ihr Bauchgefühl ins Abseits gestellt, das sich bereits bei den Fotos in Martinellis Villa gemeldet hatte. So sehr es Rosina auch wurmte, dass sie nicht selbst auf die Idee gekommen war: Lukas' Einwand war zumindest eine Überlegung wert. Rosina dachte an die Operntickets, die Paola auf so vielen Fotos strahlend in die Kamera gehalten hatte. Sie hatte sich gefragt, warum Lorenzo Martinelli immer nur die Arena di Verona mit seiner Nichte besucht hatte. Denn Oberitalien hatte durchaus noch andere Kultur-Tankstellen zu bieten: Venedigs Teatro la Fenice, die Oper in Mailand oder das Teatro Communale in Bologna. Alle Kulturstätten waren binnen weniger Stunden zu erreichen. Martinelli hätte seiner Nichte sicher auch diesen Wunsch von den Augen abgelesen.

Aber, und da musste Rosina Lukas Recht geben, es bestand durchaus die Möglichkeit, dass Paola andere Vorstellungen vom Leben hatte als ihr Onkel. Dass sie Lorenzos Bemühungen, ihr alle Hindernisse aus dem Weg zu räumen und ein entspanntes Leben zu ermöglichen, gar nicht schätzte. Weil sie etwas anderes vorhatte.

Vielleicht, grübelte Rosina, hatte Paola nie den Mut

gehabt, mit ihm darüber zu sprechen. Irgendwann, stellte sich Rosina vor, war der Zeitpunkt verstrichen, an dem ein klärendes Gespräch oder eine Planänderung noch möglich gewesen wäre. Ausbildung, Wohnort, Arbeit: Im Laufe eines Lebens treffen Menschen viele Entscheidungen, revidieren sie, bereuen Entschlüsse oder wählen eine andere Option. Wem Entscheidungen abgenommen werden, dem entgeht auch die Chance, aus Fehlern zu lernen. Wer also ein klärendes Gespräch immer wieder hinausschiebt und sich schließlich zähneknirschend seinem Schicksal fügt, resigniert irgendwann. Oder bricht aus. Um mit dem Kopf durch die Wand endlich das durchzusetzen, was schon Jahre vorher auf dem Plan gestanden hatte.

Vielleicht hatte Paola schon zu lange ihrem Onkel den Gefallen getan, sich über erfüllte Wünsche zu freuen und nach außen die brave Nichte gespielt. Im Inneren aber brodelte ein Vulkan, unberechenbar und von zerstörerischer Kraft. Unerfüllte Wünsche, nicht gelebte Träume und die Angst, im goldenen Käfig zu versauern, verschmolzen zu glühend heißer Lava, die bei einer Eruption größtmöglichen Schaden anrichten konnte.

Paolas möglicher Ausbruch aus der behüteten Spießbürgerwelt war zumindest eine Theorie, die sich weiterverfolgen ließ. Widerstandslose Angepasstheit war immer ein Grund zur Skepsis, fand Rosina. Gut möglich, dass sich unter Paolas glatt gebügelter Preppy-Chic-Oberfläche etwas zusammengebraut hatte, wovon der stolze Onkel nichts ahnte.

»Fazit: Wir wissen zu wenig über Paola«, sagte Rosina entschlossen und stemmte die Hände in die Hüften. Jetzt, da sie es aussprach, wunderte sie sich selbst darüber.

Und an Lukas gerichtet: »Guter Denkansatz, aber wir brauchen was Griffiges. Etwas, womit wir die Theorie untermauern können.« Dieser Satz war quasi ein Friedensangebot nach der Kritik an ihrem De-luxe-Wohnmobil.

»Du meinst Beweise?«, grinste ich sie an.

»Wer redet von Beweisen? Ein Motiv brauchen wir zuerst einmal, ein saftiges!« Sie schüttelte den Kopf.

»Du bist schon wieder auf der Überholspur. Ich hab' dir doch gesagt: Bei hoher Geschwindigkeit passieren die schlimmsten Unfälle, su questo non ci piove!«

Was so viel hieß wie: keine Widerrede!

Damit stand zumindest fest, was sie vorhatte: Paola abklopfen und ihr auf den Zahn fühlen. Nur über das Wie diskutierte sie noch mit Mario.

Rosina wollte sich ins Krankenhaus von Bologna einschleichen, um Lorenzo Martinelli endlich persönlich kennenzulernen und ihn, so ganz nebenbei, über seine Nichte auszuhorchen. Mario war entschieden dagegen.

»Was soll das werden? Zuerst verdächtigst du Enzo, und jetzt ist Paola dran? Das Bild wurde während ihrer Hochzeit gestohlen, schon vergessen?«

»Natürlich hab' ich das nicht vergessen. Ich vergesse nie etwas!« Sie holte tief Luft. »Aber es wäre möglich, dass Paola jemanden für den Diebstahl engagiert hat oder sonst wie daran beteiligt ist. Wir brauchen Infos über ihre Kontakte. Wo sie verkehrt hat und mit wem, vielleicht ist sogar ihr Bräutigam interessant.«

»Ex-Bräutigam«, verbesserte ich und fragte mich gleichzeitig, warum man sich erst kurz vor dem Traualtar gegen die Ehe entschied.

Rosina und Mario waren inzwischen lauter geworden.

»Lorenzo liegt auf der Intensivstation. Das Letzte, was er jetzt braucht, sind bohrende Fragen über seine Vergangenheit und seine Nichte!«

»Anders geht's aber nicht«, beharrte Rosina und zog eine Zigarettenpackung aus der Tasche ihres Kleides.

»Es muss anders gehen!« Marios Stimme war um einige Grad schärfer geworden. »Und Rauchen ist auch keine Lösung«, fügte er versöhnlicher hinzu. »Warum befragen wir nicht zuerst Paola?«

»Ich rauche nicht!«, fauchte Rosina und drehte die Zigarettenpackung in ihrer Hand. »Paola sitzt in Bologna am Bett ihres Onkels und weicht ihm nicht von der Seite. Hast du selbst gesagt. Wenn wir nach Bologna fahren, können wir uns von beiden ein Bild machen. Wir schlagen zwei Fliegen mit einer Klappe.« Mit zittrigen Fingern öffnete sie die Packung und schloss sie wieder. Auf, zu. Sie war angespannt, um Lässigkeit bemüht, aber ich kannte sie besser. Das war genau der Moment, in dem sie sich normalerweise aus dem Staub machte. Wäre Mario nicht ihr Ermittlungs-Co, würde sie jetzt publikumswirksam die Klappsessel ins Wohnmobil schmeißen, das Tischtuch vom Tisch reißen und lautstark fluchen. Ihr Leben lang war sie Konflikten aus dem Weg gegangen und hatte ihr eigenes Ding durchgezogen, notfalls mit schmerzhaften Konsequenzen. Zum ersten Mal, seit ich sie kannte, blieb sie stehen und flüchtete nicht vor dem Gewitter. Auch wenn es ihr kolossal schwerfiel.

Aber was Martinellis Befragung anging, blieb Mario stur. »Zu viele Fragen könnten Lorenzo belasten und seinen Gesundheitszustand verschlechtern. Das Risiko werde ich auf keinen Fall eingehen.«

Rosina schwieg zähneknirschend. In Lukas' Anwesenheit war ein Streit mit Mario unangebracht, fand sie. Da hatte sie die schlechteren Karten.

Mario sah auf die Uhr. »Es ist jetzt knapp 9.30 Uhr«, sagte er. »In 30 Minuten beginnt die Messe in Santa Maria Assunta.«

Rosina zog eine weitere Zigarette aus der Packung und klopfte damit dreimal auf den Campingtisch. Untrügliches Zeichen, dass ihre Selbstbeherrschung endgültig dahin war. Die Luft war geladen.

»Die Heilige Messe als Auskunftsstelle?«, schlussfolgerte ich in die unheilvolle Stille hinein.

Mario nickte. »Funktioniert immer. Die Kirche ist eine zuverlässige Informationsplattform, egal ob Großstadt oder Dorf.«

Ich fand beide Ideen nicht schlecht: Befragung in Bologna und Gottesdienst. Angesichts der extrem erhitzten Gemüter hütete ich mich aber, meinen Senf dazuzugeben. Denn weder Mario noch Rosina schienen kompromissbereit. Beide beharrten stur auf ihren Ideen; typisch gehörnte Sternzeichen eben. Rosina war eine Stier-Geborene, Mario Widder.

Lukas beobachtete die beiden etwas abseits von der Uferpromenade aus. Er saß auf der Lehne einer Bank und schüttelte den Kopf. »Besser, wir gehen aus der Schusslinie«, sagte er und stand auf, als er mich kommen sah. »Sich da einzumischen, das isch für d' Füchs!«

Also umsonst, sinnlos, wenn ich ihn richtig verstanden hatte. Ich merkte, dass auch ich ein bisschen Abstand von Rosina, Mario und der *Susanna*-Sache brauchte.

»Kennst du den Torre Apponale?« Ich deutete hinüber zum Uhrturm.

»Noch nicht«, erwiderte er und nahm meine Hand.

12. KAPITEL

Erzählt von Wehrbauten, Schweißflecken und Mode-püppchen, von Tarnung, rosa Wolken, Perlen und Ringen. Lukas hat eine spontane Idee, und es kommt zu einem Lauschangriff. Mario kommt zu spät zur Heiligen Messe, Gianna schwärmt von ihrem Neffen, und Rosina lenkt sich ab. Es geht um den Heiligen Geist, um Irrglauben und Versprechungen. Rosina zieht ihr Ding durch, und Mario denkt an alles und nichts.

Auf der östlichen Seite der Piazza Tre Novembre thront Rivas Wahrzeichen: der Torre Apponale.

Ein 800 Jahre altes Verteidigungsbauwerk, zusammengesetzt aus unterschiedlich großen Quadersteinen. Mit dem Turm hatte sich die Familie Bonvicino einst ein massives Bauwerk geleistet und bleibende Spuren in Riva hinterlassen.

Italiens Orte hatten im 13. Jahrhundert genug von der Zentralgewalt. Sie strebten die Unabhängigkeit an, Wehrbauten waren schwer angesagt. Und wer als Spross eines wohlhabenden Geschlechtes etwas auf sich hielt, baute eben seinen eigenen Turm. Aufwendige Baugenehmigungen wie heute, bei denen Architekten, Nachbarn, Bürgermeister, Reinhalteverband und Kaminkehrer anwesend sind und sich in die Haare kriegen, waren damals kein großes Thema. Stelle ich mir vor. Und so leisteten sich wohlhabende Familien wie die Bonvicini und die Bellastillas steinerne Türmchen in Riva. Man gönnt sich ja sonst nichts, trotz Veto von Kaiser und Fürsterzbischof. Aber Frechheit siegt: Der Turm steht noch heute. In acht Jahrhunderten überstand der Torre Apponale einen nicht ausgeführten Abrissbescheid, eine nachträgliche Genehmigung, nicht ganz freiwillige Einverleibungen (zuerst vom Bischof, dann von der Gemeinde Riva), mehrere Umbauten, eine Aufstockung und die Nutzung als Kerker. Noch im Ersten Weltkrieg diente er als Beobachtungsturm.

Seit dem Jahr 2002 ist der Torre Apponale fertig renoviert und für Besucher zugänglich. Wer ganz nach oben will, muss 165 Stufen überwinden.

Ich versuchte, nicht allzu weit zurückzufallen; Lukas war schon gut 50 Stufen vor mir.

»Kommst du?«

»Ja, ja«, schnaufte ich. Es war heiß, brütend heiß. Die Turmuhr zeigte noch nicht einmal 9.45 Uhr, trotzdem flirrte die Luft vor Hitze. Meinen Vorschlag, Lukas den Turm zu zeigen, bereute ich mittlerweile. Wegen meiner Kurzatmigkeit und dem Eintrittspreis, den Lukas für mich auslegen musste; ich hatte mein Portemonnaie bei Rosina liegen lassen. Aber am meisten schämte ich mich für die Schweißflecke auf meinem hellgrauen T-Shirt. Ich hatte mich, zur Feier des Tages, gegen das obligatorische Schwarz entschieden und wieder einmal komplett am Anlass vorbeigekleidet. Großer Fehler. Ich fühlte mich elend und übelriechend.

Oben an der Brüstung stellte ich mich ein wenig abseits von Lukas und hoffte auf ein bisschen Wind für den Trocknungseffekt. Vormittags wehte am Gardasee die Ora.

Der Ausblick über die Piazza Tre Novembre, die Dächer von Riva und das glasklare Wasser des Gardasees war jede einzelne Stufe wert gewesen. Lukas schloss die Augen und atmete tief ein.

»Kein Wunder, dass es Mario hier so gut gefällt.«

In der Disziplin Flirten war ich eingerostet. Mir fiel nichts Originelleres ein. »Ja, wirklich schön hier«, sagte ich also.

Lukas drehte sich zu mir um. Augenblicklich ließ ich mein T-Shirt los, das ich mir vom Leib wegzupfte, damit es nicht noch mehr an mir klebte.

»Ist dir heiß?« Er grinste.

»Nur ein bisschen.« Jetzt wurde ich auch noch rot, und meine Ohren glühten wie bei meinem schlimmsten Flirt-Fauxpas in Italien: Jahre her, ebenfalls Sommer, sengende Hitze.

Damals saß ich mit einem smarten Sportlehrer beim Caffè in der prallen Sonne. Er war hitzeresistent, ich dem Kollaps nahe. Ich bat ihn, in den Schatten zu wechseln. Was ich hätte sagen sollen: »Fa molto caldo.« Es ist schrecklich heiß. Was ich leider sagte: »Sono caldo.« Ich bin heiß. Der Sportlehrer hatte sich vor Lachen an seinem Cornetto verschluckt und dann recht schnell die Biege gemacht. Ich hoffte inständig, dass es mit Lukas nicht so enden würde.

Ein paar Minuten lang genossen wir die Stille und den Ausblick. Unten auf der Piazza deckte ein Kellner die Tische vor dem Lokal mit roten und weißen Tischdecken ein. Ein anderer rückte die Plastikstühle zurecht und verteilte kleine Vasen auf den Tischen. Ein paar Jugendliche düsten auf Rädern herum, zwei Großmütter fütterten mit ihren Enkeln Enten an der Mole, und ein Grüppchen Touristen kramte in seinen Rucksäcken.

Ohne den Blick vom See zu nehmen, legte Lukas den Arm um mich. Wortlos, unkompliziert, einfach so. Das gefiel mir. Ich fühlte mich plötzlich leicht, wie von einer Last befreit. Die Nähe zu ihm war ohne verkrampftes Flirten möglich. Ohne bemühte Selbstdarstellung. Ich legte den Kopf an seine Schulter und lächelte.

»Ein schöner Tag, hm?«, murmelte er.

»Ja.«

Und ein unbeschreibliches Gefühl. Bauchkribbeln, ein Prickeln unter den Haarspitzen und gleichzeitig pure Entspannung. Es fühlte sich gut und selbstverständlich an, sich an Lukas zu schmiegen. So wohl hatte ich mich lange nicht mehr gefühlt.

Ich weiß nicht, wie lange wir so am Torre Apponale standen. Die Hitze machte den Aufstieg für Touristen unattraktiv, wir hatten den Turm für uns allein. Was ich weiß, ist, dass sich irgendwann schlurfende Schritte und ein dezentes Schnaufen näherten. Jemand schleppte sich über die letzten Stufen zur Spitze des Turms. Eine junge Frau; sie nickte mit dem Kopf grüßend in unsere Richtung, wischte sich eine verschwitzte Haarsträhne aus der Stirn und fischte eine Flasche ›Acqua panna‹ aus ihrer Handtasche. Nach ein paar großen Schlucken entsperrte sie ihr Smartphone und textete. Anders als Lukas und ich drehte sie sich vom See weg.

»Was?«, flüsterte Lukas in meine Haare.

»Die Frau«, flüsterte ich zurück, »sie kommt mir bekannt vor.«

Lukas blickte kurz nach hinten, drehte sich wieder um

und schüttelte leicht den Kopf. Er kannte sie nicht. Aber ich. Nur woher? Irgendwo war ich ihr bereits begegnet, und es war nicht lange her. Ich musterte sie unauffällig, konnte ihr Gesicht aber keinem Namen zuordnen. Ihr weites Kleid flatterte im Wind. Passend zum orangefarbenen Vichy-Karo trug sie korallenrote Lackballerinas. Der Schmuck war dezent: Perlenohrringe und ein schlichtes Kreuz an einer Goldkette. Und ein Siegelring, der eigentlich nicht zu ihrem restlichen Schmuck passte. Gerade als ich mich wieder zum See wandte, war das Bild wieder da. Ich sah noch einmal hin, und für einen Sekundenbruchteil trafen sich unsere Blicke. Ein Sonnenstrahl reflektierte an ihrem Schmuck und blendete mich. Der Ring! Schlagartig wusste ich, woher ich die Frau kannte: vom Kontaktbild auf Marios Smartphone. Ich hatte einen Blick darauf erhascht, als sie ihn zuletzt angerufen hatte. Es war Paola Martinelli.

Gerade hatten wir von ihr gesprochen, und keine 100 Meter Luftlinie entfernt diskutierten Rosina und Mario wahrscheinlich noch darüber, wie sie sich ein Bild von Martinellis Nichte machen sollten. Jetzt stand sie hier, an der Brüstung des Torre Apponale. Ich zwickte Lukas in die Seite.

»Hm?«

»Paola«, flüsterte ich aufgeregt und zupfte unauffällig an seinem T-Shirt. Unter meiner Hand an seiner Hüfte spannten sich Lukas' Muskeln an. Der jahrelange Dienst im Vatikan hatte seinen Körper konditioniert: Beim kleinsten Signal einer Unregelmäßigkeit schärften sich alle seine Sinne. Muskeln, Atmung und Herzfrequenz schalteten binnen Sekunden von entspannt auf wachsam um. Äußerlich wirkte er immer noch lässig und tiefenentspannt. Innerlich war Lukas aufmerksam wie ein Luchs und bereit zum Sprung.

Aus den Augenwinkeln beobachtete ich, wie Paola eine Visitenkarte aus der Tasche zog, eine Nummer abtippte und dann das Smartphone ans Ohr hielt. Zur Tarnung blickte Lukas weiterhin konzentriert aufs Wasser.

Hinter uns begann Paola ihr Gespräch. »Dottore Pedrotti? Hier ist Paola Martinelli.«

Ich hielt den Atem an und stellte alle Antennen auf. Egal, was Paola zu besprechen hatte: Sie zog sich extra dafür auf den Uhrturm von Riva zurück. Anfangs sagte sie nicht besonders viel, sondern trommelte mit den Nägeln auf die Steinbrüstung und hörte ihrem Gesprächspartner zu.

Im Geiste notierte ich mir den Namen: Pedrotti.

»Wir können nicht mehr lange so stehen bleiben, sonst fühlt sie sich beobachtet und schöpft Verdacht«, raunte mir Lukas zu.

»Okay, was schlägst du vor?«

Lukas drehte sich zu mir und ... küsste mich. Einfach und genial zugleich. Diese Art von Tarnung hatte er im Vatikan wohl nicht anwenden müssen, stelle ich mir vor, aber er beherrschte sie perfekt. Zwischen all der Leidenschaft, die er in den Kuss legte, seinen starken Armen, mit denen er mich an sich heranzog, und dem Duft seiner Haut fiel es mir verdammt schwer, mich noch auf Paolas Telefonat zu konzentrieren. Das merkte auch Lukas, also hörte er kurz auf, nahm mein Gesicht in beide Hände, küsste meine Nasenspitze und flüsterte:

»Perfekt! Weiter so, nur nicht nervös werden. Bald wird sie auf und ab gehen und dicht an uns vorbeikommen.« Dann machte er da weiter, wo er aufgehört hatte.

Tatsächlich begann Paola, während des Telefonats auf und ab zu tigern. Ihre Stimme und das Sprechtempo verrieten, dass sie angespannt und gereizt war. Und offensichtlich funktionierte unsere Taktik: Paola wog sich in Sicherheit und telefonierte in normaler Lautstärke weiter, sogar als sie knapp an uns vorbeiging. Wobei ich bezweifle, dass Italienerinnen überhaupt flüsternd telefonieren können.

»Nein, Dottore Pedrotti, ich zahle erst, wenn alles erledigt ist – niemand hat Sie gebeten, drei Entwürfe zu verfassen – so war das nicht ausgemacht!« Paola schüttelte mehrmals heftig den Kopf und ging schneller, wenn sie sprach. Wenn sie Dottore Pedrotti zuhörte, blieb sie stehen und fuhr mit der linken Hand über die Brüstung. »Gut, ich beschleunige das. Ich lasse mir etwas einfallen. Hier gibt es genügend geeignete Stellen. Ja – ich melde mich.« Sie beendete das Gespräch unfreundlich und abrupt.

Lukas schielte in ihre Richtung, aber Paola nahm ohnehin keine Notiz von uns. Wütend stopfte sie ihr Smartphone zurück in die Tasche, ordnete ihre Haare und verließ die Plattform wieder. Ich zählte ihre Schritte über die Stufen mit, solange ich sie hören konnte. Als sie 30 oder 40 Stufen weit weg war, löste ich mich aus Lukas' Umarmung.

»Was war das jetzt?«, fragte er mich und strich mir noch einmal durch die Haare.

»Die ideale Tarnung. Und«, ich stellte mich auf die Zehenspitzen und gab ihm einen Kuss auf die Wange, »es schreit nach Wiederholung.« Ich lächelte verlegen.

»Nein, ich meine Paolas Gespräch.« Er ließ mich stehen und ging zur anderen Seite der Plattform. So etwas liebte ich ja: von einer Sekunde auf die andere von der rosa Wolke geschubst werden.

»Außerdem hat sie etwas auf der Brüstung liegen gelassen.« Mit einem Kärtchen in der Hand kam Lukas zurück und grinste. »Wenn das kein brauchbarer Hinweis ist!« Er wedelte kurz vor meiner Nase damit herum und legte sie dann vor sich auf die Steinmauer. Es war die Visitenkarte von Dottore Pedrotti, dessen Nummer Paola abgetippt hatte. Und jetzt erst las ich, was unter dem Namen stand: Notar.

»Sieht ganz so aus, als ob Paola etwas vorhat. Und egal, was es ist: Sie will es beglaubigen lassen. Aber noch interessanter finde ich die Rückseite.« Lukas hob die Karte hoch und drehte sie um.

»Was steht da?« Ich konnte mir keinen Reim auf das machen, was ich sah: eine Zahl und ein Zeichen.

»175 und das topografische Zeichen für Kirche.« Er sah mich nachdenklich an. »Wenn das gestohlene Bild noch nirgends aufgetaucht ist, kann das eigentlich nur eines bedeuten.«

Zur gleichen Zeit hatten Rosina und Mario einen Kompromiss geschlossen: zuerst Messe, dann Bologna. Was im Klartext bedeutete: Besuch des Gottesdienstes um 10 Uhr und im Anschluss die Fahrt nach Bologna, um Lorenzo Martinelli einen Krankenbesuch abzustatten.

Bei italienischen Gottesdiensten gehört nicht nur die Messe an sich, sondern auch das Danach zur umfangreichen Informationsbeschaffung. Die Messfeier selbst eignet sich für die stille Akquise. Man beobachtet, lauscht und notiert sich im Geist, wer neben wem sitzt, wer auf keinen Fall neben wem sitzen will, wer mit boshaften Blicken bedacht wird oder selbst welche austeilt. Nach der Messe gehen die Italiener nicht gleich nach Hause. Man flaniert über die Piazza, sieht und wird gesehen, trinkt noch einen Aperitivo. Erst dann geht es zur Mutter oder Schwiegermutter nach Hause zum Mittagessen.

Genau das war der Plan: zuerst Messe in der Santa Maria Assunta, dann auf einen Aperitivo ins Café *Maroni*, gegenüber vom Kircheneingang.

»Niemand hat Il Tatuato erkannt? Wirklich niemand?«, fragte ich ungläubig ein paar Wochen später. »Ein Ex-Kardinal aus dem Vatikan als Zuschauer in der Kirche, und niemand bemerkt es!« Eigentlich unfassbar.

»Kein Mensch hat was gemerkt. Und weißt du, warum?« Rosina war wieder im Prüfungsmodus.

»Nein.« Natürlich nicht.

»Weil der Mensch ein Gewohnheitstier ist. Das ist wie bei meinem Bankberater.«

»Was hat der denn jetzt damit zu tun?«, fragte ich verwirrt.

»Gar nichts. Ist ja nur ein Beispiel. Aber wenn mein Bankberater hinter dem Tresen steht und ich in die Bank komme, sehe ich ihn maximal bis zur Hüfte. Ob der O-Haxen oder krumme Knie hat, weiß ich nicht, weil ich ihn nur bis zum Bauchansatz kenne.«

»Komm zum Punkt«, stöhnte ich.

»Der Punkt ist, dass ich den Bankberater nicht erkenne, wenn er in voller Pracht vor mir steht.«

»Du meinst, niemand hat Mario erkannt, weil er nicht im roten Ornat unterwegs war, sondern mit Cargohosen und Polohemd.«

»Exakt.« Rosina zeigte mir einen Daumen hoch.

Schon an der Kirchenstiege kam ihnen die redselige Gianna entgegen, Rosinas einstige Putzperle aus Canale.

»Madonna, haben Sie es schon gehört, Rosina?« Mitten im Satz schwenkte Giannas Blick zu Mario, während sie weiter mit Rosina redete. »Bei Martinelli ist eingebrochen worden!«

Mario sog scharf die Luft ein, aber Rosina hatte sich im Griff. »Woher wissen Sie das?«

Informationen sind wie Wasser: Sie haben einen dünnen Hals und dringen überall durch. Wirklich überrascht war Rosina also nicht, dass der Diebstahl bereits Gesprächsthema war, selbst wenn Martinelli auf strengste Geheimhaltung gepocht hatte.

»Ich kenne Sie von irgendwoher«, wechselte Gianna das Thema und nickte wissend zu Mario. »Sie waren schon einmal im Fernsehen.«

»Ich kenne Sie auch«, erwiderte Mario charmant, »Rosina hat mir viel von Ihnen erzählt.«

Gianna strahlte übers ganze Gesicht. »Nur Gutes, hoffentlich!«

»Natürlich. Rosina sagt, Sie machen die beste Pasta in der Stadt.« Mario schmunzelte und stieg die Steinstufen zum Kircheneingang empor. Für die Messe hatte er sein klassisches Beige abgelegt. Er trug eine Cargohose in Marineblau mit passendem Poloshirt und einen salbeifarbenen Pullover, den er sich um die Schultern geschlungen hatte. Gianna hakte sich wie selbstverständlich bei ihm unter.

»Wissen Sie was? Warum kommen Sie nicht zum Mittagessen? Es gibt frische Pasta und …«

»Wir haben noch etwas vor«, unterbrach Rosina eine Spur zu barsch, »aber danke für die Einladung. Ein anderes Mal gerne.« Und um Gianna am Nachfragen zu hindern: »Sie wollten etwas über den Diebstahl bei Martinelli erzählen?«

»Ja«, flüsterte Gianna verschwörerisch und blieb stehen, »es passierte an Ferragosto. Ausgerechnet an dem Tag, als Paola heiratete. So ein Unglück! Aber ehrlich gesagt, das habe ich kommen sehen!«

»Was, den Diebstahl?«

»Dio mio, nein! Die Hochzeit meine ich natürlich. Dass der Bräutigam im letzten Moment einen Rückzieher macht.« Sie schüttelte den Kopf und senkte die Stimme. »Wundert mich überhaupt nicht, diese Sache. Überhaupt nicht!«

Rosina fragte sich, woher Gianna von der geplatzten Hochzeit wusste. Aber im dichten Nachrichtengeflecht einer Kleinstadt konnte man eben nicht jeden Faden bis zu seinem Ursprung zurückverfolgen.

»Wieso hat der Bräutigam einen Rückzieher gemacht? Haben die beiden nicht zueinander gepasst?«

»Madonna!«, Gianna schlug theatralisch die Hände zusammen. »Als es damals hieß, Paola werde heiraten, habe ich das für einen Witz gehalten.«

»Warum denn?« Mario ging einen Schritt zur Seite, um die Leute an sich vorbei in die Kirche zu lassen.

Gianna nickte ein paar Frauen zu. Erst als sie wieder allein vor dem Tor standen, sprach sie weiter.

»Man munkelt, dass sie sich nicht nur für ihren Bräutigam interessiert hat.« Giannas Blick verriet: Da kam noch mehr.

Rosina warf einen schnellen Blick in die Kirche. Alle Bänke waren voll, außer ihnen standen nur mehr zwei junge Frauen vor der Kirche, die auf jemanden zu warten schienen.

Mario zog Gianna sanft vom Tor weg. »Ich kenne Paolas Onkel. Er sagt, seine Nichte sei ein wahrer Engel.«

»Ja, das sagen alle.« Gianna zog eine Augenbraue hoch und schüttelte den Kopf.

»Stimmt das etwa nicht?«

Bedeutungsvolles Seufzen und ein Kreuzzeichen. Gianna beherrschte die Klaviatur der Dramatik perfekt.

»Madonna, wenn ich es nicht selbst gesehen hätte, würde ich es nicht glauben. In der Arena di Verona – ich gehe manchmal dorthin, aber mehr als gradinata *non numerata* kann ich mir nicht leisten, Sie wissen schon, die nicht nummerierten Stufenplätze – da habe ich Paola gesehen.«

»Woher wussten Sie, wie Paola aussieht?«

»Ich habe früher bei Martinelli sauber gemacht. Bis zu dem Zeitpunkt, als er Paola zu sich nahm. Dio mio, Signor Martinelli hat sie vergöttert, aber sie ist ein Luder, Gott vergib mir.« Sie bekreuzigte sich wieder und blickte entschuldigend zum Himmel. »Verstehen Sie mich nicht falsch, das arme Kind hat früh seine Eltern verloren und sicher einiges durchgemacht. Aber sie ist ein undankbarer Fratz. Eine Zicke, die immer bekommt, was sie will. Dabei sieht sie aus wie ein Engel mit ihren blonden Haaren und den schönen Kleidern. Ja, sie hält was auf sich und kleidet sich ordentlich, kann sich's auch leisten. Aber ich sage Ihnen, mit der ist nicht gut Kirschen essen. Irgendwann meinte sie, ich würde nicht gut genug arbeiten für mein Geld.« Wütendes Schnauben. »Sie hat ihren Onkel so lange bearbeitet, bis er mich gekündigt hat. Seitdem erledigt jemand anderes den Haushalt.« Sie zuckte gleichgültig die Schultern. »Macht mir nichts aus, ich habe genügend andere Damen, die meine Arbeit zu schätzen wissen.«

Rosina und Mario sahen einander an. »Was war in der Arena?«

Gianna brauchte ein paar Sekunden, um wieder zum Thema zurückzufinden. »In der Arena? Da habe ich Signor Martinelli und Paola manchmal gesehen. Nicht im selben Sektor natürlich. Signor Martinelli sitzt immer in der Poltronissima Platinum. Erstes Parkett. Kann er sich gut leisten, das ist kein Problem für ihn. Und er hat es sich verdient, er arbeitet wirklich hart, wissen Sie.«

»Sie haben ihn in der Pause gesehen?«

»Zwei- oder dreimal sogar. Und immer hat sich Paola schnell von ihm verabschiedet. Sagte, sie müsse auf die Toilette.«

»Und?« Langsam begann Rosina, sich zu langweilen.

»War sie aber nicht!«

»Sie sind ihr nachgegangen?«

Gianna zuckte die Schultern. »Nicht direkt. Sagen wir, ich bin ihr zufällig über den Weg gelaufen, wie das eben so ist.«

Rosina atmete hörbar aus. Womöglich war der Tratsch mit Gianna pure Zeitverschwendung.

»Jedenfalls habe ich sie mit einer Frau hinter der Bühne gesehen.«

Rosina horchte auf: Bingo! Gianna hatte ein Talent für den richtigen Zeitpunkt.

»Und die beiden haben sich leidenschaftlich geküsst.«

»Was?« Mario war laut geworden, die beiden jungen Frauen auf der Piazza drehten sich zu ihnen um.

Rosina war nicht im Mindesten überrascht, im Gegenteil: Sie hatte so etwas schon erwartet. Glatt polierte Fassaden bargen oft Überraschungen. Paolas Fassade war viel zu glatt. »Wie sah die Frau aus?«

Gianna schloss kurz die Augen, rief ein abgespeichertes Bild hervor. »Klein, drahtig, kurze Haare. Sehr kurz, wie ein Mann.« Sie drehte sich zu Mario und betrachtete seinen rasierten Kopf.

»Haarfarbe?«

»Weiß«, kam es wie aus der Pistole geschossen.

Mario war ehrlich erstaunt. »Welches Alter hatte sie?«

»Mmh, ich weiß auch nicht. Aber die Haare waren gefärbt, ganz sicher. Nicht platinblond, sondern weiß. Viele tragen ihre Haare jetzt so. Es nennt sich ...«, sie rieb die Fingerspitzen beider Hände aneinander und suchte nach dem richtigen Wort, »Granny Style.«

»Denken Sie, dass Paola und diese Frau zusammen sind?«

»Ich bin mir sogar sicher!«

»Warum?«

Gianna überlegte kurz, wie weit sie ausholen sollte. »Mein Neffe arbeitet bei Martinelli.«

»In der Brillenherstellung?«

»Nicht in der Herstellung. Im Facility Management.« Zum Beweis zog Gianna ihr Smartphone aus der Tasche und öffnete den Fotoordner. Sie tippte auf ein Foto, das einen jungen Mann Anfang 20 zeigte. Auf seinem Blaumann war das Martinelli-Logo eingestickt.

»Raffaele kommt viel herum im Betrieb. Sie wissen ja, wie das ist. Wenn ein Fenster klemmt oder eine Toilette verstopft ist, kommt Raffaele ins Spiel. Er repariert alles, hat ein goldenes Händchen, der Junge. Was Raffaele repariert, das funktioniert. Deshalb rufen alle nach ihm. Kann sich vor Arbeit kaum retten, der Junge.« Sie steckte das

Smartphone wieder weg. »Jeder in der Firma kennt Raffaele, und jeder mag ihn.«

»Und umgekehrt kennt auch Raffaele alle in der Firma«, baute Mario eine Brücke zum eigentlichen Thema.

»Jeden Einzelnen! Er weiß immer als Erster, was los ist.«

»Und was war bei Paola los?« Rosina lugte durch den Spalt der angelehnten Kirchentür. Die Messe hatte bereits begonnen.

»Raffaele hat ein paarmal mitbekommen, wie sie telefoniert hat.« Jetzt flüsterte Gianna beinahe. Ihre Augen glitzerten.

Mario senkte ebenfalls verschwörerisch die Stimme. »Firmentelefonate?«

Gianna schüttelte den Kopf. »Sie hat sich über ihren Onkel beschwert. Dass er die Lorbeeren kassiert, obwohl sie die ganze Arbeit macht. Und dass er endlich die Karten auf den Tisch legen soll.«

»Welche Karten?«, wunderte sich Rosina.

»Das wusste Raffaele auch nicht. Aber in letzter Zeit fiel die Klimaanlage in Paolas Büro oft aus, und Raffaele war fast jeden Tag dort, um etwas zu reparieren.«

»Und er hat jeden Tag ihre Telefonate mitgehört?«

»Stundenlang! Anscheinend hat Paola gesagt: In ein paar Wochen sind wir endlich frei.«

Rosina zog die Augenbrauen hoch. »*Das* hat er gehört?«

Gianna drehte die Handflächen nach außen. Die uralte Geste für Abwehr und Verteidigung. »So eine Klimaanlage zu reparieren, ist kompliziert, das dauert eben. Aber Raffaele hat es geschafft. Raffaele schafft alles!«

Anscheinend war Giannas Neffe ein Gott der Haustechnik.

»Hat Raffaele auch einen Namen gehört?«

Gianna rückte nicht gleich mit der Sprache heraus, also fragte Rosina noch einmal. »Mit wem hat Paola telefoniert?«

»Das ist ja das Seltsame: Es war nicht Salvatore, ihr Bräutigam.«

»Sondern?«

»Sie hieß Mizzi.«

Nicht alle besuchen den Gottesdienst, um mit Gott in Verbindung zu treten, Opfer zu bringen oder Sakramente zu empfangen. Muss man so sagen. Rosina hatte ihre eigene Herangehensweise an die Spiritualität.

»Für meinen Glauben brauche ich keine Kirche«, pflegte sie zu sagen, »ich hab' auch so einen ganz guten Draht nach oben. Wenn mir danach ist, dann rede ich einfach mit der obersten Instanz. Funktioniert einwandfrei.«

Doch das war nur die halbe Wahrheit. Über die andere Hälfte sprach sie nie, aber ich wusste Bescheid. Schließlich kannte ich sie lange genug.

Der Grund, warum Rosina um Gottesdienste einen riesigen Bogen machte, lag Jahre zurück. Weihrauch, tosende Orgeln und das Knarzen der Kirchenbänke brachten Erinnerungen aus den Tiefen ihres Vergessens zum Vorschein. Bilder, die sie für immer verdrängt wissen wollte, ploppten dann ungefragt auf und hatten Rosina in ihren Klauen. Erinnerungen, die sich mit farbiger Grausamkeit in Rosinas Gedächtnis gebrannt und dort tiefe Furchen hinterlassen hatten. Dass die Zeit keine Wunden heilt, wusste Rosina schon lange und mied alles, was sie an die Taufe ihrer Tochter erinnerte.

»Manche Wunden heilen nie«, sagte sie in melancholischen Momenten, »damit muss ich leben. Ognuno ha il suo destino.« Jeder hat sein Schicksal. Kein Wunder also, dass sie sich mit Händen und Füßen gegen Marios Plan gestemmt hatte. Trotzdem saß sie an diesem Sonntag neben ihm in der Kirchenbank.

Es musste sie übermenschliche Kraft gekostet haben, beim ersten Ton der Orgel nicht aufzuspringen und die Kirche zu verlassen, stelle ich mir vor. Aber sie hatte eben ihre eigene Taktik, mit Ängsten zurechtzukommen: Verdrängung.

Während die Gläubigen beteten, rekapitulierte Rosina die Geschehnisse der letzten Tage.

Im Geiste notierte sie Fragen, die gestellt werden mussten. Sie rief sich ungeklärte Details ins Gedächtnis und erinnerte sich, dass sie immer noch das Silikonteilchen in der Hosentasche hatte, das sie in Martinellis Küche am Boden gefunden hatte. Trotz – oder gerade wegen – der tosenden Orgelklänge kam sie so richtig in Fahrt. Sie war im Flow und vergaß ihre Umgebung komplett. Erst als sich die Leute aus den Bänken quetschten, registrierte sie, dass bereits die Kommunion bevorstand.

Als alle anderen zum Altar gingen, blieb Rosina in der Kirchenbank sitzen. Sie fischte einen Kassenbeleg und einen Kugelschreiber aus ihrer Tasche und begann, auf der Rückseite des Papierstreifens zu kritzeln:

Mizzi?

Estragon?

Versteck Bild?

Kameraaufzeichnung!

Silikonteilchen!

Lorbeeren?

Frei sein?

Gianna schritt bedächtig vom Altar zurück zu ihrem Platz. Als sie an Rosina vorbeikam, nickte sie kurz und machte verhaltene Kaubewegungen.

»Das ist einer der Gründe, warum ich so selten zur Kommunion gehe«, raunte Rosina Mario zu, als der wieder neben ihr war. Er hatte sich soeben auf die Kirchenbank gekniet und nutzte die Stille nach der Kommunion zur inneren Einkehr.

»Was?«, flüsterte er.

»Die Hostie. Ich mag es nicht, wenn sie an meinem Gaumen klebt.«

Mario Augen waren geschlossen und sein Kopf auf die verschränkten Hände gestützt. »Wieso klebt sie an deinem Gaumen?«, murmelte er.

»Weil es Ewigkeiten dauert, bis sie sich auflöst.«

»Das Zauberwort lautet: kauen!«

Rosina seufzte. »Das ist der Leib Christi, den zerkaut man nicht.«

Mario schüttelte ungläubig den Kopf. »Wer sagt denn so etwas?«

»Meine Religionslehrerin, damals in der Volksschule. Sie war Nonne und hat uns auf die Erstkommunion vorbereitet.« Rosina steckte den Zettel in die Hosentasche, als Mario wieder die Augen öffnete. »Und sie hat uns verboten, auf den Leib Christi zu beißen.«

»Sonst was?«

Darüber hatte Rosina noch nie nachgedacht. »Weiß ich nicht.«

»Glaub mir, Gott hat nichts davon, wenn uns die Hostie am Gaumen klebt. Und wir sind ihm deswegen nicht näher.« Jetzt öffnete er die Augen wieder und lächelte. »Ich bin 55 Jahre alt und beiße fast täglich auf den Leib

Christi.« Er lächelte. »Seit ich in Riva bin, seltener.« Er streckte den Zeigefinger aus und deutete zur Kirchendecke. »Aber bisher hatte der da oben nichts dagegen.« Er grinste Rosina an. »So schlimm kann es also nicht sein.«

Erst als Rosina nach der Messe ins Freie trat, bemerkte sie meine entgangenen Anrufe während der letzten Stunde.

Um sie auf dem Laufenden zu halten, hatte ich ihr das Wichtigste als Nachricht getippt:

»Paola ist in Riva. Habe Telefonat belauscht. Notar! Ruf mich an!«

Was sie nicht tat.

Eines der wichtigsten Attribute einer Diva ist Hochmut.

Ich will Rosina keinen generellen Hochmut unterstellen, nur so einen leisen Anflug von Affektiertheit, Wichtigtuerei und Süffisanz. Nicht immer, nur ab und zu. Aber wenn, dann garantiert zum falschen Zeitpunkt.

Rosina hatte, gemäß ihrer Abmachung mit Mario, das Wohnmobil bereits zur Fahrt nach Bologna startklar gemacht. Sie war fest entschlossen, Lorenzo Martinelli zu besuchen.

Erstens, weil sie sich endlich selbst ein Bild von ihm machen wollte. Bis jetzt kannte sie ihn nur vom Foto, das Mario zusammen mit seiner Nummer gespeichert hatte. Ihre Recherchen über Lorenzo Martinelli fand sie mittlerweile nicht mehr aussagekräftig genug. Sie war neugierig auf den Mann, der zugleich Gartenzwerge, Buddha-Statuen und ein Gemälde von Artemisia Gentileschi besaß.

Zweitens wollte sie alles über sein Verhältnis zu Enzos Mutter wissen.

Ein Streitpunkt zwischen ihr und Mario. Der Ex-Kardinal war besorgt um Martinellis Gesundheitszustand und immer noch nicht begeistert von Rosinas Idee, aber für Protest war es zu spät. Er hatte sich auf den Deal mit ihr eingelassen, und Deals mit Rosina bricht man nicht. Die hatten Handschlagqualität. Trotzdem blieb er skeptisch.

»Versprich dir nicht zu viel von dieser Fahrt.«

»Ich verspreche mir gar nichts!« Rosina schloss die Dachklappe des Wohnmobils und zog die Plissees an den Fenstern herunter.

»Wenn Martinelli nicht fit genug ist, werden wir nicht einmal zu ihm gelassen. Dann sind nur Besuche von Familienangehörigen erlaubt.«

Rosina zuckte die Schultern. »Wird schon gutgehen!« Sie checkte ein letztes Mal, ob alle Gegenstände im Inneren gesichert oder verstaut waren. Mario nahm einen letzten Anlauf.

»Gut möglich, dass er nicht alle deine Fragen beantworten will und sich in Schweigen hüllt.«

»Wird sich weisen«, sagte Rosina knapp und schwang sich hinters Lenkrad.

Mario sah ein, dass an der Fahrt nach Bologna kein Weg vorbeiführte, und nahm auf dem Beifahrersitz Platz.

»Was macht dich so sicher?« Er war ehrlich neugierig.

Rosina schenkte ihm einen kurzen Seitenblick, als habe sie die Frage nicht verstanden. »Warum ich sicher bin, ob er sein Bild wiederhaben will?«

»Nein. Ich meinte, warum du so sicher bist, dass die Antworten uns zum Bild führen könnten.«

»Ganz einfach: Er will seinen kostbarsten Schatz zurück.« Rosina starrte auf die Straße.

Mario atmete durch. »Rosina, du musst mir sagen, was du vorhast.«

»Muss ich gar nicht«, sagte Rosina trotzig.

Dann nahm sie den Weg Richtung Autobahn in den Süden.

Mario sah aus dem Fenster. In der linken Hand hielt er den Uniformknopf seines Vaters. »Hör nie auf anzufangen. Fang nie an aufzuhören.«

»Was meinst du?« Rosina erhöhte das Tempo auf der Autobahn.

»Alles. Und nichts.« Er drehte den Knopf zwischen seinen Fingern und sah gedankenverloren aus dem Fenster.

»Ist da etwas, das ich wissen sollte?« Alles und nichts. Rosina drehte das Radio leiser.

»Das könnte ich ebenso gut dich fragen.« Mario sah sie an. »Was hat das Verhältnis von Lorenzo zu Alice mit dem Bild zu tun?«

Rosina ließ sich Zeit mit der Antwort. »Ich kann es nicht erklären.« Ihre Hände krampften sich nervös um das Lenkrad. »Es ist nur ein Gefühl.« Ihr Blick war unsicher. »Ich weiß auch nicht, aber allein die Tatsache, dass Martinelli dieses Bild überhaupt besitzt, gibt dem Ganzen eine neue Richtung.«

Mario runzelte die Stirn. »Abgesehen von seinem sonderbaren Einrichtungsstil, finde ich nichts Ungewöhnliches daran.«

»Nein?« Rosina lächelte in sich hinein. Die Armreifen an ihrem rechten Handgelenk klimperten leise. »Martinelli ist absolut farbenblind. Er kann nur Hell-Dunkel-Kontraste wahrnehmen. Die Einrichtung seines Hauses beweist das: Nichts passt zusammen. Zumindest in einigen Teilen des Hauses.«

Mario drehte den Knopf schneller in seiner Hand.

»Warum besitzt jemand, der keine Farben wahrnehmen kann, ein dermaßen wertvolles Gemälde?«

»Und wie ist es möglich, dass sich ein Farbenblinder für seine erfolgreichen Brillendesigns feiern lässt?« Rosina schob ihre Sonnenbrille auf die Stirn und blickte zu Mario hinüber.

»Jesus, Maria und Josef!« Er schlug sich mit der flachen Hand auf die Stirn. »Warum ist uns das nicht früher aufgefallen?«

»Ich weiß auch nicht«, murmelte Rosina ratlos. »Vielleicht, weil wir immer angenommen hatten, es gäbe eine eigene Designabteilung in der Firma. In Wirklichkeit stammen alle Entwürfe aus Paolas Feder, und Lorenzo brüstet sich damit.«

»Und jetzt reicht es Paola. Sie will nicht mehr.«

Rosina nickte. »Raffaele hat also rein zufällig das Kernproblem der Firma Martinelli mitbekommen.«

Und dann fiel der Groschen. »Scheiße!«

13. KAPITEL

Erzählt von Wandfarben und Tarnung, von alten Bekanntschaften und Il Tatuatos Ischiasnerv, von strengen Regeln und guter Musik. Es geht um Reibeisenstimmen, Duette und Sehschwächen. Martinelli packt aus und überrascht Mario. Eine Mozart-Arie ist der Schlüssel zur Weisheit, und eine Therapeutin leistet ganze Arbeit.

In Bolognas Ospedale San Orsola herrschten strenge Regeln. Es war, wie Mario vermutet hatte: Lorenzo Martinelli war zu schwach, um Besuch zu empfangen. Zumindest blaffte ihnen das die resolute Schwester am Empfang entgegen. Widerrede zwecklos.

»Und jetzt?« Mario sank auf einen der orangefarbenen Plastikstühle, die für Besucher im Gang vor den Zimmern aufgestellt waren. Mit der rechten Hand griff er sich an den unteren Rücken und ächzte.

»Hast du Schmerzen?«

Mario winkte ab. »Nur der Ischiasnerv. Ist meine Schwachstelle. Eigentlich sollte ich täglich Yoga und meine Übungen machen.«

Also doch kein unverwundbarer Kämpfer, dachte Rosina und lehnte sich an die khakigelb gestrichene Krankenhauswand. Sie atmete tief durch. Die Farbe, der Geruch, der quietschende Linoleumboden: Sie hasste

Krankenhäuser. »Hattest du keine Zeit für Yoga?«, fragte sie mit geschlossenen Augen.

»War wohl zu viel los während der letzten Tage.« Dann zog er sein Smartphone aus der Tasche, suchte nach verpassten Anrufen und ließ entmutigt die Schultern sinken.

»Noch immer keine Nachricht vom Schlüsseldienst.« Er steckte das Smartphone weg und seufzte.

Die Krankenschwester schaute argwöhnisch zu ihnen herüber.

Mario fühlte sich sichtlich unwohl und senkte die Stimme. »Also, was jetzt?«

»Kein Plan. Hilfe von oben wäre jetzt gut.« Rosina lächelte schwach.

Mario straffte sich und winkte Rosina. Als wäre die Eingebung soeben bei ihm angekommen. »Komm!« Er steuerte auf den Ausgang zu.

»Wir gehen?« Rosina erhob sich nur zögernd, aber Mario trieb sie an. Offensichtlich hatte er eine Idee.

Mario nickte der bulligen Krankenschwester am Ende des Gangs zu und lächelte charmant. Dann schob er Rosina zur Glastür, die ins Freie führte. »Wir gehen, aber wir kommen wieder!«

Rosinas Bitte nach der »Hilfe von oben« hatte Mario auf eine Idee gebracht. Die Kathedrale di San Pietro war nur wenige Kilometer vom Krankenhaus entfernt. Anna, die Mesnerin der Kathedrale, stammte aus Marios Heimatgemeinde in Kroatien.

»Annas Vater wurde zu Unrecht des Diebstahls beschuldigt, als wir Kinder waren«, hatte Mario erklärt, als er und Rosina im Eilschritt auf die Kathedrale zuliefen. »Aber ich konnte seine Unschuld beweisen. Das hat ihm die Haftstrafe erspart.« Er erhöhte sein Tempo und erzählte weiter.

»Anna ist schon früh den Benediktinerinnen beigetreten und kam nach Italien. Wir sind seit unserer Kindheit in Kontakt geblieben.«

»Zum Glück«, schnaufte Rosina, die kaum Schritt halten konnte. »Und du bist sicher, dass Anna Zugang zur Ordensgarderobe hat?«

Mario lächelte, als er die Tür zur Sakristei suchte. »Sie hat alle Schlüssel.«

Eine gute Stunde später standen sie wieder vor dem Eingang des Ospedale.

»Ich hätte nicht gedacht, dass ich so schnell wieder Ordensgewand tragen würde.« Mario zupfte an der braunen Mönchskutte und band die Kordel neu.

»Ich hätte nicht gedacht, dass ich *überhaupt* jemals so etwas tragen würde!« Rosina überprüfte den Sitz ihres Habits und zupfte eine imaginäre Staubfluse vom schwarzen Stoff. Eine Femme fatale im Nonnen-Habit; schade, dass von dieser Aktion kein Foto existiert. Die beiden waren jedenfalls perfekt getarnt, um sich unauffällig in den Trakt der Intensivstation zu schleusen.

»Die Ordensbrüder und -schwestern geben regelmäßig Krankenhauskonzerte für bettlägrige Patienten.« Aus der Tasche seiner Mönchskutte holte er eine Stimmgabel, zupfte an den Saiten der geliehenen Gitarre und summte.

»Also dann, bringen wir's hinter uns.« Rosina schwitzte im Habit, außerdem sang sie nicht besonders gern. Schon während der Schulzeit hatten sich alle nach ihrer Reibeisenstimme umgedreht. Verunsichert durch diesen Makel hatte sie irgendwann ganz zu singen aufgehört.

Sie sah kurz auf die Uhr. »Schon fast 15 Uhr! In spätestens einer Stunde sollten wir hier fertig sein, oder?«

Aber Mario schüttelte den Kopf. »Kannst du vergessen! Es wäre viel zu auffällig, wenn wir nur bei Martinelli musizieren und dann verschwinden. Wir müssen uns Zimmer für Zimmer zu ihm vorarbeiten.«

Rosina fluchte leise; sie hatte sich die Befragung einfacher vorgestellt. Aber eine ihrer Stärken war Beharrlichkeit. Jetzt aufzugeben, so kurz vor dem Ziel, quasi nur wenige Meter von Martinellis Krankenbett entfernt, kam nicht infrage. Sie atmete durch und nickte Mario zu, der sich die Gitarre umgehängt hatte.

»Auf in die Schlacht!«

Zum Glück hatte die bullige Schwester bereits ihren Dienst beendet. Die diensthabende Leiterin der Intensivstation, Schwester Nadia, war ebenfalls resolut, aber wesentlich freundlicher. Sie führte Rosina und Mario zum ersten Krankenzimmer. Mit der Hand auf der Klinke blieb sie stehen und gab letzte Instruktionen: »Auf dieser Station werden Patienten mit schweren bis lebensbedrohlichen Krankheiten betreut. Ich freue mich, dass Sie sich in Ihrer Freizeit für bettlägerige Patienten engagieren, muss Sie aber bitten, mit größter Vorsicht vorzugehen!« Sie musterte Mario skeptisch. Wahrscheinlich kam ihr sein Gesicht bekannt vor. Der letzte Auftritt von Il Tatuato in einer Talkshow war erst wenige Monate her.

Mario nickte. »Moderate Lautstärke, keine schrillen Töne, keine schwermütigen Texte. Versprochen!«

Schwester Nadia nickte und gab ihnen den Weg frei.

Der Einsatz war ein voller Erfolg. Rosina und Mario hatten sich durch alle 16 Zimmer der Station gesungen und waren, soweit es der physische Zustand der Patienten zuließ, mit Begeisterung und Applaus belohnt worden. Eine junge Frau, die ihr Bein verloren hatte, hatte Rosinas Hand gedrückt und sich unter Tränen bei ihr für den schönen Moment bedankt, was wiederum bei Rosina auf die Tränendrüse gedrückt hatte.

Fazit des Undercover-Einsatzes war jedenfalls: Ihre Reibeisenstimme eignete sich perfekt für Gianna-Nannini-Hits. Und sie hatte, während Mario ausgiebig seine Gitarre gestimmt hatte, Martinelli alle relevanten Fragen gestellt. Zunächst hatte sich der geschwächte und niedergeschlagene Brillenhersteller zwar zurückhaltend und wenig auskunftsfreudig gezeigt. Aber als Rosina ihn über den aktuellen Stand der Dinge aufgeklärt hatte, war ein hoffnungsvoller Schimmer über sein Gesicht gehuscht.

»Werden Sie mir meine *Susanna* zurückbringen?«

»Das hängt zu einem großen Teil von Ihnen ab«, hatte Rosina geantwortet. Und dann, nachdem er sich von den beiden ›Un' estate italiana‹ im Duett gewünscht hatte, war er mit der Wahrheit herausgerückt.

Die Geschichte, die Lorenzo Martinelli aus dem Krankenbett des Ospedale San Orsola erzählte, war ein Drama von Ausgrenzung, unglücklicher Liebe und Sehnsucht.

In Arco, am nördlichen Ufer des Gardasees, lebte Familie Martinelli mit ihren drei Söhnen. Die Eltern bewirtschafteten Olivenhaine und führten eine Trattoria, die für ihr ausgezeichnetes Carne Salada bekannt war. Von allen Teilen des Landes strömten die Leute nach Arco, um die Spezialität des Hauses zu kosten und eine

Flasche des hervorragenden Olivenöls zu kaufen. Trotz des wirtschaftlichen Erfolges der Eltern hatte keiner der drei Söhne Ambitionen, Landwirtschaft oder Trattoria zu übernehmen. Mauro, der älteste, verließ nach der Schule die Region Trentino, um Völkerrecht zu studieren. Er wurde Anwalt und unterrichtete später selbst an der Universität. Pippo, der jüngste, studierte Kunstgeschichte in Siena. Er heiratete früh und arbeitete nach dem Studium als Museumskurator. Zuerst in kleineren Museen in Venedig, später in Rom und Neapel, wo seine Tochter Paola zur Welt kam. Die Eltern waren stolz auf ihre beiden Söhne, aber für den mittleren, Lorenzo, schien der Weg in ein erfolgreiches Leben steinig zu werden.

Jedes Mal, wenn Lorenzo in der Landwirtschaft oder im Lokal der Eltern mitgeholfen hatte, waren Probleme aufgetaucht. Er konnte die reifen nicht von den unreifen Oliven unterscheiden und verwechselte Äpfel mit Orangen.

Für Einkäufe, die Ernte im Olivenhain oder das Bestücken des Abendbuffets in der Trattoria konnte man ihn nicht einsetzen, ständig passierten Fehler. Zum Glück hatte Lorenzo ein sonniges Gemüt und ein besonderes Talent, mit Gästen umzugehen. Wenn er servierte, wurde besonders viel Wein verkauft, er war schneller als alle anderen im Kopfrechnen und plauderte ungezwungen mit den Gästen. Niemand wäre auf die Idee gekommen, Lorenzo als dumm zu bezeichnen. Er war auch nicht faul, trotzdem bereitete ihm die Schule unsägliche Mühe. Erst als er sich zum dritten Mal durch die zweite Klasse quälte und von seinen Mitschülern gehänselt wurde, ließen seine Eltern ihn untersuchen. Die Diagnose: Achromatopsie.

Lorenzos Sinneszellen im Auge gaben keine Informationen an das Sehzentrum im Gehirn weiter. Mit dem Resultat, dass er die Welt in Schwarz-Weiß sah. Zudem war Lorenzos Sehstärke beeinträchtigt, und grelles Licht verschlechterte sein Sehvermögen. Es war ihm also schlicht nicht möglich, Texte in der Schule in angemessenem Tempo zu lesen oder in der Küche faules von frischem Gemüse zu unterscheiden.

Lorenzos Eltern waren schon dabei, sich auf einen Lebensabend zu dritt einzustellen, denn für angeborene Farbenblindheit gibt es keine Heilung, weder medikamentös noch operativ. Wer komplett farbenblind ist, bleibt dies sein Leben lang. Lorenzo schien außerhalb des schützenden Miniversums von Arco nicht lebensfähig.

Aber die Eltern Martinelli hatten nicht mit Lorenzos besonderer Gabe gerechnet: Er war überaus geschäftstüchtig. Und er strebte beharrlich nach Selbstbestimmtheit. Allen Schwierigkeiten zum Trotz absolvierte er eine kaufmännische Ausbildung an einer Privatschule, die ihn Blut und Schweiß und seine Eltern ein kleines Vermögen gekostet hatten. Danach packte er seine Sachen und verließ den schützenden elterlichen Hof.

Eine Zeit lang arbeitete er bei einer Spedition und handelte nebenbei mit ausrangierten Überseecontainern. Er behielt das Geheimnis um seine Sehschwäche für sich, nur seine engste Familie wusste Bescheid. Lorenzo hatte gelernt, damit umzugehen und peinlichen Situationen geschickt auszuweichen.

Alles in allem hatte Lorenzo sein Leben ganz gut im Griff, bis zu dem Tag, als er den *Salone da parucchiere Alice* in Verona betrat. Er hatte bloß sein Haupthaar kürzen lassen wollen, um gepflegt zu einem Geschäftstermin zu erscheinen. Stattdessen hatte das Schicksal die Fäden gezogen: Lorenzo verliebte sich Hals über Kopf in die sanftmütige Alice. Eine Schönheit, die erst vor Kurzem ihren Frisiersalon in Verona eröffnet hatte. Lorenzo war ihr vom ersten Augenblick an verfallen. Ihr heiteres Wesen war wohltuend wie die Frühlingssonne, ihre engelsgleichen Locken glichen purem Gold. Ihre Hände waren zart und verheißungsvoll, ihre Stimme glockenhell. Und sie war geschäftstüchtig, genau wie Lorenzo. Alice zauberte wahre Lockenberge aus den langweiligsten Federn, beherrschte alle Schnitttechniken perfekt und gab jeder Kundin das Gefühl, eine gottgleiche Erscheinung zu sein. Lorenzo betete sie an und umgarnte sie beharrlich, bis sie seinem Werben nachgab. Und als ihm zugetragen wurde, dass eine kleine Brillenmanufaktur in Verona kurz vor dem Bankrott stand und einen neuen Eigentümer suchte, fasste sich Lorenzo ein Herz und machte Nägel mit Köpfen: Obwohl Brillen für ihn fremdes Terrain waren, kaufte er die Manufaktur und hielt noch am selben Tag um Alices Hand an. In seiner Verliebtheit malte er sich die gemeinsame Zukunft in allen Farben aus, die er nicht kannte. Alice würde mit ihrem Sinn für schöne Dinge und ihrem Gespür für Farben Kollektionen entwerfen, Lorenzo sich um die Zahlen kümmern und den Betrieb wieder aufbauen. Es hätte so schön sein können.

Aber Alice war nicht ganz ehrlich zu ihm gewesen. Beziehungsweise hatte sie, genau wie Lorenzo, ein Geheimnis: Sie war bereits verlobt.

Und zwar – großer Auftritt für das Biest namens Zufall – ausgerechnet mit Lorenzos Bruder Mauro. Mauro war erfolgreicher Anwalt. Finanziell konnte der heißblütige Lorenzo noch nicht mit dem erfolgreichen älteren Bruder mithalten, er stand erst am Beginn seines Weges. Alice musste sich für einen entscheiden, und da Mauro zuerst gefragt hatte, machte er das Rennen. Zudem waren seine Augen gesund. Alice ehelichte also Mauro, als sie bereits im dritten Monat schwanger mit Enzo war.

Mauro tobte, als er erfuhr, dass außer ihm auch sein Bruder Lorenzo als Vater infrage kam. Dass Alice darauf bestand, ihr Söhnchen ausgerechnet Enzo zu taufen, machte die Sache nicht besser. Tagtäglich würde er an seinen Nebenbuhler erinnert, wenn er den Namen seines Kindes nannte. Die Ehe stand also unter keinem guten Stern, und als sich herausstellte, dass der kleine Enzo die Farben von Bauklötzen und Bilderbüchern nicht sehen konnte, war für Mauro die Sache klar. Er verließ Alice und das Kind und ward nicht mehr gesehen.

Lorenzo hatte in der Zwischenzeit sein Geschäft aufgebaut. Seine guten Kontakte hatten ihm zu lukrativen Aufträgen verholfen, er belieferte Optiker in ganz Oberitalien. Schon bald brauchte die Firma mehr Platz und wurde zu einem der wichtigsten Arbeitgeber in Verona. Das Design der Brillen überließ Lorenzo jeweils Angestellten, die für ihre Entwürfe und ihr Schweigen fürstlich bezahlt wurden. Seinem Bruder Mauro hatte er nie verziehen. Alice zu vergessen, war der deutlich härtere Brocken.

Den nächsthöheren Level seines Unglücks erreichte Lorenzo, als sein jüngerer Bruder Pippo starb. Pippo Martinelli hatte sich als Museumskurator einen Namen gemacht. Er beherrschte die Vermittlerrolle zwischen Museen, Künstlern und Öffentlichkeit. Pippo organisierte gerade eine Ausstellung über Frauen in der Malerei und war mit privaten Sammlern in Rom in Kontakt getreten. Auf der Fahrt zu seinen Eltern nach Arco, wo Töchterchen Paola untergebracht war, verunglückten Pippo und seine Frau bei einem tragischen Unfall: Bremsversagen. Lorenzo, der sich mit Pippo in Arco hatte treffen wollen, war als einer der Ersten an der Unfallstelle. Seinem Bruder und der Schwägerin konnte er nicht mehr helfen, und erst als das Autowrack abtransportiert worden war, entdeckte Lorenzo den Gegenstand, der beim Aufprall aus dem Auto geschleudert worden war: ein flaches Paket, unscheinbar in braunen Karton verpackt und ohne Aufschrift. Es lag im Unterholz, unbeachtet und von Blattwerk bedeckt. Lorenzo öffnete den Karton ein Stück und entdeckte ein gerahmtes Gemälde. Es hatte den Unfall unbeschadet überstanden. Die Spurensicherung konzentrierte sich auf die kaputten Bremsen, Polizei und Rettung waren mit den Unfallopfern und der Straßensperre beschäftigt. Außer Lorenzo wusste niemand von dem Bild. Er selbst kannte den tatsächlichen Wert des Bildes nicht und stand überdies unter Schock, also nahm er seinen Fund an sich, verstaute das Paket im Kleiderschrank und – vergaß es dort.

An dieser Stelle des Dramas kam Paola, die durch den Unfall der Eltern Vollwaise geworden war, ins Spiel. Lorenzo führte mittlerweile ein erfolgreiches Unternehmen und kümmerte sich um seine pubertierende, verwöhnte Nichte. Wie er es versprochen hatte.

»Warum hat er sich nicht mehr bei Alice gemeldet?«, fragte Rosina auf der Rückfahrt, als sie die Befragung Revue passieren ließen. »Er wusste doch, dass sein Bruder Mauro sich von ihr getrennt hatte.«

Mario nickte. »Aber er kannte den Grund nicht dafür. Noch nicht. Er konnte nicht wissen, dass Enzo sein Sohn ist. Alice hatte ihm die Schwangerschaft verschwiegen. Außerdem hatte er selbst genug um die Ohren: Von einem Tag auf den anderen war er Vater geworden. Paola war … sagen wir, eine Prüfung.«

»Trotzdem hat er alles für sie getan.« Rosina öffnete das Fenster und ließ sich den Fahrtwind um die Nase wehen. »So wie sich das anhört, wusste Martinelli wirklich nicht, was er da für einen Schatz im Kleiderschrank versteckt hatte.« Rosina fasste es nicht. Ein Gemälde, jahrelang gut verpackt, zwischen Hemden, Anzügen und Mottenkugeln verborgen.

»Und du wusstest das die ganze Zeit über?«

»Was?«

»Dass Lorenzo die Herkunft des Bildes nicht beweisen konnte.« Sie sah ihn von der Seite an.

Einen Moment lang schwieg Mario. Die Frage traf ihn volle Breitseite.

»Woher wusstest du …?«

»Ich bitte dich! Ich bin Restauratorin, schon vergessen?«

Dass sie sein Telefonat mit Martinelli belauscht hatte, verschwieg sie. Vorerst.

Mario nagte an seiner Unterlippe.

»Allzuviele Versionen des *Susanna*-Bildes gibt es nicht«, fuhr Rosina fort. »Von allen, die ich kenne, ist die Provenienz erfasst.« Kurzer Seitenblick: Mario kauerte schuldbewusst im Beifahrersitz.

»Eine Version galt schon seit Jahren als verschollen. Genauer gesagt seit dem Jahr, in dem Pippo Martinelli verunglückt ist.« Sie starrte geradeaus auf die Straße. Ein

Druck in der Magengrube machte es ihr unmöglich, noch einmal zu Mario zu schauen. Sie hatte mich sich gerungen, Mario mit ihrem Wissen zu konfrontieren. Und jetzt, da es so weit war, blieben die Triumphgefühle aus. Hoffentlich tropfte die Träne aus dem Augenwinkel nicht auf die Wange. Sie blinzelte.

»Lorenzo wusste schließlich nicht, mit welchem Sammler Pippo in Kontakt war«, nahm sie wieder den Faden auf. »Solche Treffen werden meist geheim gehalten. Außerdem war er traumatisiert. Er hatte an der Unfallstelle seinen Bruder und seine Schwägerin blutüberströmt auf der Straße liegen sehen. Pippo war bereits tot, seiner Schwägerin konnte er noch versprechen, dass er sich um Paola kümmern würde, bevor sie starb.«

Mario streckte sich, erleichtert über den Themenwechsel. »Jedenfalls hat Paola vor Jahren, als Lorenzo ein paar neue Möbel angeschafft hat, das Bild entdeckt und sofort erkannt. In ihrer Kindheit hatte sie einiges von Pippos Arbeit mitbekommen. Sie hat es Lorenzo gezeigt und ihn zur Rede gestellt.«

»Und ihn somit zum ersten Mal mit dem Bild konfrontiert«, sprach Rosina weiter, »denn Lorenzo hatte bereits vergessen, was er da im Schrank hatte. Für beide hatte das Bild Schicksalscharakter: Paola fühlte sich sofort an den Tag erinnert, als sie ihre Eltern verlor. Ihr Vater hatte ihr erzählt, dass er einen Gentileschi-Sammler in Rom aufsuchen würde.«

Mario nickte und schwieg.

»Lorenzo hingegen sah sich zum ersten Mal das Bild genauer an. Und obwohl er keine Farben erkennen konnte, erinnerte ihn die *Susanna* an jemanden: Alice.«

»Ein Kunstwerk, zwei Emotionen. Paola wollte das

Gemälde nie wieder sehen und am liebsten sofort loswerden. Lorenzo beschloss, es um keinen Preis herzugeben.« Mario drehte den Uniformknopf in seinen Fingern. »Und was jetzt?«

»Jetzt haben wir jedenfalls genug Informationen, um uns von Paola ein Bild zu machen«, fasste Rosina zusammen. »Von Gianna wissen wir, dass es eine gewisse Mizzi in Paolas Leben gibt. Vielleicht eine Freundin, vielleicht mehr.«

Mario schwieg.

»Wir wissen auch, dass Paola in Wirklichkeit Lorenzos Brillenmodelle entwirft ...«

»Aber er sich dafür feiern lässt.« Mario schüttelte den Kopf. So ein Verhalten hätte er seinem Nachbarn nicht zugetraut.

»Das macht ihn natürlich erpressbar. Martinelli hat prominente Kunden, sein Ruf als Brillendesigner steht auf dem Spiel. Wenn er die Position auf dem Brillenmarkt halten will, sollte ihm das etwas wert sein.«

Rosina dachte an die Unterlagen in Martinellis Büro. »Und das war es auch. Aber laut den Belegen wollte Paola immer mehr. Die Neugestaltung der Räume in Martinellis Villa, zum Beispiel.« Sie machte eine kurze Pause. »Und vielleicht hat ihr auch das irgendwann nicht mehr gereicht.«

Mario überlegte kurz. »Du denkst, Paola hat das Bild gestohlen?«

»Paola selbst kann es nicht gewesen sein, sie war zu dieser Zeit auf ihrer eigenen Hochzeit.« Sie gähnte. Der Tag war lang und anstrengend gewesen. »Aber sie könnte jemanden damit beauftragt haben. Jemanden, der sich in Martinellis Villa auskannte, weil er Paola schon ein paarmal dort besucht hatte.«

»Und der bereit war, alle Hindernisse aus dem Weg zu räumen. Alles, was einer gemeinsamen Zukunft mit Paola im Wege stand.« Mario sah zu Rosina, und beide dachten das Gleiche.

Sie kamen spät zurück an diesem Sonntag.

Lukas und ich verbrachten den restlichen Tag auf dem Wasser. Wir packten Focaccia, Oliven und getrocknete Tomaten in einen Korb, schnappten uns eine Flasche *Nosiola* und ein paar Decken und zogen los. Klar, dass Lukas nicht nur ein Ass in Sachen Personenschutz und Überwachung war. Er hatte auch den Segelschein und einen Bekannten, der uns für einen Tag sein Boot lieh. Wie man die Ruhe zu zweit auf einem Boot genießt, mit Picknickkorb und einer weichen Unterlage, behalte ich an dieser Stelle lieber für mich.

Jedenfalls war ich den ganzen Tag über nicht erreichbar. Ich nahm mir vor, ihr am nächsten Tag von der Sache mit Paola zu erzählen. Und von der Meldung, die am späten Sonntagnachmittag rund um den Gardasee schwirrte wie aufgescheuchte Mücken kurz vor dem Sommergewitter: Ein junger Mann war beim Klippenspringen in Tremosine an den Felsen geprallt und tödlich verunglückt.

Bestimmt würde sich Rosina bei mir melden, um mir von ihrem Ausflug nach Bologna zu berichten. Tat sie aber nicht.

Das lange Sitzen im Wohnmobil hatte Marios Ischiasnerv arg zugesetzt. Was er bereits befürchtet hatte, trat ein: Am Abend wurden die Schmerzen an seiner rechten Seite beinahe unerträglich, und die Nacht wurde richtig übel. Als Rosina ihn am nächsten Morgen aus dem Wohnmobil humpeln sah, fackelte sie nicht lange und rief ihre Freundin Sabina an. Sabina war Physiotherapeutin und Osteopathin mit eigener Praxis in Riva. Wer sich von ihr behandeln ließ, war nach kurzer Zeit schmerzfrei.

»Ich bringe dich hin«, sagte Rosina entschlossen.

»Nein, geht schon«, winkte Mario erschöpft ab.

»Tut es nicht.«

»Ich muss nur meine Übungen machen. Lass nur.« Ein halbherziger Protest. Mario war gerädert vor Schmerzen.

Aber Rosina ließ nicht locker. »Zwei Möglichkeiten: Entweder du leidest heute still vor dich hin, pumpst dich mit Schmerztabletten voll und spielst den Märtyrer. Morgen bist du komplett unbeweglich und kommst nicht mehr vom Fleck. Dann muss ich den Fall leider ohne dich aufklären.«

Mario schwieg trotzig.

»Oder du steigst jetzt ein und lässt dich von der besten Therapeutin auf Gottes weiter Erde behandeln. Den Termin habe ich gerade ausgemacht, Sabina nimmt dich noch heute Vormittag dran. Schließlich bist du ein Notfallpatient. Spätestens heute Nachmittag bist du wieder topfit. Und dann kümmern wir uns gemeinsam darum, dass Lorenzo seine *Susanna* wieder bekommt.«

Mario verstand, dass das ein Friedensangebot war. Rosina hatte ihm seine Heimlichtuerei verziehen.

»In Ordnung.« Er quälte sich aus dem Klappstuhl. »Wie lange wird das dauern?«

Rosina sah auf die Uhr. »Maximal drei Stunden. Sabinas Terminkalender ist voll, aber sie gibt dir einen Extratermin. Ein bisschen Wartezeit musst du allerdings einkalkulieren, hat sie gesagt.«

Mario nickte und setzte sich in Zeitlupe auf den Beifahrersitz.

Rosina startete den Motor. »In der Zwischenzeit denke über diese Mizzi-Sache nach.«

Dass sie vorhatte, außerhalb von Riva über Mizzi nachzudenken, hatte sie natürlich nicht erwähnt. Für die kommenden drei Stunden hatte Rosina bereits einen Plan. Sie würde nach Verona fahren und sich bei der Arena nach Mizzi erkundigen, denn ihr Gedankengang war folgender: Mizzi war kein italienischer Name. Als halbe Österreicherin wusste sie, dass dies eine Koseform von Maria war, die hauptsächlich in der Gegend von Wien, Niederösterreich und dem Burgenland verwendet wurde. Gemäß Giannas Beobachtungen musste diese Mizzi hinter der Bühne der Arena tätig sein, wenn Paola sich dort in den Pausen der Vorstellungen mit ihr getroffen hatte. Daraus schloss Rosina, dass Mizzi eventuell Kostümbildnerin oder Maskenbildnerin war. Auf der Homepage der Arena hatte sie nichts über das Team hinter den Kulissen herausgefunden. Sie zog eine weitere Möglichkeit in Betracht: Mizzi arbeitete vielleicht als Bühnentechnikerin in der Arena. Große Veranstalter, Opernhäuser und Theater lagerten die Planung, Konstruktion und Fertigung der Bühnentechnik oft aus. Das war kostengünstiger als hauseigene Gerätschaften und fix Angestellte. Nicht selten wurde das nötige Equipment für eine Inszenierung aus einem anderen Teil Europas geliefert.

Und mit etwas Glück war Mizzi Teil eines solchen Teams.

Für diese Art der Recherche war das Internet ungeeignet – Rosina musste sich vor Ort ein Bild machen.

Mario bereute bereits nach einer halben Stunde, dass er sich von Rosina hatte breitschlagen lassen.

»Ein bisschen werden Sie sich schon gedulden müssen«, teilte ihm die junge Dame am Empfang schnippisch mit, als er sich nach seinem Termin erkundigte.

»Immerhin hat Signora Sabina Ihnen heute einen Extratermin verschafft. Andere Patienten warten wochenlang, bis sie dran sind.«

Mario winkte erschöpft ab und wanderte wieder zu seinem unbequemen Plastikstuhl im Wartezimmer. Sechs Physiotherapeuten und Masseure teilten sich die Praxis, in der es summte wie in einem Bienenstock. Zudem war es im Warteraum heiß und stickig, ein kleiner Hund kläffte und zerrte an seiner Leine, und rings um Mario seufzten und ächzten schmerzgeplagte Pensionisten.

Ein drittes Mal ging er zum Empfangstresen, um sich nach dem Stand der Dinge zu erkundigen, als eine junge Frau die Praxis betrat. Klein, drahtig, kurze Haare. Mario sog scharf die Luft ein. Die Frau passte auf Giannas Beschreibung. Jene geheimnisvolle Unbekannte, mit der sich Paola hinter der Bühne der Arena getroffen hatte. Er begann, ächzend im Warteraum auf und ab zu gehen, diesmal allerdings mit Hintergedanken. Mit einer Hand am unteren Rücken, ganz schmerzgeplagter Mann, arbeitete er sich schrittweise zum Empfangstresen vor und stellte sich neben die junge Frau. Der Tresen war lang genug, dass sie nebeneinander stehen konnten. Als er zu Boden sah, fielen ihm ihre großen Füße auf. Sie trug blendend weiße Sneakers mit blitzblauen Schnürsenkeln.

»Sind Sie zum ersten Mal Patientin bei uns?«, fragte die Empfangsdame die junge Frau und schüttelte den Kopf über Marios Benehmen.

»Warten Sie bitte, bis Sie dran sind! Ich muss erst die Daten dieser Patientin aufnehmen.«

»Schon gut, schon gut, ich warte!« Mario nickte ergeben, blieb aber beharrlich am Tresen stehen. Die Sekretärin verdrehte die Augen und widmete sich wieder dem Neuzugang.

»Ich bin auf gut Glück hier«, sagte die junge Frau und kramte ihre e-Card aus dem Portemonnaie. »Hab' mir beim Arbeiten einen Muskel gezerrt.« Zur Bestätigung griff sie sich in der Nierengegend an den Rücken.

Gequältes Seufzen von der Sekretärin. Neue Patienten bedeuteten mehr Arbeit für sie.

»Wer ist denn Ihr Arbeitgeber?« Sie zog die Augenbrauen hoch und sah die junge Frau abwartend an.

»Schlager Bühnentechnik GmbH.«

»Wie?« Die Sekretärin ließ sich den deutschsprachigen Firmennamen zuerst buchstabieren, scheiterte aber und bat die junge Frau schließlich, ihn für sie aufzuschreiben. Mario verhielt sich still und wartete gespannt. Stillhalten und warten gehörte zu seinen Spezialitäten. Und diesmal zahlte es sich gleich doppelt aus. Denn als die Frau den Stift über das Papier führte, bemerkte Mario ihren extravaganten Ring. Er war unverhältnismäßig groß für eine Frauenhand. Mario hielt ihn zunächst für einen Siegelring, entdeckte aber bei näherem Hinsehen etwas, das ihm bekannt vorkam: die Hieroglyphen-Schreibweise für den Namen Isis. Thronsitz, Brotlaib und kniende Frau. Paola Martinellis Ring war das Gegenstück zu diesem Exemplar. Das fehlende Puzzleteilchen. Der Beweis, dass sie und diese junge Frau tatsächlich ein Paar waren. Wie Gianna gesagt hatte.

Und gerade, als Mario sich umdrehen und wieder zu

seinem Platz zurückkehren wollte, rief ihn Signora Sabina auf.

»Signore, wenn Sie mir bitte zu Behandlungszimmer eins folgen möchten.«

Die junge Frau legte ihre e-Card auf den Tresen, und im letzten Moment, bevor er sich Signora Sabina zuwandte, las Mario im Vorbeigehen den Namen auf der Karte: Artemisia.

Es gab so viel, das Mario Rosina hätte sagen wollen. Er war nur halb bei der Sache, als Signora Sabina ihn durchknetete, seine Haltung korrigierte und mit ihm über muskuläre Dysbalancen sprach.

Er kratzte sein Wissen über die Göttin Isis zusammen und versuchte, sich einen Reim darauf zu machen.

Im alten Ägypten galt Isis als eine der mächtigsten Gottheiten. Als Göttin der Geburt, der Wiedergeburt, der Magie und als Totengöttin war sie praktisch für fast alle Lebensbereiche verantwortlich. Ein Universalgenie, sozusagen. Isis meistert jede noch so hoffnungslose Situation. Als Schutzherrin und Bewacherin aller Wesen, die leiden oder in großer Sorge sind, wird sie zur Hoffnungsträgerin. Kaum ein Problem, mit dem man sich nicht an sie wenden könnte.

Duftöle und Parfums wurden im alten Ägypten bereits sehr geschätzt. Je nach Bedeutung wurden verschiedene Pflanzen zu Duftölen verarbeitet und verschiedenen Gottheiten zugeordnet. Estragon! Mario atmete durch und machte sich in Gedanken einen Knopf ins Taschentuch. Das war also das missing link zwischen dem Gemälde, Paola und Mizzi.

Offenbar hatte Mizzi ein Faible für die Gottheit Isis.

Und noch etwas geisterte ihm im Kopf herum, seit er das Zeichen der Isis auf dem Ring erkannt hatte: die Arie des Sarastro aus der *Zauberflöte*.

O Isis und Osiris,
schenket der Weisheit Geist dem neuen Paar.

Das neue Paar. Mizzi und Paola. Nur hatten Isis und Osiris anscheinend vergessen, ihnen Weisheit zu schenken.

Als Signora Sabina fertig mit Marios Behandlung war, zog er sich auf die Toilette zurück und wählte Rosinas Nummer.

»Wo bist du?«

»Unterwegs«, wich Rosina aus. Dass sie erst die Hälfte der Strecke nach Verona geschafft hatte, verschwieg sie ihm lieber. Sie hatte gehofft, er würde eine längere Wartezeit in Kauf nehmen müssen.

»Egal, wo du bist, dreh um!«

»Das könnte dir so passen!«, blaffte Rosina ins Telefon. Eine reflexartige Kratzbürstigkeit, um ihren ermittlerischen Alleingang zu verteidigen. Mario am anderen Ende war sprachlos, aber Rosina hatte sich schnell wieder im Griff. Sie zählte von zehn rückwärts, um sich zu beruhigen, atmete tief durch und fragte, etliche Nuancen freundlicher: »Warum? Wurde dein Termin verschoben?«

»Viel besser. Ich bin Mizzi begegnet.«

Und dann erzählte Mario von Mizzis Rückenverletzung, von der e-Card und ihrem Arbeitgeber. Er sang ihr die Arie des Sarastro vor, und Rosina wunderte sich einmal mehr, wie musikalisch Il Tatuato war. Marios sonore

Bassstimme besänftigte sie, und während sie Richtung Riva fuhr, lauschte sie seinem Bericht über Estragon, die Göttin Isis und Mizzis Ring, ohne ihn ein einziges Mal zu unterbrechen.

14. KAPITEL

Erzählt von Schnürsenkeln, Schwämmen und Blitzen.
Es geht um alles und darum, dass man nicht alles pla-
nen kann. Rosina kann nicht vom Fleck, Mizzi zeigt sich
gesprächsbereit, und ein Fahrzeug weicht aus. Rosina hat
eine Erleuchtung und Mizzi ein echtes Problem.

Rosina fuhr also nicht nach Verona, sondern kehrte nach
Riva zurück. Rückblickend gesehen ein Fehler. Denn in
seinem Eifer hatte Mario nicht mit den dünnen Wänden
in den Toiletten der Physio-Praxis gerechnet. Die orangefarbenen Resopalplatten, die zwischen den WC-Ka-
binen angebracht waren, reichten nicht einmal bis zum
Boden. Sie waren weder olfaktorischen Katastrophen
gewachsen, noch dienten sie als Schallschutz. Wenn man
sich bückte, konnte man sogar die Schuhe des Toiletten-
nachbarn unter dem Spalt hervorblitzen sehen.

Die Kabine neben Mario war besetzt, was ihn aber
nicht störte. Sie lag auf der Damenseite der Toilettenan-
lage. Jedenfalls wählte er, kurz nachdem er das Telefonat
mit Rosina beendet hatte, erneut ihre Nummer.

»Mir ist noch etwas eingefallen!«, rief er aufgeregt,
kaum dass sie abgehoben hatte.

»Was denn?«

»Im Wartezimmer der Praxis ist ein Fernseher angebracht, und rate, was ich soeben im *News Flash* gelesen habe!«

»Keine Ahnung, sag's mir!«

»Bei Tremosine ist gestern ein Mann beim Klippenspringen umgekommen.«

Das war tragisch, passierte aber nicht allzu selten. Rosina schwieg.

»Seit heute ist seine Identität geklärt«, erzählte Mario weiter.

»Nämlich?«

»Salvatore Sartori.«

Stille am anderen Ende der Leitung. Rosina wich gerade noch einem entgegenkommenden Lkw aus. Die Bremsen quietschten.

»Rosina, was ist los bei dir? Bist du noch da?«

»Alles gut«, Rosina strich sich eine Haarsträhne aus der Stirn und atmete tief durch. Das war knapp gewesen. »Salvatore Sartori? Paolas Bräutigam?« Sie schloss Selbstmord sofort aus.

»Du musst zu Martinellis Villa kommen, mir ist noch etwas eingefallen! Wir treffen uns dort.«

Mario legte auf und verstaute sein Smartphone eilig in der Zipptasche seiner Cargohose. Dann verließ er die Toilette. Die blendend weißen Sneakers mit den blitzblauen Schnürsenkeln in der Nachbarkabine hatte er nicht bemerkt.

Natürlich war Rosina schneller bei Martinellis Villa als Mario. Der war zwar dank Sabinas Massage und Dehnungsübungen wieder schmerzfrei und beweglich, für den Fußmarsch von der Praxis zu Lorenzos Anwesen brauchte er trotzdem eine halbe Stunde.

Rosina wollte in Martinellis Büro noch etwas nachsehen, woran sie erst nach dem Besuch im Ospedale gedacht hatte.

Nachdem Mario ihr gestanden hatte, was er über das *Susanna*-Bild gewusst hatte. Oder besser: was er verschwiegen hatte. Irgendwo musste noch ein Beleg existieren, auf dem vermerkt war, wer das Gemälde Pippo Martinelli ausgehändigt hatte. Üblicherweise waren solche Papiere in einem Kuvert an der Rückseite des Gemäldes angebracht. Mit etwas Glück hatten sie sich beim Diebstahl gelöst und lagen auf dem Boden in Martinellis Arbeitszimmer. Die Chance war verschwindend gering, aber da.

Der Ersatzschlüssel lag immer noch unter dem Buddha-Gartenzwerg. Rosina blickte sich um und sperrte die Haustür auf. Während der Rückfahrt nach Riva hatte sie sich gedanklich vorbereitet und alle Szenarien durchgespielt. Sie musste damit rechnen, entweder auf Paola oder Mizzi zu treffen. Nicht auf beide gleichzeitig, denn Rosina war fest davon überzeugt, dass die beiden ihr Verhältnis vorerst noch unterm Radar halten wollten. Zumindest, bis sie Riva verlassen hatten. Mit *Susanna*.

Für den Fall der Fälle hatte Rosina einen Zippbeutel mit zwei Schwämmen dabei, die mit Lösungsmitteln getränkt waren. Damit ließe sich eine erwachsene, nicht allzu schwere Person zumindest ein paar Minuten in Schach halten. Aber auch das würde nur funktionieren, wenn sie sich von hinten anschleichen und den Schwamm auf Mund und Nase pressen konnte. Rosina kannte die Schwachstellen ihres Plans, wusste aber auch, dass sie keine Zeit verlieren durfte, solange *Susanna* noch im Lande war. Und das war nur mehr eine Frage der Zeit.

Das Skalpell aus ihrem Restauratoren-Werkzeugkoffer umklammert, tastete sie sich schrittweise den Flur entlang.

Die Haustür hatte sie vorsorglich offen gelassen, um im Notfall um Hilfe rufen zu können und schneller ins Freie zu kommen. Es knackste – Rosina hielt in der Bewegung inne. Nur ein Sprung in einer der Glasfliesen, auf die sie getreten war. Sonst nichts. Sie atmete erleichtert auf und lauschte. Absolute Stille. Mit Blick zur Treppe schlich sie zügig den Flur entlang und setzte den Fuß auf die erste Stufe. Und weiter kam sie nicht mehr.

Im Nachhinein wundert es mich überhaupt nicht, dass Mizzi Rückenprobleme hatte. Sie hatte ihre Muskulatur in letzter Zeit einfach überstrapaziert, und zwar gleich dreimal hintereinander innerhalb weniger Tage.

Als wir hinterher den Fall rekonstruierten, waren wir uns an einem Punkt uneinig. Und zwar, ob Mizzi für Paola einzig Mittel zum Zweck war und die Drecksarbeit gemacht hatte, oder ob Paola eine dumme Nuss war, die in ihrer Verliebtheit Mizzis eigentliches Motiv nicht erkannte. Ein gewisser Teil des *Susanna*-Falles wird wohl ewig ungeklärt bleiben, denn Beweise und Spuren lassen sich festhalten. Aber was in Tätern vorgeht, was sie antreibt und ihnen übermenschliche Kräfte verleiht, das lässt sich oft nur schwer nachvollziehen.

Jedenfalls erwachte Rosina mit einem Brummschädel und zuckenden Blitzen vor den Augen wieder. Sie blinzelte, schloss die Augen, aber die Blitze zuckten weiter. Netzhautriss, war ihr erster Gedanke. Hervorgerufen durch einen harten Schlag auf den Kopf. Jemand musste sie überwältigt und aus Martinellis Villa fortgeschafft haben. Was auch Rosinas momentane Situation erklärte: Sie lag gefesselt auf einer Straße. Vermutete sie zumindest, denn die Hände unter ihrem Rücken ertasteten Asphalt.

»Gut geschlafen?« Eine drahtige Frau mit Kurzhaarschnitt hockte im Schneidersitz am Straßenrand und aß einen Apfel. Mizzi.

Rosina schloss die Augen wieder. Die einzige Möglichkeit, der gleißenden Mittagssonne auszuweichen. Die Kopfschmerzen ließen keine Bewegung zu, selbst minimale Drehungen ließen ihren Schädel fast zerplatzen.

Natürlich mache ich mir Vorwürfe, jetzt, wo Rosina mir das hässliche Ende in allen Einzelheiten geschildert hat. Ich hätte öfter versuchen sollen, sie anzurufen. Und ich hätte ihr, müde vom ständigen Mobilbox-Vollquatschen, den Code von der Rückseite der Visitenkarte nicht schicken sollen. Habe ich aber.

Rosina tastete mit der linken Hand ihre Hosentasche ab. Sie versuchte es zumindest, was natürlich wegen der Fesseln und der Kopfschmerzen nicht gelang. Außerdem war sie Mizzis Blicken ausgeliefert.

»Suchst du das hier?« Mizzi hielt Rosinas Smartphone in die Höhe und warf den abgeknabberten Apfel über ihre Schulter nach hinten.

Rosina schluckte den Speichel, der sich gesammelt hatte, hinunter und atmete durch. Ihr war speiübel. »Ich kann mich nicht erinnern, dass ich Ihnen das Du angeboten hätte!«, ächzte sie dann.

»Ja, das ist so eine Sache mit dem Erinnern«, kicherte Mizzi und stand auf. »Geht mir genauso. Ich kann mich zum Beispiel nicht erinnern, dass ich dich um deine Mithilfe gebeten hätte.« Sie machte ein bedauerndes Gesicht und zog die Schultern hoch. »Aber jetzt, wo wir so nett beieinander sitzen und noch ein bisschen Zeit haben ...«

»Ich bin schon mit netteren Leuten beieinander gesessen.« Rosina blinzelte in Mizzis Richtung und würgte tapfer gegen den Brechreiz an, der ihre Kehle hochkroch. Wahrscheinlich eine Begleiterscheinung der Gehirnerschütterung.

Mizzi stampfte dich neben ihr mit dem Fuß auf und brüllte einen Wutschrei in die gleißende Hitze. »Wie kannst du so etwas sagen!« Sie schnaufte und fuhr sich mit der Hand durch die weißblonden Stoppel. »Du kennst mich gar nicht!«

De-Eskalation, ermahnte sich Rosina und versuchte, die Handgelenke zu bewegen. Etwas schnitt in ihre Haut. Wenn sie hier heil wegkommen wollte, durfte sie Mizzi nicht reizen. »Na gut, dann lernen wir uns eben kennen.«

Es wirkte. Zumindest verlangsamte sich Mizzis Atmung und sie hockte sich auf einen Felsbrocken.

»Also gut«, sagte sie, von einer Minute auf die andere fröhlich und aufgeräumt, »ich erzähl dir was von mir, du erzählst mir was von dir.«

Rosina nickte matt. Mizzi hatte ordentlich einen an der Waffel, wie es aussah. Aber sie saß am längeren Ast.

»Du bist die Ältere, du darfst anfangen.«

»Herzlichen Dank!«, murmelte Rosina. »Erste Frage: Wo sind wir?«

Mizzi verdrehte die Augen und atmete genervt aus. »Spielverderberin! Das nimmt der ganzen Sache die Spannung!« Sie schüttelte den Kopf und pickte sich Apfelstückchen aus den Zahnzwischenräumen. Rosina wurde noch übler.

»Na gut, ich geb' dir einen Tipp: Wir sind auf der Westseite des Gardasees. Paola kennt die Stelle gut, aber sie mag sie nicht besonders.«

Unter anderen Umständen hätte Rosina sich über ein Rätsel gefreut. Aber nicht jetzt. Nachdenken war das Schlimmste: Den Schmerzen nach war Rosinas Kopf kurz vor dem Zerplatzen. Sie deutete ein Nein.

»Okay, du hast Kopfweh. Erschwerte Bedingungen. Ich geb' dir noch einen Tipp: Die Stelle kam in einem James-Bond-Film vor.«

»Strada della Forra«, ächzte Rosina. Hier also waren Paolas Eltern verunglückt.

»Yesssss.« Mizzi gab ihr ein Daumen-Hoch. »Jetzt ich: Woher wusstest du, dass nicht Enzo das Bild gestohlen hat, sondern ich?«

In diesem Moment fing der Asphalt unter Rosina zu vibrieren an. Ein Erdbeben? Rosina zog die Schultern hoch, hielt die Luft an und lauschte angespannt. Ein Tosen, ein Brausen und Brummen näherte sich. Rosina schloss die Augen. Was zwar nicht half, ihr aber wenigstens den Anblick des Fahrzeuges ersparte, unter dem sie gleich geplättet würde. Denn wenn es stimmte, dass sie auf der Strada della Forra lag, gefesselt und mit einer Gehirnerschütterung, war dies wohl ihr letztes Stündlein. Ihr allerletztes. Die Strada della Forra zählt zu den schönsten, aber auch gefährlichsten Straßen der Welt. Tunnels, Felswände, Kurven. Keine Ausweichstellen. Mit viel Glück war das kein Auto, sondern ein Motorrad, das da gerade auf sie zusauste. Was auch immer es war: Der Fahrer konnte nicht wissen, dass sie auf der Fahrbahn lag. Mizzi hatte die Stelle geschickt ausgewählt. Die ersten paar Meter unmittelbar nach einer Haarnadelkurve.

Wenn die Sonne günstig stand und der Fahrer nicht allzu schnell unterwegs war, entdeckte er sie noch rechtzeitig und konnte ausweichen. Wenn nicht Gegenverkehr nahte, der den Fahrer zwang, auf seiner Spur zu bleiben. Rosina lag mitten auf der Straße. Früher oder später würde sie wie zertretener Kaugummi am Asphalt kleben. So wie es sich anhörte, eher früher. Der Lärm kam näher, Mizzi johlte vor Aufregung wie ein Kind am Jahrmarkt. Rosina spannte alle Muskeln an, bündelte ihre Kräfte und rollte sich mit einem Ruck nach rechts. Das Motorrad verfehlte sie nur um wenige Zentimeter.

»Du Miststück, das hast du mit Absicht gemacht!«, kreischte Mizzi. »So läuft das hier nicht, du bleibst schön liegen.«

Rosina atmete zitternd aus und machte sich auf das Schlimmste gefasst. Mizzi war alles zuzutrauen. Sie hatte bestimmt noch einen Plan B in der Tasche. Oder einen Hammer, mit dem sie Rosina den Schädel einschlagen konnte. Hinter Mizzi glitzerte der See. Wenn ihr danach war, reichte ein Schubs über die niedrige Mauer, um Rosina im See zu versenken.

»In Ordnung«, presste sie hervor. »Und jetzt zu deiner Frage: Enzo hat versucht, das Bild zu stehlen.«

Mizzi nickte und kicherte wieder. »Richtig. Aber er hat sich so stümperhaft angestellt, dass ich mich entschlossen habe, ihm diese Aufgabe abzunehmen.«

Selten zuvor hatte Rosina so einen Blödsinn gehört. Trotzdem war sie besser dran, wenn sie Mizzi Honig ums Maul schmierte und keinen weiteren Wutausbruch provozierte.

»Er hat eben nicht damit gerechnet, dass Sie und Paola den ausgefeilteren Plan hatten.«

Mizzi strahlte, was Rosinas Verdacht bestätigte: multiple Persönlichkeitsstörung. Oder anders gesagt: Mizzi hatte einen ordentlichen Sprung in der Schüssel.

»Stell dir vor, Enzo wollte das Bild einfach so vom Haken nehmen!« Mizzis Augen waren vor Entsetzen aufgerissen. »So kann man doch kein Bild stehlen, ganz ohne Vorbereitung. Also habe ich ihn außer Gefecht gesetzt, noch bevor er in Reichweite der Überwachungskamera war. Das hätte sonst alles ruiniert.«

Außer Gefecht gesetzt: die Verletzungen an Enzos Oberarm.

»Wieso ruiniert?«, stammelte Rosina und hoffte auf eine Antwort. Eigentlich wäre Mizzi längst wieder an der Reihe gewesen. Aber die schwelgte gerade in Erinnerungen.

»Paola und ich hatten wirklich lange getüftelt, wie wir es am besten anstellen. Die Idee mit der Hochzeit hat uns schließlich am meisten gereizt.« Sie gluckste. »Schon allein wegen der Ironie: Lorenzo hat Paola kaum Luft zum Atmen gelassen. Aber dass sie für Männer nichts übrig hat, ist ihm nie aufgefallen.«

»Warum hat Salvatore mitgemacht?« Der Bräutigam, der kurz vor dem Altar seine Meinung geändert hatte.

»Ja, das ist auch interessant.« Mizzi blickte kurz auf den See hinaus und atmete tief ein. »Ehrlich gesagt, war ich selbst überrascht, dass er sofort zugesagt hat. Er war Feuer und Flamme. Verständlich, denn er hatte Geld von der Firma veruntreut und war in echten Schwierigkeiten. Die nächste Finanzprüfung stand bevor. Wenn Salvatore das Firmenkonto nicht rechtzeitig ausgeglichen hätte, wäre er seinen Job losgewesen und vorbestraft worden.«

Also doch nicht alles eitel Wonne in der Firma Martinelli, dachte Rosina.

»Eine Pro-forma-Hochzeit«, keuchte Rosina. Der aufgeheizte Asphalt, auf dem sie lag, machte ihr zu schaffen. Sie hatte unbändigen Durst und rasende Kopfschmerzen.

»Ja, so könnte man es nennen. Paola hat alles gegeben: ein Brautkleid ausgesucht, Einladungen entworfen …« Mizzi kicherte. »Sie hat sich sogar mit ihrem Onkel wegen der Sitzordnung gestritten.« Sie sah Rosina prüfend an. »Gehörte natürlich auch zum Plan.«

»Natürlich«, murmelte Rosina und drehte den Mund zum Boden und atmete schwer. Ein Speichelfaden hing von ihrem linken Mundwinkel. Sie war kurz davor, sich zu übergeben.

Mizzi umkreiste sie einmal langsam, prüfte den Sitz der Handfesseln und setzte sich wieder auf den Felsen.

Nach einer gefühlten Ewigkeit setzte Rosina zur nächsten Frage an. »Der Sektempfang der Pro-forma-Hochzeit hat absichtlich in einem alten Gewölbe stattgefunden?«

»Natürlich«, grinste Mizzi. »Das war unser Meisterstück. Lorenzo hatte das Gemälde nur mit einer billigen Kamera überwacht, die jeweils eine halbe Stunde aufzeichnete.«

»Wieso?«

»Weil er ein Idiot ist!«, rief Mizzi. »Weil ihm jede andere Art der Überwachung zu teuer war und er ohnehin keine Ahnung von der Materie hatte.«

Ringspeicher-Aufzeichnung, dachte Rosina, die sehr wohl eine Ahnung von Alarmanlagen hatte. Museen, Kirchen und Sammler schützten ihre Kunstschätze mit unterschiedlichen Alarmanlagen, aber Martinellis System war die primitivste Form.

»Lorenzo bekam Alarmmeldungen zwar per App auf sein Smartphone, was ihm aber in diesem Fall nichts nützte, da der Sektempfang fast eine Stunde lang dauerte. Der Speicher hat sich also geleert, und die Kamera hat die nächste halbe Stunde aufgezeichnet.«

»Nämlich die leere Wand, als das Bild schon weg war. Die Tat selbst war nicht zu sehen.«

»Sehr gut mitgedacht!«, lobte Mizzi. »Salvatore hat seine Rolle überzeugend gespielt, aber leider war er zu ungeduldig, was seinen versprochenen Anteil betraf ...«

»... weshalb er sterben musste.«

Mizzi nickte ernst. »Der Klippensprung.«

»Ich hab's im Radio gehört.«

»Das hoffe ich doch!« Mizzi reckte ihre flache Brust. »Wegen des Kerls habe ich mir das Kreuz verrenkt, da gehört sich doch wohl ein wenig Anerkennung.«

»Was mich zu meiner nächsten Frage bringt ...«

»Schhhht!«, zischte Mizzi, »jetzt bin ich wieder dran!«

Rosina nickte tapfer. »Stimmt.«

»Also: Woher wusstest du, dass Paola einen Testamentsentwurf beim Notar in Auftrag gegeben hat?«

Rosina schwieg.

»Das wusstest du nicht? Entschuldige bitte, da hab' ich dich wohl überschätzt.« Mizzi kam auf Rosina zu und kniete sich neben sie. Mit einem zerknüllten Papiertaschentuch wischte sie an Rosinas Mundwinkeln herum.

Rosina atmete tief durch. Sie sah Mizzi fest in die Augen, obwohl ihr schon wieder speiübel wurde. Sie würde Mizzi nicht den Gefallen tun, sich einschüchtern zu lassen. »Paola hatte sowieso vor, Lorenzo das Haus abzuluchsen. Deshalb hat sie Zimmer für Zimmer nach ihrem Geschmack einrichten lassen.«

»... was sie sich redlich verdient und der brave Onkel auch bezahlt hat.« Mizzis Ton hatte jetzt etwas Oberlehrerhaftes, Verabscheuenswürdiges.

»Aber ehrlich gesagt, unter uns«, Mizzi kam dicht an Rosinas Ohr, »sie hätte einfach nur abwarten müssen.«

Sie hob die linke Hand und strich Rosina eine Haarsträhne hinters Ohr. Dabei streifte sie mit ihrer Uhr an Rosinas Wange. Rosina hielt kurz den Atem an, als sie hinsah. Am Armband fehlte die Schlaufe. Nicht, dass sie sehr verwundert darüber gewesen wäre. Sie war von Mizzis Schuld längst überzeugt. Aber in diesem Moment schloss sich ein Kreis, denn die Schlaufe, die sie unter Martinellis Kühlschrank gefunden hatte, war noch in ihrer Hosentasche. Wahrscheinlich war sie abgerissen bei Mizzis Kampf mit Enzo, dachte Rosina. Was jetzt auch egal war. Sie würde sowieso niemandem mehr davon erzählen können, wenn das nächste Fahrzeug auf sie zuraste.

»Wenn Paola nicht so dumm gewesen wäre und Enzo beim Begräbnis auf die Idee mit der Vaterschaft gebracht hätte, wäre alles viel einfacher gewesen«, beendete Mizzi ihre Antwort.

»Und woher wusste Enzo vom Bild?«

Mizzi starrte Rosina mit einem Blick an, der sich nicht deuten ließ. »Da schau her, doch nicht alles herausgefunden?«

Rosina spürte den Asphalt unter sich wieder vibrieren.

Dann würde diese Frage eben ungelöst bleiben. Darauf kam es jetzt auch nicht mehr an.

»So!«, Mizzi klatschte sich auf die Oberschenkel, erhob sich ruckartig und sah auf die Uhr, »Ende des gemütlichen Beisammenseins!« Sie wandte sich zum Gehen. »Es wird ernst.«

»Halt!«, rief Rosina mutig und zwang sich, Mizzis Blick standzuhalten. »Wieso dieses Bild?«

Mizzi schüttelte den Kopf und starrte Rosina mitleidig an. »Nicht dein Ernst, oder? Das ist doch die Kernfrage, Rosina. Der Grund, warum dieser ganze Zirkus hier überhaupt stattfinden musste.« Sie setzte sich wieder auf den Felsen und verschränkte die Hände.

»Es hängt alles zusammen, weißt du. Artemisia, der Estragon, die Göttin Isis. Und Paola.«

»Paola hat mit Artemisia nichts zu tun«, entfuhr es Rosina. »Die wollte das Bild doch gar nicht!« Sekunden später bereute sie ihren Fehler. Mizzis Wutausbruch kam aus dem Stand.

»Leute wie du sind der Untergang der Kunst! Einfaltspinsel, die sich für Kunstkenner halten! Die ein Gemälde nur als übereinander geschichtete Ölfarbe betrachten. Ihr seid die Schlimmsten!« Die Adern an Mizzis Hals traten hervor, in ihrem Mundwinkel sammelte sich Speichel, und ihr Blick war irr. »Ihr zerstört willensstarke Frauen mit eurem vermeintlichen Expertenwissen! Was wisst ihr schon von der göttlichen Kunst der Artemisia?« Ihre Stimme kippte und hallte von dem schroffen Felsen wider, an dem sich die Straße entlangschlängelte.

Und plötzlich wurde Rosina alles klar. Warum Mizzi so viel riskiert hatte und kaltblütig ihre Liste abarbeitete. Sobald Rosina von einem Auto geplättet war, würde Mizzi für Lorenzos Ableben sorgen, so viel stand fest. Er wusste es nicht, konnte es nicht wissen. Aber die Tatsache, dass er ein Gentileschi-Bild besaß und Entwürfe seiner Nichte als seine eigenen ausgab, machte ihn zum Todgeweihten. Wenn es nach Mizzi ging.

Dissoziative Identitätsstörung war das Zauberwort. Deswegen der Name: Mizzi. Nicht die Abkürzung für Maria, sondern ...

»Artemisia?« Rosina sprach den Namen betont respekt-voll aus, als hätte sie jemanden um ein ernstes Gespräch gebeten. Sie legte alle Sanftmut, die man aufbringen kann, wenn man gefesselt auf dem Asphalt liegt, in ihre Stimme und sagte noch einmal: »Artemisia.« Und es wirkte.

Mizzis Züge entspannten sich augenblicklich. Tatsäch-lich hörte sie auf den Namen. Sie atmete tief durch und nickte. »Was für ein schöner Name«, lobte Rosina, »Arte-mis war eine der wichtigsten Gottheiten in der griechi-schen Mythologie.« Egal was, sie musste Mizzi bei Laune halten. Irgendwann musste doch Mario oder sonst jeman-dem auffallen, dass sie nicht in Riva war. »Artemisia war eine geniale Malerin, aber sie wurde unterschätzt.«

»Ja«, flüsterte Mizzi. »Jahrhundertelang interessierte sich niemand für ihre Werke. Obwohl sie eine der bes-ten Künstlerinnen ihrer Zeit war.«

»Sie war *die* Beste«, bestätigte Rosina. »Aber die Leute waren verblendet. Dumm. Trauten einer Frau Derarti-ges nicht zu. Viele ihrer Werke wurden Artemisias Vater zugeschrieben.« Sie machte eine kurze Pause. »Und Arte-misia konnte sich nicht dagegen wehren.«

»Nein«, flüsterte Mizzi, »sie konnte sich nicht wehren. Wie Paola.« Sie starrte Rosina an, und in ihren Augen standen Tränen. »Paola dachte, ihr Onkel würde sie als Designerin anstellen. Endlich dazu stehen, dass er selbst nicht in der Lage war, mit Farben umzugehen.« Sie schüt-telte den Kopf. »Aber das hatte er nie vor. Paola ist eine Künstlerin.« Sie schniefte. »Aber weißt du, was ihre offi-zielle Berufsbezeichnung in der Firma war?«

Rosina schüttelte den Kopf.

»Assistenz der Geschäftsleitung!« Mizzi lachte bitter. Rosina ahnte, dass sie kurz davorstand, wieder in den

Wut-Modus zu schwenken, dass der nächste Kreischanfall nur Sekunden entfernt war. Aber es war ihr egal. In diesem Moment, als das Vibrieren unter ihrem Rücken stärker wurde, die Zunge am Gaumen klebte und die Blitze ungehindert vor ihren Augen zuckten, schloss sie mit der Welt ab. Stelle ich mir vor. Sollte Mizzi doch machen, was sie wollte. Rosina hatte alles gehört, was sie wissen musste, sie war kurz vorm Verdursten, und die Sonne brannte auf ihrer Haut. Sie wollte nur noch weg, wünschte sich nur noch Erlösung von dieser Wahnsinnigen, die sich für Artemisia hielt. Selbst wenn die Erlösung per Lkw kam. Aber eine letzte Frage hatte sie noch.

»Es war also diese Parallele zwischen Paola und Artemisia? Die Tatsache, dass Lorenzo des Bildes nicht würdig war?«

»Ganz genau, und ich bereue …« Den restlichen Satz verschluckte ein dumpfer Knall.

15. KAPITEL

Erzählt von Kontrollen, Vergesslichkeit und Neubeginn. Es geht um Paketpapier, Maiskolben und Kopfwehtabletten. Um verlorene Familienmitglieder, fehlende Beweise und gute Verstecke. Wir grillen, Rosina holt etwas nach, Mario hat einen Plan und alles ist gut.

Die Strada della Forra ist eine halsbrecherische Strecke an der Westseite des Gardasees, und Mizzi hatte ebendiese Straße gewählt, um Rosina aus dem Weg zu schaffen. Eigentlich keine schlechte Idee, und auch die Umsetzung hätte funktionieren können. Nur nicht an diesem Montag. Denn am ersten Wochentag nach Ferragosto kontrollieren die Carabinieri sehr streng und gründlich. Sämtliche Urlauber werden auf Herz und Nieren geprüft. Fahrtüchtigkeit, Papiere, Sicherheitswesten. Planquadrat, sozusagen. Deshalb waren an diesem Tag so gut wie keine Autos auf der Strada della Forra, weil sich an beiden Enden Carabinieri postierten, sämtliche Fahrzeugnutzer filzten und Touristen zur Weißglut brachten. Endlose Staus waren das Resultat auf beiden Seiten. Lukas kam mit Marios Isetta nur deshalb durch, weil er einen der Carabinieri aus seiner Zeit in Rom kannte.

Eine Isetta ist zwar kein Schlachtross, reicht aber allemal, um eine Wahnsinnige aus dem Weg zu räumen. Leider hatte die Kollision von Mizzi und der Knutschkugel unschöne Spuren an der Karosserie hinterlassen, aber Lukas hatte Mario versprochen, sich darum zu kümmern.

Lukas und ich hatten uns natürlich Sorgen gemacht, als Mario vor Martinellis Villa herumstromerte und nach Rosina suchte. Der Rest war eine Sache des richtigen Zeitpunkts, Schicksal oder Hilfe von der obersten Instanz. Gewisse Dinge sind und bleiben unergründlich.

Mizzi lag jedenfalls mit Knochenbrüchen und retrograder Amnesie im Ospedale. Wer weiß, für wen sie sich hielt, wenn sie wieder gesund war.

Am nächsten Abend saßen wir gemeinsam in Marios Garten und feierten seinen Einstand in Riva. Und die Rückkehr von *Susanna* in Martinellis Arbeitszimmer.

Rosina war eine harte Nuss. Die ersten Stunden nach ihrer Rettung hatte sie zwar verschlafen, war aber nach ein paar Kopfwehtabletten wieder die Alte.

»Woher wusstet ihr, dass sie ausgerechnet diese Straße aussucht?« Sie ließ die Eiswürfel in ihrem Glas kreisen und hielt es Mario auffordernd hin.

»Kein Alkohol für dich. Du hattest eine Gehirnerschütterung!«

»Geh Schmarrn, das bisschen Kopfweh!« Aber sie nahm brav das Wasserglas, das er ihr reichte.

»Paolas Eltern sind an der Strada della Forra verunglückt«, rief Lukas in unsere Richtung. Er stand am Griller in Marios Garten, nur mit Shorts und Ofenhandschuhen bekleidet, und zwinkerte mir zu. Ein optischer Leckerbissen.

»Was wird jetzt aus Paola?«, wandte ich mich an Rosina, die am Vormittag einige Fragen auf der nächstgelegenen Questura beantwortet hatte. Schließlich war Mizzis Zusammenprall mit Marios Knutschkugel als Unfall aufgenommen worden.

»Aus juristischer Sicht: nichts. Man kann ihr nichts nachweisen. Offiziell wollte sie an Ferragosto heiraten, aber ihr Bräutigam hat es sich im letzten Moment anders überlegt und ist von der Klippe gestürzt.« Rosina zuckte die Schultern. Mario, der hinter ihr stand, legte ihr die Hände auf die Schultern.

Der Ex-Kardinal und meine beste Freundin – also doch Dornenvögel. Zumindest ein bisschen.

Rosina seufzte. »Salvatores Mord wird man Mizzi schwer nachweisen können. Er war tatsächlich Klippenspringer; ein Unfall klingt also plausibel. Umso mehr, als er sich wenige Tage zuvor von seiner Beinahe-Ehefrau getrennt hat.« Sie nippte am Wasser und griff nach Marios Hand. »Geht als Liebeskummer durch. Paola kann man nichts nachweisen, und Mizzis Erinnerung ist futsch.«

»Und Notar Pedrotti wird seine Zulassung behalten wollen und ebenfalls schweigen«, rief Lukas vom Griller herüber.

»Ich bin gespannt, wie es mit Paola weitergeht«, sinnierte Mario. »Vielleicht zieht sie nach Neapel. Das Haus ihrer Eltern steht dort, und in Riva hat sie sich sowieso nie wohlgefühlt.«

»Armer Lorenzo.« Der einzig wirklich Leidtragende an dieser Sache war Martinelli, fand ich.

»Wie man's nimmt.« Lukas kam mit einer Schüssel vom Griller und legte mir ein Stück Fisch auf den Teller. »Er hat eine Tochter verloren, aber einen Sohn bekommen. Quasi Neustart.«

So gesehen hatte er recht. Mario flüsterte Rosina etwas ins Ohr und verschwand im Wohnmobil, das immer noch in seinem Garten parkte. Mit einem flachen Paket, von braunem Papier umhüllt und mit Schnur verzurrt, kam er zurück.

»Susanna«, flüsterte Rosina und stand, ein wenig wackelig, von ihrem Stuhl auf.

»Kann mir jemand verraten, wo das Bild auf einmal herkommt?« Ich sah in die Runde, aber niemand sagte etwas. Ergriffenes Schweigen. Rosina legte das Paket vor sich auf den Tisch und wickelte es aus. Mario wählte Martinellis Nummer, um ihn auf den aktuellen Stand der Dinge zu bringen, und Lukas war wieder mit brutzelnden Fleischstücken und der Grillzange beschäftigt.

»Ihr steht im Garten mit einem millionenschweren Gemälde und tut, als ob nichts passiert wäre? Kann mir jetzt endlich jemand sagen, wo das verdammte Bild während der letzten Tage war? Hallo?«

Mario nahm mich zur Seite. »Das Kürzel auf der Rückseite der Visitenkarte«, raunte er.

»Welche Visitenkarte?«

»Die du und Lukas gefunden habt.« Er durchbohrte mich mit seinem Terence-Hill-Blick. »Bei eurem Undercover-Einsatz.«

Er wusste es also. Ich spürte, dass ich rot wurde.

»Die Zahl 175 und das topographische Zeichen für Kirche. Was sagt dir das?«

»Äh …«

Hinter uns schlug Rosina das Bild wieder ins braune Paketpapier ein. »Die Zahl 175 steht für den Aril«, rief sie, »den kürzesten Fluss der Welt. Ironischerweise in

Cassone, also nur Meter von Enzo entfernt.« Sie verzurrte das Paket wieder mit der Schnur.

»Das Bild war im Aril versenkt?«, fragte ich ungläubig.

»Nein. Denk an das andere Zeichen.« Rosina trug das Bild zum Wohnmobil, aber Mario nahm es ihr ab.

»Kirche.« Langsam dämmerte es mir. »Es war in der Kirche von Cassone versteckt!«

»Hinter dem Gemälde von Gustav Klimt.« Rosina schüttelte den Kopf, griff sich aber sofort an die Stirn und schloss die Augen. »Clever ausgewählt.« Sie rieb sich die Schläfen.

Lukas kam mit einer weiteren Ladung Gegrilltem an den Tisch, und für den Rest des Nachmittags waren wir mit Essen, Reden und Trinken beschäftigt. Wir stießen auf den Schlüsseldienst an, auf Marios Isetta und auf *Susanna*, die bald wieder an Martinelli übergeben würde.

Ich beobachtete Rosina. Sie ließ sich von Mario einen Maiskolben mit Salz bestreuen und genoss den Nachmittag. Sobald ihre Kopfschmerzen nachgelassen hatten, wollte sie die verpatzte Jungfernfahrt mit ihrem Wohnmobil nachholen. Allein.

»So weit kommt's noch, dass ich mir einen Ex-Kardinal ans Bein binde!«, raunte sie mir zu. »Wir sind ja schließlich nicht bei den Dornenvögeln. Und außerdem hat Mario eh andere Pläne.«

»Ach ja?«

»Sicher. Riva ist nur eine Zwischenstation. Er geht nach England, um seinen Vater zu finden.«

Jeder wollte also seiner eigenen Wege gehen. Fand ich gut. Alles andere wäre überstürzt gewesen, und von überstürzten Beziehungen hatte Rosina genug.

Die Aufklärung des *Susanna*-Falles hatte ihr gut getan, fand ich. Sie hatte ihren Arzt-Tick überwunden und war nicht davongelaufen, als Komplikationen aufgetreten waren. Deshalb war es ein Segen, dass bald darauf das nächste Kunstwerk verschwand.

- E N D E -

DANKSAGUNG

Die Recherchen zu Riva-Diva waren vielfältig und spannend. Ein herzliches Danke an alle, die mich dabei unterstützt haben:

Dr. Tobias Nickel vom Dorotheum Salzburg

Andreas Schretthauser vom Österreichischen Restauratorenverband und

Michael Wirz von der Vereinigung der ehemaligen päpstlichen Schweizergardisten.

Nahrhafte Wissenshappen über Kunst im Allgemeinen und Artemisia Gentileschi im Besonderen lieferte Katha in ihrem Podcast »Artefakten«.

Den Crashkurs in Sachen Alarmanlagentechnik verdanke ich Ing. Norbert Wen.

Und danke an alle, die Rosina ab Stunde Null in Riva begleitet haben!

Ich freue mich, wenn Sie beim nächsten Mord am Gardasee wieder mit dabei sind!

Alle Bücher von Katharina Eigner:

Arzthelferin Rosmarie Dorn ermittelt:

1. Fall: Salzburger Rippenstich
ISBN 978-3-8392-0074-2

2. Fall: Salzburger Dirndlstich
ISBN 978-3-8392-0297-5

3. Fall: Salzburger Saitenstich
ISBN 978-3-8392-0442-9

Restauratorin Rosina Gamper ermittelt:

1. Fall: Diva del Garda
ISBN 978-3-8392-0348-4

GMEINER SPANNUNG

WWW.GMEINER-VERLAG.DE
Wir machen's spannend